Marguerite Duras:
Die grünen Augen

Deutsch von Sigrid Vagt

Deutscher
Taschenbuch
Verlag

Von Marguerite Duras
sind im Deutschen Taschenbuch Verlag erschienen:
Die Englische Geliebte (10730)
India Song (10996)
Zerstören, sagt sie (11063)

1. Auflage März 1990
Deutscher Taschenbuch Verlag GmbH & Co. KG,
München
© 1980 und 1987 Cahiers du Cinema, Paris
Titel der französischen Originalausgabe:
›Les yeux verts‹
© 1987 der deutschsprachigen Ausgabe:
Carl Hanser Verlag, München · Wien
ISBN 3-446-14965-1
Umschlaggestaltung: Celestino Piatti unter Verwendung
eines Fotos von Marguerite Duras
Gesamtherstellung: C.H. Beck'sche Buchdruckerei,
Nördlingen
Printed in Germany · ISBN 3-423-11185-2
1 2 3 4 5 6 · 95 94 93 92 91 90

Das Buch

»Die Leute wissen nicht mehr, wessen Zeitgenossen sie sind, und das in ihrem eigenen Land, ihnen bleibt der Fußball, die Rock-Musik, das Kino, das endlose Warten . . . man sieht keine Liebe mehr, man sieht die Liberalisierung der Sitten, sie ist sehr, sehr langweilig, aber sicher notwendig . . .« Kino ist für Marguerite Duras mehr als nur Kino. Wenn sie über Filme spricht oder schreibt, reflektiert sie das ganze heutige Leben: den Schrecken über die erste Atombombe, die Veränderungen der Welt durch das Fernsehen, die Revolte von '68, ihre eigenen Filme und Bücher (den ›Liebhaber‹, den ›Schmerz‹ oder ›Hiroshima mon amour‹), ihre Gefühle beim Schreiben, ihre Ansichten über Kollegen wie Jean Luc Godard, Charlie Chaplin, Woody Allen, Tati, Renoir, Bresson und Cocteau. Sie schreibt über den ›Verlust des Politischen‹, das ›Weiß im Schwarzweiß-Film‹, den Zuschauer, ›Die Penetration von Aurelia Steiners Körper‹, Juden, ›Frauen und Homosexualität‹, kommunistische Schriftsteller (die es nicht gibt, wie·sie sagt) und über ›Ein anderes Kino‹. Das Faszinierende an diesen kurzen Texten und Interviews ist die Gelegenheit, Gedanken einer sensiblen, schöpferischen Frau gewissermaßen im Augenblick ihres Entstehens verfolgen und nachvollziehen zu können. Eine anregende, aber auch beunruhigende Lektüre!

Die Autorin

Marguerite Duras wurde am 4. April 1914 in Giadinh (Vietnam) geboren. 1932 kam sie nach Frankreich und studierte in Paris. Sie wurde Mitglied der Résistance. Nach dem Krieg arbeitete sie als Journalistin und wurde weltberühmt durch die Filmnovelle ›Hiroshima mon amour‹ (1963). Einige der in deutscher Sprache erschienenen Werke: ›Der VizeKonsul‹ (1967), ›Die Englische Geliebte‹ (1969), ›Zerstören, sagt sie‹ (1970), ›India Song‹ (1975), ›Die Krankheit Tod‹, ›Der Liebhaber‹ (1985), ›Der Schmerz‹ (1986), ›Blaue Augen schwarzes Haar‹ (1987).

Inhalt

Der Brief

Ausgangspunkt für *Aurélia Steiner* war ein Brief an jemanden, den ich nicht kenne. Wir telefonieren miteinander. Ich kenne seinen Namen. Ich habe ihn einmal gesehen – vor dreizehn Jahren. Sein Gesicht habe ich vergessen. Seine Stimme kenne ich. Ich habe den Brief geschrieben, dann aber nicht abgeschickt. Mit diesem Brief habe ich plötzlich wieder angefangen zu schreiben. Fast wäre ich gleich zur Hauptsache übergegangen und hätte vergessen, das zu sagen.

Der Brief

Neauphle-le-Château, den 3. Juli 1979

Ich lese Ihre Briefe immer wieder. Ich bewahre sie auf. Ich tue nichts. Ich hänge jede Nacht in den Café-Bars der Yvelines oder bei Leuten herum. Ich trinke. Ich habe zugesagt, Ende Juli einen 30-Minuten-Film zu drehen, nur um zu schreiben. Ich hatte versprochen, Ihnen *Navire Night* und die Originalfassung von *Vera Baxter* zu schicken, ich habe es nicht getan. Ich weiß nicht, wie die Zeit vergeht, ich tue nichts. Ich muß die beiden Texte, *Césarée* und *Les mains négatives*, mit dem anderen, der noch keinen Titel hat und bis Ende Juni fertig sein soll, verbinden. Ich möchte gern, daß Sie lesen, was ich schreibe, möchte Ihnen gern, gerade Ihnen, geben, was neu und frisch geschrieben ist aus frischer Verzweiflung, aus meinem jetzigen Leben. Das Übrige, was in den blauen Schränken in meinem Zimmer herumliegt, wird sowieso eines Tages veröffentlicht werden, sei es nach meinem Tod oder auch vorher, falls ich wieder einmal kein Geld haben sollte. Zur Zeit gibt es in meinem Garten neunzigtausend Rosen, und das bringt mich um. Ich mag den Sommer nicht. Ich weiß nicht, was Sie in R. machen. Sie sagen, daß Sie oft in diese Stadt fahren, und das macht mich neugierig. Ich habe gehört, daß Sie ein Haus auf einer der Inseln vor der Küste der Charente besitzen. Ich werde zwischen dem 16. und 20. Juli für Sie eine Vorführung von *Césarée* und *Les mains négatives* im Kino La Pagode organisieren. Im August fahre ich nach Trouville in die Wohnung über dem Meer. Irgendwann werde ich Ihnen einen Schlüssel für diese Wohnung schicken, und Sie können dann mit Ihrer jetzigen Frau dorthin fahren. Das muß geschehen, wenn ich im Ausland bin, weit weg, damit wir sicher sein können, daß wir uns nicht begegnen. Sie werden sehen, die Wohnung schwebt über dem Meer. Bei Sturm dringt das Brausen des Meeres in die Zimmer ein und in den Schlaf. Jedesmal hoffe ich, lange dort zu bleiben, mindestens bis zum Winter, um zu schreiben, immerfort. Immer zu schreiben. Die ganze Zeit. Wenn ich es nicht schaffe, werde ich Ihnen schreiben, Briefe schreiben an Sie und sie Ihnen schicken. Zwanzig Briefe. Hundert Briefe. Ihnen zu schreiben, heißt für mich schreiben, und das ist so auf Grund dessen, was mich an Sie bindet – diese heftige Liebe. Ich bin nicht mehr fähig – und Sie, Sie werden das verstehen –, eine zusammenhängende Geschichte zu schreiben, sie zu Ende zu bringen, ein Sujet vorzutäuschen und es in aller Folgerichtigkeit von Anfang bis Ende zu entwickeln. Damit ist es vorbei. Ich weiß nicht, wie ich es Ihnen deutlich machen soll. Ich kann Ihnen nur sagen, daß ich allein schon bei dem Versuch, es Ihnen zu erklären, um eine scheinbare Fragmentierung des Textes und seiner Zeitstrukturen nicht herumkomme und vor allem auch gezwungen bin, die Ausrichtung seiner einzelnen Komponenten ständig wieder durcheinanderzubringen. Zum Beispiel, wenn ich plötzlich zu Folgendem übergehen muß:

Es ist drei Uhr nachmittags. Ich bin in dem großen Raum, in dem ich mich sommers aufhalte, jenseits der Fensterscheiben der Wald von Rosen und, seit drei Tagen, die magere, weiße Katze, die mich durch die Scheiben ganz aus der Nähe ansieht, Aug in Auge. Sie macht mir angst, sie schreit, sie ist verloren und will irgendwo bleiben, vielleicht hier, aber ich, nein, ich will keine Katzen mehr hier haben seit Romana tot ist, die schwarze Katze, meine Freundin, meine Schwester, meine Liebe, um die ich tagelang geweint habe, als sie von einem Auto wie meinem überfahren worden war – es ging das Gerücht, weil es ein Freitagabend war, habe sie geglaubt, ich käme an diesem Abend

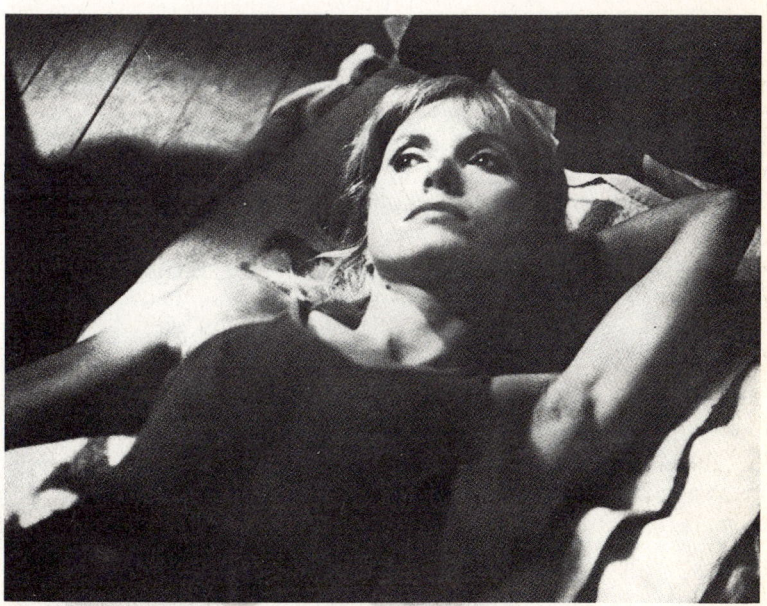

nicht wie sonst an jedem Wochenende. Begraben liegt sie in einem Eichen- und Kastanienwald, der jetzt ihren Namen trägt.

Auch an der anderen Katze, die weiß ist, mager und irr, aufdringlich und achtunggebietend, und an dem unbeweglichen Rosengarten um die Katze herum und an dem von den Dorfkindern verschmutzten Teich, der sich in diesem Jahr mit Fröschen und Kröten gefüllt hat, die die Kinder mit Steinwürfen zu töten versuchen, komme ich nicht vorbei, wenn ich Sie erreichen und uns zusammen der ganzen Welt und unserer gemeinsamen Verzweiflung näherbringen will. Ich vergesse, der Garten ist voller Vögel, und die weiße Katze wird verrückt vor Hunger, aber ich werde ihr nichts geben, ich will keine, nichts zu machen.

Ihnen Briefe schreiben, vielleicht werde ich das tun. Und Sie, Sie machen damit, was ich möchte, daß Sie damit machen, nämlich das, was Sie wollen. Wenn ich schreibe, sterbe ich nicht. Wer sollte also sterben, wenn ich schreibe? Ich sollte meine Nächte nicht mehr mit Trinken verbringen, sollte früh schlafen gehen, damit ich Ihnen Briefe schreiben kann, sehr lange Briefe, um nicht zu sterben.

Ich hätte Ihnen auch von dem Spaziergang erzählen können, von dem Friedhof von Barneville, von den Kindern, den Kindergräbern in der Sonne, von Julien, der Angst bekam und weglief, und von dem anderen Kind, einem Mädchen. Oder von dem Rückweg am Meer entlang. Von der Schönheit des Meeres. Von seiner Sanftheit. Es war wie zugedeckt von der Last dieser Sanftheit. Bei Einbruch der Dunkelheit habe ich mich gefragt, ob ich noch wieder schreiben würde. Das war zu Anfang des Sommers.

Die Briefe, die ich Ihnen schreiben könnte, erscheinen mir wie Lichteinfälle in der Dunkelheit der Zeit, Löcher in der Dichte und Schwere der Tage, die von der Dunkelheit zugedeckt werden, wenn auch stets etwas zurückbleibt, ein Schatten auf dem sanften Meer, ein Stich im Herzen, der Schmerz, die Kindergräber in der Sonne vergessen zu haben, oder das kleine Mädchen, das am 29. Juli 1979 in Barneville la Bertran die Inschriften auf den Kindergräbern las. Cécile hieß sie und war ständig in wichtige Überlegungen vertieft. Sie wollte den Friedhof nicht verlassen, las aufmerksam, ganz allein, die Geschichte der toten Kinder.

Der Verlust des Politischen

Für viele Leute ist der wirkliche Verlust einer politischen Orientierung gleichbedeutend mit dem Eintritt in eine Partei und der Unterwerfung unter ihre Regeln, ihr Gesetz. Viele andere Leute aber meinen, wenn sie von apolitischer Haltung reden, vor allem einen Verlust oder einen Mangel an Ideologie. Bei Ihnen weiß ich nicht, wie Sie darüber denken. Für mich bedeutet Verlust des Politischen vor allem, sich selbst zu verlieren, seine Wut zu verlieren ebenso wie seine Zartheit, Verlust seines Hasses, seiner Fähigkeit zu hassen, ebenso wie seiner Fähigkeit zu lieben, Verlust der Unvorsichtigkeit ebenso wie der Besonnenheit, Verlust der Übertreibung ebenso wie Verlust des Maßes, Verlust des Wahnsinns, der Naivität, Verlust des Mutes wie auch der Feigheit und Verlust des Entsetzens vor allem wie auch des Vertrauens, Verlust der Tränen wie der Freude. So denke ich.

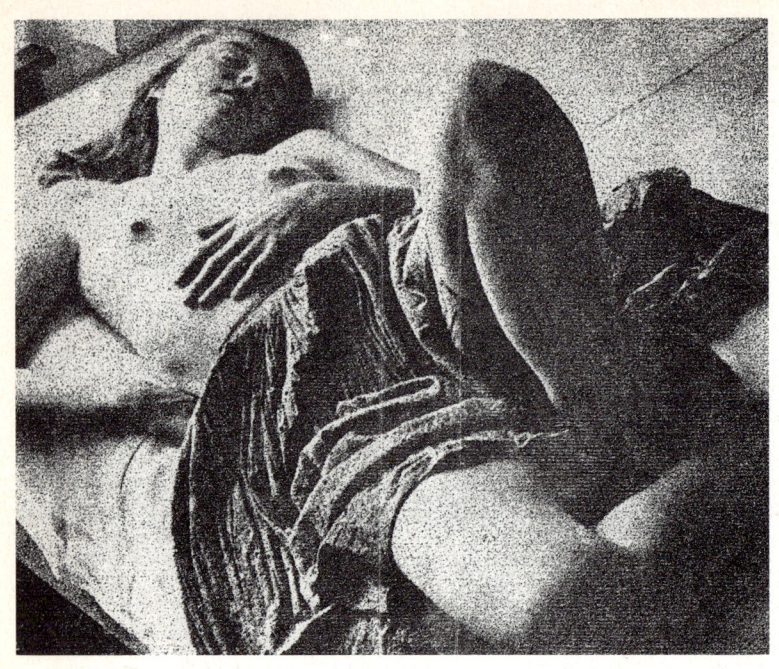

Die Nicht-Arbeit

Und auch das Schreiben nicht, nein, ich glaube nicht, daß es Arbeit ist. Ich habe es lange geglaubt. Ich glaube es nicht mehr. Ich glaube, es ist eine Nicht-Arbeit. *Es bedeutet das Erreichen der Nicht-Arbeit.* Der Text, das Gleichgewicht des Textes ist ein Raum in einem selbst, den man wiederfinden muß. Hier kann ich nicht mehr von einer Ökonomie, einer Form reden, nein, hier geht es um ein Kräfteverhältnis. Mehr kann ich nicht sagen. Man muß es schaffen, das, was plötzlich eintritt, zu bewältigen. Muß gegen eine Kraft kämpfen, die hereinbricht und die es einzufangen gilt, da sie sonst über einen hinweggeht und sich verliert. Bei Strafe der Zerstörung ihrer ungeordneten und unersetzlichen Kohärenz. Nein, arbeiten heißt eine Leere schaffen, um das Unvorhersehbare, das Offensichtliche kommen zu lassen. Loslassen, wieder aufgreifen, darauf zurückkommen, untröstlich sein sowohl über das Zulassen als auch über das Aufgeben. Sich selbst aus dem Weg räumen. Und, ja, manchmal dann auch schreiben. Alle suchen wir diese Augenblicke, in denen wir uns von uns selbst zurückziehen, dieses Inkognito uns selbst gegenüber, das wir verheimlichen. Man weiß nicht, weiß nichts von allem, was man tut. Das Schreiben zeugt vor allem von diesem Nichtwissen, von dem, was geschehen kann, wenn man da am Tisch sitzt, dem sogenannten Arbeitstisch, von dem, was aus dieser physischen Tatsache entsteht, daß man an einem Tisch sitzt mit dem, was man braucht, um auf der noch unberührten Seite Buchstaben zu formen.

Das Weiß

Hören Sie, ich war noch jung, es war hier auf dem Lande. Im Juni oder Juli, scheint mir. Es war Vollmond. Es war spät abends nach dem Essen. D. war im Garten, er rief mich und sagte, er wolle mir zeigen, was bei klarem Vollmond mit dem Weiß der weißen Blumen geschehe. Er wisse nicht, ob ich es schon bemerkt hätte. Nein, allerdings, noch nie. Anstelle des Dickichts von Margeriten und weißen Rosen war da Schnee, so blendend, so weiß, daß sich der ganze Garten mit den anderen Blumen und den Bäumen verfinsterte. Die Rosen waren sehr dunkel geworden und fast verschwunden. Was blieb, war jenes unfaßbare Weiß, das ich nie mehr vergessen habe. Die Nacht war so durchsichtig, daß der Himmel blau aussah. Man hätte draußen lesen können, so hell war es. Als Kinder lasen wir nachts auf der Veranda unseres Bungalows vor dem Wald von Siam.

Das Weiß im Schwarzweiß-Film

In Farbfilmen gibt es kein Weiß. Das echte Weiß, das Weiß des Schnees, der Gischt, der weißen Blumen in Vollmondnächten wird nur durch den Schwarzweiß-Film wiedergegeben. Der Schnee in *Aurélia Steiner* ist längs der Quais von Vancouver zu sehen, in der Gischt des Meeres. Ich habe ihn im Film erkannt.

Aurélia Aurélia

Aurélia. Sie existiert in der Gegenwart, ist gegenwärtig, wie Alissa in *Détruire*: sie sind immer achtzehn Jahre alt. Mit Aurélia finde ich zum Schreiben zurück. Sie ist überall, Aurélia, sie schreibt von überall zugleich. Nach *Aurélia Steiner* kann ich nicht mehr schreiben, ich verliere das Schreiben. Wenn ich nicht mit dieser Überlebenden spreche, geht mir das Schreiben verloren.

Und wenn sie nicht da ist, nicht die ganze Zeit, Tag und Nacht gegenwärtig ist und mich hindert, etwas anderes zu sehen als sie, alles übrige, alles, dann entsteht nichts. Dann schreibe ich nicht. Ich war anderthalb Monate mit Aurélia eingeschlossen. Ich stand auf, ich sah Aurélias Meer, ihre Augen, ich sah Vancouver, ich sah, daß das Meer schrie oder schlief in Aurélias Schreien oder in Aurélias Schlaf.

Die Kleinanzeigen

»Die Frau, die sich letzten Montag abends gegen sieben Uhr vor dem Blumengeschäft in der Rue Tronchet Nr. X im Vorbeigehen nach dem Mann umgedreht hat, der vor der Tür stand, wird gebeten, sich zu melden.«

Das war eine Kleinanzeige in einer Zeitung vor zwanzig Jahren. Freunde haben mir erzählt: Bei einer Vorführung von *Aurélia Steiner* im Kino Action-République saß eines Samstags ein Paar hinter ihnen, das zufällig hereingekommen war. Nach einer Weile sagte der Mann: »Was sollen wir hier? In was sind wir denn da hineingeraten? Das ist nicht der Film, den wir sehen wollten. Gehen wir.« Aber die Frau sagte: »Mir ist es egal. Ich finde es interessant, ich bleibe.« So blieb auch der Mann. Und am Ende von *Aurélia Steiner Vancouver* waren sie noch immer da. Diese Frau könnte ich bitten, sich zu melden. Er wäre gegangen. Sie hatte auf Anhieb diesen Film akzeptiert, den beide zweifellos niemals versucht hätten zu sehen. Sie hatte sicherlich noch keine festen Gewohnheiten und hatte sich eine uneingeschränkte Neugier bewahrt.

– Glaubst du, daß sie sich meldet?

Sie werden kaum die *Cahiers du Cinéma* lesen! Aber wer weiß? Ich grüße sie. Ich umarme sie. Die Leute aus den Kleinanzeigen der Zeitungen, das sind die Leute aus *Les mains négatives*, die immer ohne

Antwort bleiben. Sie selber können nicht rufen. Der Mann, der seine Hände auf die Granitwände der Grotte von El Castillo legte, kann genauso wenig schreien und rufen wie der Mann aus der Bronx, der seinen Namen und seine Adresse an Mauern und U-Bahn-Wände schreibt. Das zu wissen, dazu bin *ich* da. Diese Aufgabe stelle ich immer wieder. Die Kamera durchquert mit ihrer Fahrt diese nie gesehene Welt von Rufen. Wir waren nicht darauf gefaßt, in eine Welt von Abfalleimern, Müllabfuhr und lauter Schwarzen zu geraten. Ich muß dabei an Harlem denken. Ja, genau, wie ein Stück von Harlem im Morgengrauen, wenn keine Kinder da sind – sie schlafen – und auch kaum noch Frauen.

Der Zuschauer

Man müßte versuchen, vom Zuschauer zu sprechen, von dem primären Zuschauer. Der, den man als kindlich bezeichnet, der ins Kino geht, um sich zu amüsieren, um die Zeit angenehm zu verbringen, und es dabei bewenden läßt. Dieser Zuschauer ist die Voraussetzung des Kinos, wie es früher war. Er ist von allen Zuschauern der am meisten erzogene. Ihm hat man tatsächlich in seiner Jugend beigebracht, daß Zerstreuung und Zeitvertreib die Aufgabe des Kinos seien, daß man in erster Linie ins Kino gehe, um zu vergessen. Wenn dieser Zuschauer das Kino betritt, dieser primäre Zuschauer, dann tut er es, um der Außenwelt, der Straße, der Menge zu entfliehen, um sich selbst zu entfliehen und sich in etwas anderes, nämlich den Film, hineinzubegeben und den Teil seiner selbst loszulassen, der der Arbeit, dem Lernen, der Partnerschaft, den Beziehungen zugewandt und der täglichen Wiederholung ausgesetzt ist. Dabei ist er seit seiner Kindheit stehengeblieben, und so steckt er immer noch in der Frühzeit des Films. Vielleicht findet er im Kinosaal seine einzige Form von Zurückgezogenheit, aber dieses Sichzurückziehen besteht in der Wegwendung von sich selbst. Wenn er sich dem Film überläßt, nimmt der Film sich seiner an, verfügt über ihn, macht mit ihm, was er, der Film, will. Da findet sich der Zuschauer wieder so uneingeschränkt absorbiert wie durch den Schlaf oder das Spiel in der Kindheit. Dieser Zuschauer ist der häufigste, jüngste und unerschütterlichste zugleich. In allen Ländern. Er hat das Unwandelbare der Kindheit. Und er hat es überall. Er will sein altes Spielzeug, sein altes

Kino, seine leere Festung behalten. Und er behält sie. Dieser Zuschauer ist der der breiten Masse. Er ist jene seit eh und je unveränderte, unveränderbare Mehrheit, die Mehrheit der Kriege und der rechten Wählerstimmen, die Mehrheit, die sich quer durch die Geschichte zieht, deren Objekt sie ist, und die doch nichts davon weiß. Genauso macht sie es mit dem Kino. Stumm und neutral, gibt sie keine Kommentare, keine Urteile ab über den Film, den sie sieht. Sie geht hin, oder sie geht nicht hin.

Diesem Zuschauer entsprechen nahezu die gesamte manuell arbeitende Bevölkerung, aber auch viele Wissenschaftler, viele Techniker, viele Leute, die eine hochgradig spezialisierte Arbeit ausüben. Naturwissenschaftler gehören zur Mehrheit, Techniker, Mathematiker, alle Angestellten, der gesamte Bausektor. Von den Maurern über die Ingenieure, Klempner und Werkmeister bis hin zu den Bauunternehmern.

»Die Jugend aus der Arbeitswelt« sagen unsere Regierenden. »Die werktätige Bevölkerung« sagen andere. Die, die studiert haben, und die, die nicht studiert haben, finden sich gleichermaßen in ein und demselben Kino wieder. Die, die Medizin, Physik oder Filmkunst studiert, die nur Wissenschaft betrieben haben und in ihrem Studium keinerlei Spielraum, keinerlei Variationsmöglichkeiten hatten, treffen dort mit denen zusammen, die eine technische Ausbildung oder gar keine Ausbildung absolviert haben. Zu diesen Leuten muß man noch eine ganze Schar von Kritikern hinzuzählen, die Mehrheit der Kritiker, die die Wahl des primären Zuschauers bestätigen, die individuelle Filme anprangern, das auf jedermann zugeschnittene action-Kino verteidigen und gegen den Autorenfilm einen derartigen Haß hegen, daß man nicht umhin kann, darin auch eine aufgestaute Wut zu sehen, mit anderem Ursprung allerdings, als sie vorgeben. Für all diese Leute gilt: Man geht ins Kino, um wieder zu lachen oder Angst zu haben wie früher, um sich die Zeit zu vertreiben, um die Fortdauer des kindlichen Spiels wiederzufinden, die Gewalt der Kriege, Metzeleien und Schlägereien, den Männlichkeitswahn in all seinen Formen, den der Väter und den der Mütter aus jedem Blickwinkel, die Witzeleien über die Frauen wie ehedem, die Zoten und intimen Bettgeschichten. Die einzigen Tragödien sind hier Tragödien der Liebe oder der Rivalität um die Macht. Alle Filme, die dieser Zuschauer sich ansieht, laufen parallel. Sie gehen immer in die gleiche Richtung, haben stets das gleiche Motiv im Ablauf und in der

Auflösung. Wenn dieser Zuschauer vor dem Ende aus einem Film hinausgeht, dann deshalb, weil der Film ihm abverlangt hat, sich neu zu orientieren, sich als Erwachsener um Zugang zu seinem Anliegen zu bemühen. Er aber ist nicht ins Kino gegangen, um zu sehen, sondern um wiederzusehen.

Dieser Zuschauer ist von uns, von mir getrennt. Ich weiß, daß ich ihn nie erreichen werde, und ich versuche auch nicht, ihn zu erreichen. Ich weiß, wer er ist. Ich weiß, daß nichts ihn verändern kann, daß er unerreichbar ist. Wir sind für einander unerreichbar. Wir stehen uns in unwiderruflicher Getrenntheit gegenüber. Er wird nie ganz allein die Gesamtzahl der Bevölkerung ausmachen. Wir werden immer da sein, wir am Rande, die Autoren von Texten, die Autoren von Büchern und Filmen. Wir können ihn nicht bezeichnen, nicht benennen, diesen Zuschauer, und wir tun es auch nicht. Es ist egal. Welchen Namen wir ihm auch geben, es ist egal. Tatsache ist, daß wir in der Civitas, in der Gesamtheit der Civitas zu zweit sind: Es gibt mich, auf die er nie zukommen wird, und es gibt ihn, auf den ich nie zukommen werde. Unser Recht ist ganz genausoviel wert wie ihr Recht, mein Recht ist genausoviel wert seines. Wir sind gleichberechtigt. Ja. Unser Recht, in der Civitas zu überleben, ist gleichwertig. Wenn ich auch weniger zahlreich bin als er, so bin ich doch ebenso unvermeidlich und unbeirrbar. Wird er im Lauf der Zeit, im Lauf langer Jahrzehnte letztendlich begreifen, daß er nicht der einzige ist? Ich glaube es nicht. Ich sehe nicht, wie dieser Zuschauer, so wie er in der Kindheit mit all der – offiziell oder offiziös – herrschenden Ideologie genährt wurde, der Falle seiner eigenen Herrschaft entgehen könnte. Er hält die Civitas in Gang, aber wir sind da, in der Civitas, gleichzeitig mit ihm.

Dieser Zuschauer spricht von sich mit Ausdrücken wie »wir«, »wir, die Jugend«, »wir, die Arbeiter«. Ich dagegen sage *ich*: »Ich, die ich Filme mache, schwierig oder nicht, Filme.« Was ich sage, ist, was ich wahrnehme von dem, was zwischen mir und ihm passiert. Was ich zu diesem Zeitpunkt über diesen Zuschauer sage, ist, was ich in bezug auf unsere Gegenüberstellung denke. Ich kann mich nicht auf ein Urteil einlassen, das sich damit brüsten würde, etwas Allgemeingültiges über ihn auszudrücken. Ich sehe noch nicht, wie man auf theoretischer oder kritischer Ebene von diesem primären Zuschauer sprechen könnte. Er hält einen Ort besetzt, der durch das Weglaufen, durch die Flucht der Person irreal, verlassen, tot und ausgestorben wirkt. Ja, ein gewissermaßen amoralischer Ort. Von ihm im Namen aller zu sprechen, ist nur möglich.vom Standort einer ebensolchen Amoralität aus.

Ich habe ungefähr fünfzehn- bis vierzigtausend Zuschauer. Diese Zahl bezieht sich auf meinen Roman *Le ravissement de Lol V. Stein* in der Collection Blanche. Das ist viel. Die Taschenbuchausgabe wird sich auf sechzigtausend belaufen, aber die Zahl der Leser ist vermutlich die gleiche: dreißigtausend bis vierzigtausend. Viele haben das Buch liegen, schaffen aber nicht, es zu lesen, bemühen sich nicht, weiter voranzukommen, wie beim Film. Ich behaupte, es ist eine beachtliche Zahl. Ich behaupte, es sind beachtliche Zahlen, für ein Buch ebenso wie für einen Film. Das muß man zugeben. Die professionellen Kinomacher zählen die Zuschauer nach Kilogramm. Ich habe den Eindruck, daß die jungen Filmemacher untröstlich sind, weil sie nicht über die Zahl von dreißigtausend Zuschauern hinausgelangen. Es ist zu befürchten, daß sie alles tun werden, um auf die Zahl von dreihunderttausend Zuschauern zu kommen, um die Zahl zu erreichen, die verliert, die sie ins Verderben stürzt. Sollen sie doch alle zusammen darin ertrinken, die Filmemacher und die primären Zuschauer. Wir sind voneinander getrennt. Was hieße es, sie für uns zu gewinnen? Nichts. Es hieße, sie für nichts zu gewinnen, denn was wir dann machen würden, ergäbe für uns keinen Sinn mehr. In welcher Form sollten wir uns an sie wenden? Wir kennen ihre Sprache nicht, sie kennen die unsere nicht. Dieser Unterschied zwischen ihnen und uns kommt den großen Wüsten in der Geschichte gleich. Zwischen ihnen und uns steht die Geschichte, stehen die Pestseuchen der politischen Geschichte mit ihren nachhaltigen Auswirkungen. Ja, wirklich, darum geht es, um diese Wüsten, um diese heillosen Orte der uralten Wiederholung, der Wiederholung des immergleichen Versuchs, sich zu sehen, sich zu hören. Hier ist alles eitel und Haschen nach Wind.

Man kann niemals ein Kind zum Lesen zwingen. Das Kind, das bestraft wird, weil es Comics liest, hört vielleicht auf, welche zu lesen, aber es wird niemals auf Befehl zu einer anderen Lektüre übergehen. Es sei denn, man indoktriniert es, und das führt mit Abstand zu dem schlimmsten Ergebnis. In Hitlerdeutschland, in Sowjetrußland gibt es nur dogmatische Filme. Das erzielte Resultat ist das allerschlimmste. Man braucht sich nur anzusehen, wohin der bedingungslose Gehorsam der Gruppen und Kader in der KPF geführt hat – diese Verflachung der Intelligenz, diese entsetzliche Verwandlung des Individuums in einen Kadaver. Das Ergebnis waren die indoktrinierten jungen Nazis oder Sowjets, die jungen Soldaten in Prag oder Kabul. Man kann niemanden zwingen zu sehen, was er nicht selbst gesehen hat, zu entdecken, was er nicht allein entdeckt hat, niemals, ohne daß man seinen Blick zerstört, seinen Blick, welchen Gebrauch auch immer er davon macht.

Diesen Zuschauer muß man, glaube ich, sich selbst überlassen, wenn er sich ändern soll. Er wird sich ändern, wie alle, plötzlich oder allmählich, ausgehend von einem Satz, den er auf der Straße gehört hat, von einer Liebe, einer Lektüre, einer Begegnung, aber allein, und dadurch, daß er sich als einzelner mit der Veränderung auseinandersetzt.

25

Madame,

Wenn Sie wissen möchten, was aus der jungen Frau (Anne-Marie Stretter) geworden ist, die Ihnen in Saigon gefallen hat, kommen Sie doch zu dem Vortrag, den Sie mit 89 Jahren in ihrem Altersheim halten wird, am 26. Oktober um 17 h 30 (3 bis rue du Bel Air, 92 MEUDON-BELLEVUE).

Es ist meine Großmutter; nachdem wir Sie im Fernsehen gehört und India Song gesehen haben, haben wir ihr von Ihnen erzählt. Sie hat uns vorgeschlagen, Sie einzuladen. Hoffentlich bis bald.

Odile Le Roy

Paris, 13 octobre 1977.

Madame,

Si vous désiriez savoir ce qu'est devenue la jeune femme (Anne-Marie Stretter) qui vous plaisait à Saïgon, venez assister à la causerie qu'elle fera, à 89ans, dans sa maison de retraite, le 26 octobre à 17h30 (3 bis rue du Bel-Air, 92 MEUDON-BELLEVUE).

C'est ma grand'mère ; après vous avoir entendue à la télévision et vu India Song, nous lui avons parlé de vous. C'est elle qui m'a suggéré de vous inviter. A bientôt, j'espère.

Odile Le Roy

Madame,
Sie schweigen mit Recht.
Durch die junge Frau, die ich war, hindurch hat Ihre Phantasie ein
fiktives Bild geschaffen, das seinen Reiz gerade durch die geheimnisvolle Anonymität bewahrt, die auch erhalten bleiben muß. Ich bin davon selbst so zutiefst überzeugt, daß ich weder Ihr Buch lesen, noch
Ihren Film sehen wollte. Diskretion von Erinnerungen, Eindrücken,
die ihren Wert behalten, wenn sie im Dunkeln bleiben, im Bewußtsein einer Realität, die irreal geworden ist . . .
Mit dem Ausdruck meiner vorzüglichen Hochachtung

E. Striedter

Auf Bitten der Angehörigen teilen wir mit, daß
Madame Elizabeth Striedter
am Sonntag, den 8. Oktober 1978, im 91. Lebensjahr verstorben ist.

le Châtelet
3 bis rue du Bel Air
92190 Meudon – Bellevue
15 avril 22

Madame,

Vous avez raison de rester
silencieuse –

À travers la jeune femme que j'étais,
votre imagination a créé une image
fictive et pé... gard son charme
grâce justement à cet anonymat
mystérieux et p... il faut préserver –
j'en suis si profondément convaincue
moi-même, que je n'ai voulu ni lire
votre film, ni voir votre film –
Discrétion de souvenirs, d'impressions
qui gardent leur valeur à rester
dans l'ombre, dans la conscience
du réel devenu irréel — —

Veuillez agréer, je vous prie, l'ex-
pression de mes sentiments les meilleurs

L. Striedter.

iboul, sé...
...parnaud,
... Yvonne
...rs,
...r de faire

...OUL,
...int
...d'honneur,
...ance,
...t 1939-1945

...tal,
...nbat»
...imes,
...t.

... mercredi
... l'église
...-Maur,
...bré

Le Monde du
11 octobre 1978

...maire du ...azet-Saint...
de 1929 à 1959,
chevalier de la Légion d'honneur.
Les obsèques ont eu lieu le 4 octobre 1978, au temple de Montbuzat
(Haute-Loire).
Cet avis tient lieu de faire-part.
9, rue Louvois,
26000 Valence.

— On nous prie d'annoncer le
décès de
Mme Elizabeth STRIEDTER,
survenu le dimanche 8 octobre 1978,
dans sa quatre-vingt-onzième année.
De la part de :
Henri et Anne Metzger,
Georges et Monette Gaucher,
Les familles Metzger et Le Roy,
ses enfants, petits-enfants et arrière-
petits-enfants.

— La direction et l'ensemble du
personnel de la Société M.S.L.-
France,
ont la tristesse d'annoncer le décès
de leur ami et collègue

FRAN
20 h.
J. Varet
notre te
22 h. 30.

FRANC
20 h.
A. Boucou
texte d'H.
loni, bar
Y. Prin
de la nu

...CHA

29

Ich wollte Ihnen sagen, Ihnen

Ich wollte Ihnen sagen, Ihnen: Wenn ich jung wäre, wenn ich noch nichts wüßte von der Trennung zwischen den Menschen und der quasi mathematischen Konstanz dieser Trennung, würde ich dasselbe tun wie jetzt, dieselben Bücher schreiben, dieselben Filme drehen. Ich bin also im Alter von achtzehn Jahren stehengeblieben, wie sie, die primären Zuschauer und Leser. Wenn ich gestern gestorben wäre, wäre ich mit achtzehn Jahren gestorben. Wenn ich in zehn Jahren stürbe, würde ich ebenfalls mit achtzehn gestorben sein.

Ich sage Ihnen auch: Man glaubt, die Erkenntnis dieses grauenhaften Tatbestands der unaufhebbaren Trennung zwischen den Menschen nicht überleben zu können. Doch es stimmt nicht. Man überlebt es. Man kann. Jeder auf seine Weise.

Früher, als ich noch jung war, dachte ich, oder behauptete es zumindest, daß unter den schrecklichen Gegebenheiten dieser Einsichten der einzig bewohnbare Ort die Konjugation zwischen dem Erinnern und dem Vergessen dieser Fakten sei. Sich nicht erinnern, nicht vergessen haben. Jetzt glaube ich, daß man – die Männer, die ich gekannt habe – sie mir diktiert hat und daß sie ohne jede Bedeutung sind, daß sie der unermeßlich großen allgemeinen Dummheit entstammen, dem finsteren Ort, dem auch der Gehorsam gegenüber der Macht, die Zaghaftigkeit vor der mörderischen Verantwortungslosigkeit des Proletariats entstammen. und daß sie erfunden wurden als Verschleierung der die Völker betörenden Verführung zum einzig akzeptablen Verhalten sowohl gegenüber der sie regierenden Macht, woher sie auch kommt, welcher Art sie auch sein mag, als auch gegenüber der verkommenen Hoffnung auf die erlösende und konstruktive Mission des Proletariats – ich meine das, was nicht so geartet ist, daß es gelehrt werden kann, was sich jeder Kodifizierung, jeder schulischen Vermittlung entzieht, was man weder als Ratschlag erteilen noch lernen lassen kann, ich meine die Gleichgültigkeit. Die neue Gnade eines Himmels ohne Gott.

Ich erinnere mich

Ich erinnere mich an den 6. August 1945. Wir waren, mein Mann und ich, in einem Heim für Deportierte in der Nähe des Sees von Annecy. Ich las die Schlagzeile von der Bombe auf Hiroshima. Dann bin ich aus der Pension hinausgestürzt und habe mich vor der Straße an die Mauer gelehnt, als wäre ich plötzlich im Stehen ohnmächtig geworden. Nach und nach kam ich wieder zur Besinnung und erkannte das Leben ringsum und die Straße wieder. Genauso war es 1945 bei der Entdeckung der von den Deutschen hinterlassenen Leichenhaufen in den Konzentrationslagern. Ich stellte mich auf Bahnhöfe und vor Hoteleingänge mit den Fotos meines Mannes und meiner Freunde und wartete ohne jede Hoffnung in einem dem von Annecy ähnlichen Zustand auf die Rückkehr der Überlebenden. Ich weinte nicht, war scheinbar wie immer, nur daß ich gar nicht mehr sprechen konnte. Es sind sehr präzise, sehr deutliche Erinnerungen. Ich war ganz eindeutig ein anderer Mensch geworden. Nachher – und darauf will ich hinaus – in meinem späteren Leben habe ich niemals über den Krieg oder über jene Augenblicke geschrieben, und auch nie mehr, von wenigen Seiten abgesehen, über die Konzentrationslager. Ebensowenig hätte ich, wenn es mir nicht aufgetragen worden wäre, jemals etwas über Hiroshima geschrieben, und Sie sehen, als ich es tat, habe ich der ungeheuren Zahl der Toten von Hiroshima die Geschichte vom Tod einer einzigen, von mir erfundenen Liebe gegenübergestellt. Ich könnte *Die Verzückung der Lol V. Stein* in einem Land inmitten von Blut und Feuer schreiben. Auch *Der Vize-Konsul* könnte ich überall schreiben, in Kuba, in Kabul, ja, *Der Vize-Konsul* in Kabul, ja, genau. Aber in Rußland, nein, dort nicht.

Sie, der andere in unserer Trennung

Während ich dieses schreibe und sage, weiß ich gleichzeitig, daß es Ihnen in keiner Weise etwas bedeuten wird, Ihnen, dem anderen in unserer Trennung, falls Sie eines Tages zufällig etwas anderes lesen sollten als *L'Equipe* oder *Le Parisien*, dieses zum Beispiel. Aber sehen Sie, auch Sie bedeuten mir jetzt nichts mehr. Von Toten kann man nicht leben. Auch ich höre Ihr Schweigen nicht mehr, das so verschlossen ist wie das unserer Regierenden. Ich habe Sie verlassen. Lange, sehr lange schon lasse ich die durch Sie ausgelöste Verzweiflung außer acht. Sie ist zu sterilem, unkenntlich gewordenem, Staub zerfallen. Menschen, die über Ihre Verantwortungslosigkeit und Unredlichkeit noch betroffen sind, betrachte ich wie von einer zeitweiligen Krankheit befallen, die vorübergehen wird. Ja, mit Ihrer Existenz ist es wie mit dem Ende des Begehrens, jenem erschreckenden Verfall eines Begehrens, das vergeht und das keine noch so gewaltige Kraft auch nur für die Zeitspanne eines Blicks wieder zum Leben erwecken kann. Aber sehen Sie, dennoch rufe ich Sie, dennoch schreibe ich Ihnen, wie ich es mit achtzehn Jahren getan hätte. Genauso würde ich Sie rufen, Ihnen schreiben, wenn Sie im Lauf der Geschichte Ihrer Klasse, man kann ja nie wissen, von Verschwinden oder Tod, betroffen wären. Die Distanz, die uns trennt, ist genau die des Todes. Es ist ein und dieselbe Distanz für Sie und für mich. Genauso, wie Sie sie unangetastet zwischen uns erhalten wollen, genauso überdecke ich sie mit meinen Schreien, mit meinen Rufen. Wie Sie weiß auch ich, daß diese Kluft unüberwindlich, unüberbrückbar ist. Der Unterschied zwischen Ihnen und mir liegt darin, daß dieses Unmögliche für mich eine belanglose Unannehmlichkeit ist. Also, Sie sehen, wir sind gleich. Wir verharren beide gleichermaßen in unseren jeweiligen Feldern, jeder auf seinem unabsehbar narzistischen, verbrannten Territorium. Aber ich rufe mit Vorliebe zu den Wüsten *hin*, in Richtung der Wüsten.

Filme machen

Ich weiß nicht, ob ich das Filmemachen neu erfunden habe. Ich habe Filme gemacht. Für die Profis sind Filme, wie ich sie mache, inexistent. Losey rühmt in seinem Buch meine Texte, spricht aber das Todesurteil über meine Filme und sagt, er finde *Détruire dit-elle* abscheulich. Aus meiner Sicht hat er nie einen Film gemacht, der *Détruire dit-elle* das Wasser reichen könnte.

Das beweist, daß meine Art von Film auch die Grenze der Profis nicht überschreiten kann, ebenso wie ihr Kino nicht mehr über meine Grenzen kommt. Ich habe erst ihr Kino gesehen, dann habe ich mein eigenes gemacht, und sie haben immer weniger gezählt. Mit Profis meine ich die Reproduzenten von Kino wie diejenigen, die Reproduktionen von Bildern machen, im Gegensatz zu den Urhebern von Kino und den Urhebern von Bildern. Die Welt jenes Kinos ist mit gehetzten Leuten bevölkert, es ist die Domäne der Angst vor dem Mangel beim Filmen, dem Mangel an Millionen, Milliarden. Für jenes Kino sind wir Übeltäter, die denen »ihr« Geld wegnehmen. Kürzlich hat jemand – ich weiß nicht wer – im Fernsehen voller Wut gesagt: »Duras Geld zu geben, um *Le Camion* zu drehen, das führt dazu, den Leuten das Kino auf ein halbes Jahr zu verleiden.« Was für ein Lob! Wirklich, das hat mich gefreut. Aber er irrte sich, dieser Mann, ich habe für *Le Camion* nie einen Vorschuß bekommen. In der Literatur kann man nicht sagen, mir fehlen knapp 220 Millionen, um mein Buch zu beenden. Wenn das Buch nicht zustande kommt, auch unter den schlimmsten Bedingungen, dann deshalb, weil es nicht gemacht werden muß. Wenn es gemacht werden muß, wird es gemacht, auch unter den ungünstigsten Bedingungen. Die Vorwände, nicht zu schreiben, Zeitmangel, Überlastung etc., sind nicht wahr, fast nie. Für Filmemacher gibt es eine solche Notwendigkeit nicht. Sie suchen Sujets. Auch das ist einer der entscheidenden Unterschiede. Sie suchen Geschichten. Man bietet ihnen welche an, seien es Romane, seien es von Spezialisten dieses Faches geschriebene Drehbücher. Das ist oft der Fall. Sie schätzen die Vorschläge ein, ganz detailliert: drei Verbrechen, ein Krebs, eine Liebe, plus der und der Schauspieler. Resultat: 700 000 Zuschauer. Das Ganze wird in den Computer eingegeben. Man macht den Film. Resultat: 600 000 Zuschauer. Ein Mißerfolg.

Die quantitativen Filmemacher mit dem Riesenerfolg – 25 Kinos, anderthalb Millionen Zuschauer – haben eine *seltsame Sehnsucht* nach unserem Kino, dem sie sich niemals genähert haben, das nicht vom Gewinn getragen wird, nach dem Kino des quantitativen Mißerfolgs – ein Kinosaal, zehntausend Besucher. Sie möchten gern *gleichzeitig* auch noch unseren Platz einnehmen, uns ersetzen zusätzlich zu dem, was sie tun, und uns diese zehntausend Zuschauer nehmen, als ob sie das könnten. Wir aber möchten sie auf keinen Fall ersetzen, wir könnten es ebensowenig. Wie neben dem primären Zuschauer, so existieren wir auch neben ihnen. Unser Bürgerrecht kommt ihrem gleich. Auch schreiben die Studenten, obwohl wir der Inbegriff des kommerziellen Mißerfolgs sind, mehr Diplomarbeiten über uns als über sie, und bisweilen nehmen Publikationen wie diese hier Notiz

von unserer Existenz. Trotz aller Bemühungen der Tagespresse, uns zu ignorieren, machen wir weiterhin Filme. Das kann das quantitative Kino nicht hinnehmen. Wir dagegen, wie vergessen es. Ja, es gibt hier eine seltsame neue Sehnsucht nach dem Mißerfolg, der gleichgesetzt wird mit Entscheidungsfreiheit. Diese Sehnsucht stellt einen Fortschritt des quantitativen Filmemachers dar, selbst wenn sie sich in Form von Wut und Beschimpfung gegen uns richtet. Das Geld ist nicht mehr das einzige Ziel, nicht mehr ausschließlich. Die Anzahl der Besucherplätze auch nicht. Wenn auch sicher noch sehr undeutlich, so beginnt sich doch etwas anderes abzuzeichnen, ein Gefühl der Vergeblichkeit des filmkommerziellen Gewinns, der seinen Hersteller so allein läßt, ihn im Stich läßt, sobald er sich einstellt, und noch ein anderes Gefühl, das damit zusammenhängt und mit der Person, mit ihrer Verantwortung gegenüber sich selbst. Einige junge quantitative Filmemacher haben sogar aufgehört, uns Unrecht zu tun, uns zu verleumden, und versuchen, selber einen Autorenfilm aufzuziehen, sie nennen sich Autoren und machen gleichzeitig Filme fürs große Publikum, aber successful. Tavernier.
Ich erinnere daran, daß Raymond Queneau gesagt hat, in Frankreich seien es nur wenige Leser, zwei- bis dreitausend Leser, die das Schicksal eines Buches entschieden, und je nachdem, ob diese Leser – die wählerischsten von allen – bestimmte Titel beachteten oder nicht, erhielten diese einen Platz in der französischen Literatur oder auch nicht. Und wenn man diese Leser nicht bekäme, könne keine Leserschaft, und sei sie noch so zahlreich, an ihre Stelle treten. Beim Kino kann man von 10 000 Zuschauern sprechen, mit denen ein Film steht oder fällt und die ihn gegen den Strom ins Kino bringen oder daraus verbannen. Über einen solchen Spielraum von 2000 bis 10 000 Zuschauern verfügen die meisten quantitativen Filmemacher nie. Sie können zehn Millionen Zuschauer haben, aber in diesen zehn Millionen Zuschauern sind jene zwei- bis zehntausend nicht enthalten.

Godard

Letztes Jahr hatte Godard mich gebeten, in einer kurzen Sequenz seines Films *Sauve qui peut (la vie)* zu drehen. Drehen wollte ich aber nicht, sondern nur ein Gespräch mit ihm führen. Er bat mich dann zu kommen, es war im Oktober 1979, ich kam, es war in Lausanne, er sagte, Zeit und Orte für das Gespräch, das sei alles vorbereitet. Er ging mit mir in eine Schule, es war gerade Pause oder Schulschluß, ich weiß es nicht mehr, es war unter einer Holztreppe, über die die Schüler herunterkamen. Wir führten also das Gespräch. Ich verstand nichts von dem, was er sagte. Er verstand nichts von dem, was ich sagte, nicht nur wegen des höllischen Lärms in der Schule, aber dessen ungeachtet, ergab das ein Gespräch. Am Ende lachte er und sagte: »Wenn man bedenkt, daß ich dich aus Paris habe kommen lassen, um an diesem Ort hier zu reden!« Hinterher haben wir uns besser kennengelernt, scheint mir, und ich faßte Zuneigung zu ihm. Es könnte sein, daß wir, er und ich, bisher beim Filmemachen umgekehrte Probleme gehabt haben, vor allem im Verhältnis von Text und Bild. Aber wer weiß, vielleicht auch nicht. Das hängt auch davon ab, wie er es formulieren würde, wenn er es sagte. Nach der Schule haben wir in einem Auto Tonaufnahmen gemacht, aber unterwegs, während wir durch die Stadt fuhren. Ich habe mir das Band angehört. Von Zeit zu Zeit, beim Halten vor Ampeln, ist wohl ganz gut zu verstehen, was wir sagen. Ich hatte auch den Eindruck, daß etwas Interessantes dabei war über die kleinen Brücken, die in Lausanne, hoch oben in der Luft, von einem Haus zum nächsten führen. Ich sagte, sie seien schön. Er erzählte mir, daß viele Leute sich von diesen Brücken stürzten. Ich meinte, sie schienen wie für Selbstmörder gemacht. Dem stimmte er zu.

Woody Allen Chaplin

Gestern abend habe ich mir *Der Stadtneurotiker* angesehen, um ein bißchen mit euch auf gleicher Höhe zu sein, wo ihr, die Leute von den *Cahiers du Cinéma*, in Filmdingen doch so gebildet seid. Im ersten Moment war ich ganz entzückt, das ist das richtige Wort, ich fand es bezaubernd, aber dann hat sich der Eindruck verflüchtigt. Am nächsten Morgen war nichts mehr davon da. Ich glaube, bei Woody

Allen, der für mich bis vor wenigen Tagen noch ein Unbekannter war, handelt es sich um eine sehr genau abgestimmte Kunst und auch um einen haargenau getroffenen, sehr regionalen Humor, der sehr viel weniger – unendlich viel weniger – umfassend ist als der von Chaplin. Woody Allen ist nur da, wo er gerade ist. Um ihn herum bewegt sich nichts, die Dinge bleiben für sich, sie gehen nicht mit ihm, er verändert nichts. New York um ihn herum bleibt sich gleich. Er geht durch New York, aber New York bleibt, wie es ist. Chaplins Raum in *Lichter der Großstadt* ist ganz und gar von ihm belebt. Er hallt ganz und gar von Chaplin wider. Wo er auch ist, in New York oder anderswo, nachdem er vorübergegangen ist, hallt alles von ihm wider. Alles ist chaplinesk. Die ganze Stadt, die Städte, die Straßen. Alles wird chaplinesk, nachdem er hindurchgegangen ist. Wird ihm gleich, diesem schweigenden Mann. Chaplin steckt in einer einzigen Nummer, in einem einzigen Spiel, so wie man sagen würde: ein einziges Mal, ein einziges Schweigen, eine einzige Liebe. Dieses Spiel vollzieht sich an einem ebenso einmaligen, aber unauslotbaren Ort. Es ist der Ort, wo Chaplin ganz und gar präsent ist. Nichts von Chaplin wird durch Chaplin zurückgehalten, wenn er spielt, nichts als Reserve aufgespart. Er bringt alles auf einmal ins Spiel. Neben ihm ist Woody Allen geizig, er knausert. Er verteilt sich auf eine Reihe von Nummern, von mehr oder weniger gelungenen Szenen, auf eine ganze Reihe von Gags, die sehr, sehr ausgefeilt, sehr kalkuliert, sehr ortsgebunden, sehr »aus dem Leben gegriffen«, aber in Wirklichkeit sehr ausgetüftelt sind. So wie man in diesen Jahren von »Parisianismus« spricht, so ist dies »New Yorkismus«. In *Der Stadtneurotiker* habe ich nicht New York wiedergefunden, sondern eine bestimmte Lebensweise, wie ich sie in New York erlebt habe, ziemlich düster, aber nicht das ewige Babylon-New York. Und außerdem ist die Liebe in *Der Stadtneurotiker* lediglich ein Vorwand für Gags, und so etwas kann ich schlecht akzeptieren. Da liegt die Misere von Woody Allen, in diesem ständigen Rückgriff aufs Mondäne, in diesem ständigen Vorführen einer Masche, sich zu mokieren, zu verleumden, andern Unrecht zu tun, bösartig zu sein. Ich habe gezögert, so über ihn zu reden, aber es ist mir egal. Er wird sowieso von der Kritik beweihräuchert, ihn kann nichts mehr treffen. Es ist eigenartig, durch sein Spiel und seine Interviews hindurch erkenne ich, daß er fürchterlich sein muß, daß er im Leben offenbar nichts liebt. Letztlich sieht man bei Schauspielern alles, das ganze Hinterland. Bei scharfem Blick.

Chaplins Umherirren ist ohne geographische Grenzen. Bei Woody Allen ist es auf Nordamerika, New York Manhattan begrenzt. Chaplin schleppt einen europäisch-jüdischen Kontinent mit sich. Das heißt, wo er auch ist, er ist ein Fremder. Woody Allen paßt vollkommen nach New York. Ich erkenne in ihm keine derartige Dimension der Grenzenlosigkeit, der Verwirrtheit, wie sie den Juden eigen ist – Kazan, dem Gewaltigen –, wenn sie Filme machen. Woody Allen – das sind Teile, Stücke mit Nähten dazwischen. Ich sehe die Nähte, bei Chaplin dagegen sehe ich nichts, ich sehe eine gerade Linie, und ich sehe einen vertrauensvollen Blick, der über die Welt hingeht. Und dann diese charakteristische Ungeschicklichkeit, dieses Massakrieren aller Moden, aller Arten des Lachens und Weinens, dieses Vermischen von allem. Und dann wiederum Chaplins Traurigkeit. Ja, wie die eines Tieres, eines Tieres, das in eine Abhängigkeit getrieben wird, aus der es sich nicht mehr befreien kann. Dieses Tier hat ein Schicksal, das allen eventuellen Interpretationen, allen politischen Einordnungen um Längen voraus ist und sie von vornherein entmutigt.

5. Januar 1980 – Nachrichten

Es ist gut, daß die Leute von den *Cahiers du Cinéma* mir freistellen zu reden, worüber ich will. Heute, am 5. Januar 1980, habe ich im Fernsehen Juquin und Marchais gesehen, wie sie über die Invasion in Afghanistan sprachen. Das war es also, was man in ihren Augen las, was man ahnte, dieser Wunsch nach einer sowjetischen Expansion. Es sei denn, es war Angst, aber das glaube ich nicht, Angst, nicht auf der Höhe ihrer neuen, gehobenen Position zu sein. Bisher gab es ja eine ständige Verlegenheit, ein doppeltes Spiel, aber heute hat man endlich gesehen, was dahintersteckte. Da wurde stets gelächelt, da war vom Selbstbestimmungsrecht der Völker die Rede. Und siehe da! Sie haben sich gedreht und gewendet wie Mannequins. Das ist gut so. Es bedurfte der Invasion in Afghanistan, um an den Tag zu bringen, was für Schurken sie ihrem Wesen nach sind, Kollaborateure.

Es gibt nichts mehr. Alles ist noch da, und doch gibt es nichts mehr

Es gibt keine Straßen mehr, auf denen man sich treffen kann, überall sind Leute, aber niemand ist da, es gibt keine Dörfer mehr, es gibt Ballungsräume, es gibt keine Straßen mehr, es gibt Autobahnen, die Städte verschwinden vom Erdboden, steigen in die Höhe und mauern die Straßen ein, es gibt kein Sichöffnen mehr zum Meer, auf die Stadt, auf den Wald hin, es gibt keinen Fluchtweg mehr, alle Türen schließen sich über der Angst, Angst vor der Politik, Angst vor der Atombombe, Angst vor Ausplünderung, vor Gewalt, vor Messern, vor dem Tod, die Angst vor dem Tod bestimmt das Leben, Angst vor der Nahrung, vor der Straße, vor dem Urlaub, Angst vor Staatsmännern und Verbrechern, Angst vor der Polizei wie vor den Politikern, man weiß nicht mehr, wo man gehen und stehen soll, ein Auto nimmt den Platz von sechs bis sieben Menschen ein, die Zahl der Autofahrer beläuft sich auf 300 Millionen und wächst im Rhythmus der indischen Bevölkerung, eine neue Absurdität stellt sich her, entwickelt sich vor unseren Augen, ist da, draußen, vor, hinter ringsum, man könnte meinen, sie sei nicht von Menschen hervorgebracht sondern von einer göttlichen Macht, so unentzifferbar erscheint sie in all ihrer Offensichtlichkeit, die Grenzen bewegen sich nicht mehr, es gibt keine Völkerwanderungen mehr, es gibt Bewegungen von Arbeitskräften, Bewegungen von Japanern, aber es gibt keinen Krieg mehr, es gibt sehr wenig, sehr sehr sehr wenig, die Verringerung von Aktualität und Gleichzeitigkeit zwischen einem selbst und der Welt wird immer spürbarer, zwar wechselt man gelegentlich, aber äußerst selten, und weiß außerdem nicht mehr was, die Waschmaschine; die Leute wissen nicht mehr, wes Zeitgenossen sie sind, und das in ihrem eigenen Land, ihnen bleibt der Fußball, die Rock-Musik, das Kino, das endlose Warten, sie gehen ins Kino, um die Angst in einem Film eingeschlossen zu sehen, sie haben größtenteils die andere Seite ihres Lebens, das sogenannte persönliche und individuelle Abenteuer, verloren, alles ist verdreht, man sieht alte Leute Comics lesen inmitten von Drogen, Taschendieben, Geldreligionen und neuen Philosophien, man sieht keine Liebe mehr, man sieht die Liberalisierung der Sitten, sie ist sehr sehr langweilig, aber sicher notwendig, wer weiß, man sieht keine großen Ehebrüche mehr wie zu Beginn unseres Lebens, diese Dramen, diese Dramen, diese Tragödien, diese Wirbelstürme, die über die Leben hinjagten, alles niederrissen und wegfegten, jetzt schaust du dich um, nichts mehr davon, Freundlichkeit allerorten, das ist gut und schön, überall Verständnis, und sieh mal, das Öl, kein Öl mehr, es ist so teuer wie Champagner, und der Champagner ist so teuer wie ein Auto, vom Haus wollen wir gar nicht erst reden, es ist so teuer wie sonst was, also, was kannst du da schon machen, alles ist anders, und doch ist all das Zeug noch da, alles, brauchst dich nur umzugucken, aber verstehst du, die Sache ist die, weil es alles gibt, gibt es nichts mehr, während es, wie schon gesagt, immer noch alles gibt, früher war es besser, da war es umgekehrt, das war sinnvoller, es gab nichts, und doch gab es alles, weil das alles war, was es gab.

Gas und Elektrizität

Ich glaube, die gegenwärtigen Generationen haben sich so an die Macht gewöhnt, an das Ertragen der Macht, daß sie glauben, es sei damit wie mit allem übrigen, es gehöre zu einem Zustand, der mit der Menschheitsgeschichte einhergeht. Es sei so, und es werde auch immer so bleiben. Wie die Polizei und die Macht, wie die Macht und die Polizei, das Paar, der Fiskus, die Grippe, der obligatorische Urlaub, die Post, das Gas und die Elektrizität. Sowjetrußland wird wohl ebenso wie die KPF für viele von ihnen den Platz einnehmen, der dem Schrecken vorbehalten ist, da er nicht leer bleiben darf. Und wissen Sie, damit bin ich ziemlich einverstanden.

Eine gute Nachricht

Ich habe beschlossen, die Abtretung der Exklusivrechte für *Moderato Cantabile* an die Produktion, die den Film aufgekauft hat – die Promotion Artistique de Films –, nicht zu erneuern. Habe geschrieben und telefoniert. Die Rechte sind von nun an frei für diejenigen, die meine Zustimmung oder nach meinem Tod die meines Sohnes erhalten. Damit ist das erledigt. Wenn ich jünger wäre, hätte ich *Moderato cantabile* noch einmal neu verfilmt, ohne Skript, nur das Buch. Das mit Gérard Jarlot geschriebene Skript war schlecht und falsch, desgleichen die Inszenierung von Peter Brook. Jarlot hat in einer überdeutlichen Weise geschrieben, alles lag offen an der Oberfläche. Genauso war auch die Inszenierung von P. Brook.

Filme über Nacht

Es gibt Filme, die bleiben, es gibt Filme, die sich in den Stunden, nachdem man sie gesehen hat, verflüchtigen. So weiß ich, ob ich im Kino war oder nicht: Was am nächsten Morgen aus dem Film vom Abend vorher geworden ist, sein Zustand nach der Nacht, das ist dann der Film, den ich gesehen habe. Manchmal geben sich Filme erst nach zwei Monaten zu erkennen. Die meisten Filme verschwinden. Es gibt Filme, die sich nicht mehr bewegen, für mich zum Beispiel der erste *American Graffiti*, von dem Tag an, als ich ihn gesehen hatte, bis heute eine wahre Freude: Das war Kino, so wie man sagt: Das war Musik.

Der Fernseher

Immer noch also nimmt sie täglich zu, überall. Die Fernsehkrankheit. Der Apparat ist schmutzig. Er wird ein Stück Hausrat, wie ein alter Kochtopf, ein Spülstein, aber alt und dreckig. Schon sehr lange hört und sieht man sie. Sie kommen zu euch ins Haus, sie zeigen sich uns. Man schaltet den Fernseher an und schon sind sie da, man schaltet aus. Man schaltet erneut diesen schäbigen Apparat an, schon wieder einer. Man sieht ihre Köpfe in Lebensgröße, sie recken den Hals, sehen euch an, dann stellt man sie sich als Hindernis vor und schaltet aus. Sie lächeln uns zu, alle mit dem gleichen Lächeln, das tiefes Einverständnis ausdrücken soll. Sie halten euch die Einheitsrede, die ebenfalls selbstverständlich sein soll, alle mit der gleichen umwerfenden Überzeugungskraft, den gleichen Posen, dem gleichen Zoom, dann verschwinden sie wieder im Wechsel gegen einen anderen, der euch etwas über Frankreich, Lebensqualität oder olympische Spiele erzählt, und wir sehen, daß ihnen ein Zahn fehlt, daß sie eine Halsentzündung oder einen Schnupfen haben, einen Anzug von Cardin, schmutzige Fingernägel oder ein Schloß im Péri-

gord. Die Lüge – alle, das sieht man, lügen wie sie atmen, alle, das sieht man, man sieht es schon gar nicht mehr, so sehr sieht man es. Sie kommen dorthin, um zu lügen. Wenn sie noch mehr lügen müssen als gewöhnlich, weisen sie das Fernsehen an, sie aufzusuchen, damit sie sich zeigen. Wir wissen Bescheid, wir sehen die Lüge im Fernsehen genauso, wie wir sie sehen, sie alle. Es gibt diejenigen, die im Amt sind, und es gibt ihre Kommentatoren, die, die ihnen den Dreck wegräumen. Ihr phrasenhaftes Französisch ist gleich, manchmal verwechselt man sie. Was für ein Saustall! Man hat Vorlieben, im allgemeinen für die der Nachtsendungen, für die morgens um vier, weil sie so müde sind. Aber was für eine merkwürdige Wirkung sie haben auf das, was sie sagen. Dort wo sie sprechen, gibt es keine Bücher mehr, gibt es keine Filme mehr, niemanden, keine Lokalnachrichten. Es gibt nur noch die Repräsentation. Das ist mysteriös. Es liegt vielleicht nicht mehr an ihnen allein, sondern an dem Apparat, schwer zu glauben, daß alles, was sie ansprechen, von Bedeutungslosigkeit befallen wird. Und doch schiebt sich, sobald sie erscheinen, ein Filter zwischen ihr Bild und uns, die wir zuschauen. Als ob sich eine Farbveränderung vollzöge und der Empfänger zum Grau, zur Graukrankheit überwechselte.

Manchmal, zugegeben, welche Freude, schwimmen die großen Wale aus Hawaii vorüber und verscheuchen sie. Manchmal sind es auch die Robbenbabys, sie sehen seltsam aus, bunt gefärbt; die kanadische Jugend hat den genialen Einfall gehabt, sie mit waschechter Farbe zu bemalen, um ihr Fell unbrauchbar zu machen und sie so vor dem schrecklichen Massaker zu retten.

Der Mann im Flur

Ich muß diesen Text in seinem Erstzustand im gleichen Jahr geschrieben haben wie das Drehbuch zu *Hiroshima mon amour*. Der Satz »Du tötest mich, du tust mir wohl«, kommt in diesem Text zum ersten Mal vor. Ich habe diesen Text für jemanden geschrieben. Zehn Jahre später habe ich ihn an einen englischen Verleger verkauft für die Summe von sechshunderttausend alten Francs. Er muß ohne meine Unterschrift übersetzt worden und erschienen sein, in London oder in New York, ich weiß nicht, ich habe mich nie darum gekümmert. Ich habe mehrfach versucht, ihn neu zu schreiben, ohne daß es mir gelang. In seinem Erstzustand war nämlich die Natur um das Haus herum nur ein Begleitumstand der erzählten Begebenheiten, es war eine mediterrane Natur, die das Geschehen umschloß, ohne daß es sich jedoch in ihr fortsetzte. Das Haus und auch die Menschen blieben auf eine Weise isoliert, die mir unerträglich geworden war. Sehr lange wußte ich nicht, wie ich die Orte ausweiten und vor allem, wie ich sie woanders, weit weg, in etwas anderem *wieder aufgreifen* sollte. Aber jetzt, nach den Aurélia-Texten, hat es sich wie von selbst ergeben. Zuerst fand ich die grenzenlose Unendlichkeit der Landschaft. Dann die Liebe. Die Liebe fehlte in dem ersten Text. Dann kam ich darauf, daß die Liebenden nicht isoliert sind, sondern gesehen werden, von mir zweifellos, und daß dieser Blick erwähnt und in das Geschehen integriert wird, werden muß. Und schließlich, daß der Orgasmus stattfindet, während er in der ersten Fassung nicht stattfindet. Am Ende war *L'Homme assis dans le couloir* ganz und gar neu geschrieben mit Ausnahme von zehn Worten vielleicht, die unverändert geblieben sind. Ich wollte den Text hier in dieser Nummer der *Cahiers du Cinéma* unterbringen, aber Freunde baten mich, es nicht zu tun, und so habe ich ihn Jérôme Lindon geschickt.

Der Mann, der aus Angst besteht

Wenn die Farce vorüber ist, wird man einen Mann sehen, der aus Angst gemacht ist, einen Mann mit leerem Kopf, den Mann von Kabul und Prag. Sie haben es erreicht. Es ist der Mann, der Angst hat. Mehr als in China hat er Angst, mehr als im Urwald oder auf stürmischer See. Dieser Mann ist der rentabelste Soldat der Welt. Er ist dem, der seine Angst auslöst, gänzlich ausgeliefert.

Man fragt sich, warum. Warum wollten sie den Menschen ganz und gar, die Welt ganz und gar? Man versteht es nicht. Man sieht nicht, *worauf* sie hinauswollen, was ihnen die Vorherrschaft über Europa einbringen würde. Man meint, einen Kranken vor sich zu haben, der unter Beruhigungsmitteln steht. Wobei das Beruhigungsmittel, ihr Valium, in diesem Fall der Kontinent der USA ist, die Angst vor den USA. Diese Angst unterscheidet sich von der, die sie verbreiten. Es ist die Angst, daß es ihnen nicht gelingt, die ausgeblutete Welt insgesamt zu beherrschen, ein verallgemeinertes Polen. Sie haben Angst, daß sie nicht genügend Angst einflößen. Doch hier, angesichts dieses ozeanischen Kontinents, sind sie ohnmächtig, nicht in der Lage, die Angst, die sie verbreiten, zur Herrschaft zu bringen. Dort aber haben sie Angst, nicht davor, getötet zu werden, sondern nicht töten zu können. Sie stehen vor den USA wie Hitlerdeutschland vor ihrem Land im Jahr 1941. Aber hier führt kein Weg hinüber, es geht nicht um eine Niederlage, sondern um die geographische Unmöglichkeit einer Grenzüberschreitung. Sie sind also mit ihrem Schmerz in seiner materiellen Gestalt konfrontiert, ihrem einzigen Schmerz vielleicht, dem Schmerz, nicht vernichten zu können.

Aber – und es hat den Anschein, als ahnten sie es bereits – die Geschichte der Angsterzeugung ist kurz davor zu zerplatzen und sich aufzulösen. Zu der geographischen Unmöglichkeit kommt jetzt noch die Ohnmacht gegenüber etwas anderem, das neu und unausweichlich ist. Es geht um das neue Erscheinungsbild, das Sowjetrußland in den Augen der Menschen annimmt, die es betrachten. Trotz ihrer erschreckenden Kurzsichtigkeit werden die Chefs, die Dynastien doch erkennen müssen, daß nicht mehr viele Menschen vor ihnen stehen und daß es schwieriger werden wird als früher. Meiner Ansicht nach sind sie nach Kabul gegangen, um der alten Angst, die sie verbreiten, neuen Auftrieb zu geben, sie umzuformen, aber selbst da hat die alte Angst nicht so geantwortet, wie sie es gewohnt waren. Die afghanischen Bauern haben gewagt, auf die leibhaftigen Sowjetmenschen zu schießen, und hinter ihnen stand die gesamte Internationale der Freiheit. Meiner Ansicht nach müssen sie allmählich das Schlimmste kommen sehen, nämlich, daß ihre einzige Kolonie der Gulag bleiben wird. Das heißt nicht, daß es zu einem raschen Ende kommen wird, es kann noch hundert Jahre dauern, es heißt nur, daß in Sowjetrußland nichts mehr neu beginnen kann, daß das, was schon da ist, bereits begonnen hat, zu Ende zu gehen.

Das Neue liegt auch darin, daß die Menschen in aller Welt nicht von ihren eigenen Regierungen dazu gebracht worden sind zu erkennen,

was es mit Sowjetrußland auf sich hat, denn die Regierenden haben alle eine uneingestandene Sehnsucht nach der Zähmung des sowjetischen Menschen. Nein, die Leute haben vielmehr all diesen Betrügern zum Trotz erkannt, worum es ging, und zwar von Anfang an bis heute, nämlich daß am Anfang der Geschichte die Idee stand, die wunderbare Transparenz der Idee in ihrer Frühzeit, vor ihrer Praktizierung, vor der Ingangsetzung der Maschine. Als der Glanz des zukünftigen Menschen eins war mit dem Glanz der Idee. Die Menschen wissen, daraus, aus dieser Übereinstimmung, ist alles entstanden, all das Unheil in seinem ganzen Ausmaß.

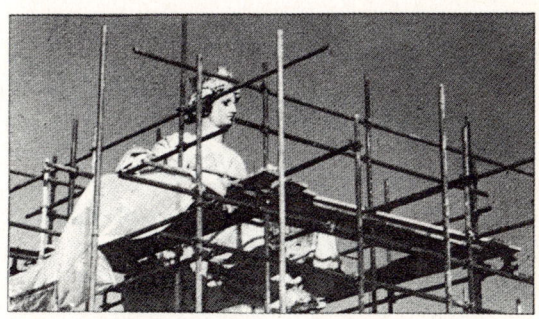

Renoir. Bresson. Cocteau. Tati

Renoir?
Es gibt einen Film, den ich ganz besonders liebe, weil er mich sehr stark an die Außenposten im Busch in meiner Kindheit erinnert. Das ist *Le Fleuve*. Das Mädchen, das Gedichte schreibt, mag ich nicht, aber ich mag das Kind, das die Schlange will. Ich mag die Treppen, die zum Ganges hinunterführen, die Veranden, die Siestas, die Gärten. Die Inder, die in dem Film vorkommen, mag ich nicht. Es ist nutzlos, sie zu zeigen. Auch die Nettigkeit überall mag ich nicht. Die Liebe ist bei Renoir zu sehr gespielt. Anschaulich wird das für mich in *La Règle du jeu* – das Begehren ist ersetzt durch seine Posen. Am besten durch seine Verzerrungen – bei dem Dienstpersonal, nicht wahr? Ich erinnere mich nicht mehr gut daran.
Bresson? Cocteau?

Bresson ist ein großer Regisseur, einer der größten, die es je gab. *Pickpocket*, *Au hasard Balthazar* können allein für die gesamte Filmkunst stehen. Cocteau kenne ich sehr wenig. Ich finde keine Worte, um über ihn zu sprechen, weil ich nie darüber nachgedacht habe. Ich glaube, daß das, was Cocteau gemacht hat, sehr schön ist. Aber für andere als für mich. Sobald sie über Kino sprechen, weiß ich, daß sie Cocteau lieben.

Tati?

Ich verehre ihn grenzenlos. Ich denke, er ist vielleicht der größte Filmemacher der Welt. *Play time* ist gigantisch, der größte Film über die Moderne, der je gedreht worden ist. Das ist »Auf der Suche nach der verlorenen Zeit« in der Dimension des Raumes, und im Bereich der Civitas ist es das einzige Mal, daß man sagen kann: Hier spielt das Volk selbst. Das ist, glaube ich, auch der Grund, weshalb der Film kein Erfolg war: Das Volk ist eine Abstraktion, und dieses Volk liebt über alles die Geschichte des seinem Schicksal ausgelieferten Individuums.

Ich fühle mich jedoch bei Tati weniger an meinem Platz als in den Filmen von Bresson. Bei Bresson geht es für mich bis zum Schmerz. Bei Tati bis zur Freude. Aber sicher bringt Tati in mir weniger in Fluß als Bresson und holt weniger aus mir heraus. Eine solche Form der Kritik sollte man einführen: nicht in zeitloser Weise über einen Film sprechen, sondern von sich selbst angesichts des Films. Wenn ich zum fünften Mal *Die Nacht des Jägers*, *Ordet* oder *Lichter der Großstadt* wiedersehe, fühle ich mich vor diesen Filmen wie neu und bin gleichzeitig verwundert, daß ich mir selber durch die Jahre meines Lebens hindurch gleichbleibe.

Duras?

Ich mag nicht alles von Duras, aber bei *India Song*, *Son nom de Venise dans Calcutta désert*, *Le Camion* und jetzt bei *Aurélia Steiner* weiß ich, daß sie zu dem Wichtigsten gehören, was jemals auf dem Gebiet des Films gemacht worden ist.

Godard?

Er ist einer der größten. Der größte Katalysator des Kinos weltweit.

Bergman?

Nein. Ich mochte einige seiner frühen Filme, unter anderen *Abend der Gaukler*, aber sonst, nein, ich mag ihn nicht mehr, ich mag ihn nicht. Ich stelle fest, daß ich ihn nie gemocht habe, selbst als ich glaubte, ihn zu mögen. *Persona* und *Das Schweigen* sind hohl. In der Schule

sagten die Lehrer »gut geschrieben, aber . . .«. Er ist der Inbegriff des
großen Filmemachers, wie geschaffen für die Amerikaner und einen
großen Teil der französischen Zuschauer, die um eine kulturelle Haltung in Anbetracht des Kinos bemüht sind und einander weismachen
wollen, sie liebten das Kino so, wie sie die Literatur, das »Schöne«
oder Kunstwerke lieben. Sie bleiben bei Bergman stehen. Die Amerikaner haben Dreyer niemals ins Programm aufgenommen. Und so
halten sie Bergman für Dreyer und umgekehrt. Man kann nicht beide
lieben, Bergman und Dreyer, nein, das ist unmöglich.

Racine, Diderot

Man weiß nicht mehr, wie die Urheber ihre Werke vortru-
gen. Weder von Racine, Pascal, Diderot, Shakespeare noch von
Bach. Die Prinzipien der Effizienz, die jetzt im Theater gelten, jagen
mich in die Flucht: »Man muß schnell sein, darf nicht bummeln, muß
unnötige Längen vermeiden und direkt aufs Ziel zusteuern.« Das
Ziel ist, daß »der Zuschauer keine Zeit hat, sich zu langweilen«. Er
hat in solchem Maße keine Zeit dazu, daß er aus dem Theater
kommt, ohne recht zu wissen, was sich vor ihm abgespielt hat. In *Ubu
Roi*, inszeniert von Peter Brook, wurde der Text sehr schnell gesprochen und schlecht artikuliert noch dazu. Man hörte nur sehr wenige
Worte von Jarry. Das war merkwürdig. Peter Brook stand im Vorder-
grund des Stückes, an Stelle des Textes, den er wohl für nebensäch-
lich hielt, wie ein aufmüpfiger kleiner Schulbub. Jarry inszenieren,
aber so, daß man ihn nicht hört. *Bérénice* zum Beispiel, stellen Sie sich
das vor – und es war wirklich so –, daß Sie nur ein Zehntel davon verstehen.

Die Kritik

– Ich habe den Eindruck, daß die hiesigen Filmkritiker sich nur
noch um Filme kümmern, die viel gekostet haben. Auch wenn sie
sagen, ein Film sei nicht gut, dann tun sie es, wenn er teuer ist, drei
volle Spalten lang. An der Länge der Artikel erkennt man, daß der
Film viel gekostet hat.

– Ich glaube, es stimmt, daß die Kritik heutzutage wie ein Sprachrohr der Presseabteilung funktioniert, daß sie vollkommen von der Arbeit der Presseabteilung abhängig ist.

– Ja, im Fall von *Le Matin*, *Le Monde* – mit Ausnahme von Claire Devarieux. Jetzt sogar *Télérama*. Einzige Ausnahme: *Libération*. Heutzutage ist es so: wenn zwei Seiten über einen Film erscheinen, dann deshalb, weil das Filmbudget die Milliardengrenze übersteigt. Nur sehr wenige Kritiker kamen, um sich *Aurélia Steiner* anzusehen. Die Budgets waren nicht groß genug. Ich glaube, das geschieht nicht bewußt, sie werden erstaunt sein, wenn sie das lesen. Aber es stimmt, für die billigen Filme machen sie sich nicht mehr die Mühe. Vielleicht sehen sie sich die im Urlaub an.

– *Das ist entscheidend. Das Geld beeindruckt die Leute sehr viel stärker als früher.*

– Sie entdecken keine Filme mehr. Ausgenommen Devarieux und Cournot, die wirklich frei sind und sich alles ansehen. Die anderen sehen sich die Filme nicht mehr zum Vergnügen an.

– *Es gibt vielleicht Ermüdungserscheinungen bei der Kritik. Zum einen gibt es viele Filme. Und dann sind auch viele vom sogenannten »Avant-garde« – oder »Außenseiter«-Kino enttäuscht. Ich habe das bei Siclier bemerkt, er ist absolut ehrlich.*

– Das stimmt, man stelle sich nur mal zum Spaß vor, drei oder vier Kritiker kämen zu einer Pressevorführung von *Aurélia Steiner Vancouver* – ein Film, der 5 Millionen alte Francs gekostet hat. Das ist undenkbar. Ich nehme es ihnen nicht übel, aber sie müßten ihre Teams verdoppeln. Wie können sie es als Filmkritiker dulden, bestimmte Filme nicht zu sehen, von denen ihnen gesagt wird, sie seien wichtig? Das ist schwer zu verstehen. Es gibt einige, die ich überhaupt nicht kenne, die aber stets zuverlässig zur Stelle sind, wenn ich etwas veröffentliche, sei es Film oder Buch. Sie versuchen, aber auf militante Art und Weise, das, was ich mache, zu verreißen. Man sagt mir ihre Namen, und dann vergesse ich sie wieder. Sie nicht. Sie kommen, sehen, lesen, sie vergessen es nicht. Das geht schon sehr lange so, jahrelang. Diese Leute erhalten aus Prinzip ihren Haß aufrecht, nicht?

– *Ja, aus Tradition.*

– Um sich als Person zu bestätigen, nicht wahr? Denn es ist doch wohl so, daß niemand mit einer solchen Ausdauer hassen kann, ohne es im vorhinein beschlossen zu haben, bevor er gelesen oder gesehen hat, oder?

20. Mai 1968:
Politischer Text über die Entstehung
des Aktionskomitees
der Schriftsteller und Studenten

Ein einziges Mal sind wir sechzig. Am 20. Mai in der Sorbonne, in einem Saal der philosophischen Bibliothek. Es handelt sich um die Gründungsversammlung des Aktionskomitees der Schriftsteller und Studenten. Fünfzehn sind berühmt: Schriftsteller, Journalisten, Fernsehreporter, Professoren, Schriftsteller, Journalisten, Fernsehreporter. Vierzig andere nicht: Schriftsteller, Journalisten, Studenten, Soziologen, Soziologen. Resolutionen werden einstimmig angenommen. Insbesondere ein Boykott des ORTF.
Es gibt zahlreiche Redebeiträge. Stärkste Beachtung finden die der Fernsehreporter. Die meisten anderen sind akustisch nicht zu verste-

hen. Zwei Vorsitzende folgen aufeinander. Einen dritten zu wählen, erweist sich als überflüssig.

Mehrfach wird proklamiert, daß »alle zu Wort kommen sollen«. Tatsächlich gelingt es sechs oder sieben, darunter Fernsehreporter und Studenten. Die Studenten, weil sie den schlechten Verlauf der Versammlung heftig kritisieren, die Fernsehreporter, weil sie über das Fernsehen sprechen.

Nichtsdestotrotz. Pläne werden aufgestellt, und oft sehr präzis. Kommissionen werden ernannt. Ein Sekretariat wird gegründet. Ein Bürodienst soll gewährleistet werden.

Gutwilligkeit greift um sich und setzt ihren guten Willen durch. Die Kommissionen werden sich niemals treffen. Diejenigen, die sich in blitzartiger Spontaneität angeboten haben – um für Bürodienst und Sekretariat zu sorgen –, werden teils nur sehr selten, teils niemals wiederkommen. Kein Bürodienst, kein Sekretariat wird gewährleistet sein.

Die, die den Mund am vollsten nehmen, werden später die geringste Ausdauer zeigen. Die meisten wird man nur einmal gesehen haben, nämlich diesmal. Am nächsten Tag vollzieht sich eine erste Klärung. Von sechzig kommen fünfundzwanzig wieder. Kein einziger Fernsehreporter. Soziologen noch. Schriftsteller auch, aber weniger berühmt als am Vortag. Studenten ja. Journalisten keine mehr.

Die Lautstärke nimmt ab. Die Reden werden weniger.

Einige Tage lang ergibt sich ein Mittelwert von 15 bis 20, die jeden Abend zur Sitzung des Schriftsteller-Studenten-Komitees kommen. Es sind nicht immer dieselben. Bis auf drei oder vier.

Diese bilden den Stamm des Aktionskomitees der Schriftsteller und Studenten. Mit ihrer praktischen Einnistung am festgesetzten Ort, zur festgesetzten Zeit, beginnt der Aufbau des Komitees.

Nach drei Tagen – das Komitee wandert nach Censier aus – vollzieht sich eine weitere Klärung. Eine bestimmte Anzahl von Schriftstellern verläßt gemeinsam das Komitee, bemächtigt sich der Société des Gens de Lettres, die sich entschlossen des Schriftstellers im engeren Sinn annimmt und sich endlich Gedanken macht über seinen Status, seine Funktion, seine Interessen und, stets hinter geschlossenen Türen, über seinen wunden Punkt: das Wort.

Dieser Abgang, der wichtigste, trennt Schriftsteller von Schriftstellern.

Obgleich rein hypothetisch – auf dreißig von ihnen kommen drei oder vier, die im Komitee waren –, stürzt dieser Abgang manche Mitglieder des Komitees in stundenlange Verwirrung. Mit Ausnahme der drei oder vier und bald noch einiger anderer.

Noch weitere vierzehn Tage lang stellt sich der gleiche Mittelwert her wie in der Sorbonne.

Um die drei oder vier, aus denen sieben oder acht geworden sind, nähren allabendlich wechselnde Zu- und Abgänge das Komitee.

Zwei oder drei Studenten kommen unregelmäßig als Zensoren. In dieser Phase wird ihnen stets sehr aufmerksam zugehört. Später immer weniger.

Manchmal kommt einer, den man noch nie gesehen hat, kommt acht Tage hintereinander, dann nie wieder.

Manchmal kommt einer, den man noch nie gesehen hat, und kommt immer wieder.

Manchmal kommt einer, den man noch nie gesehen hat – was glaubt er wohl, wo er ist? –, liest Zeitung und verschwindet für immer.

Manchmal kommt einer, den man schon gesehen oder auch wiedergesehen hat.

Manchmal kommt einer, den man noch nie gesehen hat, kommt nach einigen Tagen wieder, dann in immer kürzeren Abständen und bleibt plötzlich da.

Oft handelt es sich um einen einmaligen Besuch. Einer kommt, sieht zu, hört manchmal zu und verschwindet. Manchmal kommt einer, liefert ein handgeschriebenes Gedicht ab oder liest ein Gedicht vor. Fährt zurück in die Schweiz. Nach Montreuil.

Ein Monat vergeht. Und schon wird bemerkt, wenn jemand fehlt: Das Komitee steht.

Im allgemeinen sind es die gleichen Gründe, die die einen in die Flucht jagen und die anderen zum Bleiben veranlassen. Der wichtigste ist die Zusammensetzung des Komitees. Es widersetzt sich jeder Analyse. Der Zufall würde an Straßenkreuzungen das gleiche ergeben. Da es den Neuankömmlingen nicht gelingt, das »Milieu«, in das sie geraten sind, zu etikettieren, und es ihnen ebensowenig gelingt, das »Warum« dieser Versammlung herauszufinden, ergreifen sie die Flucht.

Der andere Grund – der sich noch kurzfristiger auswirkt – ist die Arbeitsweise des Komitees.

Jeden Tag erarbeitet das Komitee mehrere Stunden lang mit einem

Eifer, der besessen wirken mag, kollektive Texte. Im allgemeinen hält ein Neuankömmling das nicht mehr als zweimal aus.

Gleichgültig gegenüber den Abgängen fährt das Komitee unermüdlich damit fort.

In zwei von drei Fällen lassen die Zeitungen diese Texte unbeachtet oder bringen sie verspätet, als Lückenbüßer. Was kümmert es das Komitee! Es macht weiter.

Durch das Inferno der kollektiven Erarbeitung erfolgt – nach dem Auszug der Schriftstellergarde – eine tägliche Selektion.

Die Ausdauer variiert nach einem geheimnisvollen Kriterium. Man kann hier also nur zu einer empirischen Analyse übergehen.

Folgendes ließe sich sagen: Nicht ausgehalten wird dieses Inferno von den Schriftstellern, von denen man auch – im voraus – hätte annehmen können, daß sie es nicht aushalten würden. Durchhalten tun diejenigen, von denen man auch – im voraus – hätte annehmen können, daß sie durchhalten würden.

Aus dem anfänglichen Unterschied zwischen denen, die bleiben, und denen, die fliehen, wird schneller ein neuer, immer größer werdender Unterschied zwischen denen, die geblieben, und denen, die geflohen sind.

Die, die bleiben, und die, die fliehen, gebrauchen beide das gleiche Wort, um sowohl das unsinnige Aufderstelletreten in den Sitzungen zu bezeichnen als auch die außergewöhnliche Ausdauer, die man braucht, um durchzuhalten.

Es ist UNMÖGLICH, sagen die einen wie die anderen.

Einen Text abzulehnen, heißt auch, diesen Text durchzuarbeiten.

Ein Text, der, anderswo gelesen, Zustimmung ernten würde, wird hier verworfen. Die erste Regung ist Ablehnung des zur Beurteilung anstehenden Textes. So stark ist die Dressur zur Beifallsbezeugung, daß die Freiheit, einmal losgelassen, zunächst ABLEHNT.

Selbstverständlich liegt der kollektiven Erarbeitung die Kritik an der Arbeit EINES EINZELNEN zugrunde. Ohne diese Voraussetzung ist sie illusorisch. Mehr noch, ein Unsinn.

Erste Lektüre: Das Mißtrauen ist auf seinem Höhepunkt. Auf Anhieb wird dem Text vorgehalten, daß er – immer noch und immer wieder – der unaufhebbaren Einsamkeit des geistigen Prozesses unterworfen ist. Sein unbekannter Autor wird in seiner Unverantwortlichkeit objektiv bestraft. Die »Frucht seines Inneren« wird massakriert.

Zweite Lektüre: Das Mißtrauen läßt nach. Dritte Lektüre. Fünfte Lektüre. Hier, wenn die Strafe des INDIVIDUUMS abgebüßt ist, tritt die Gemeinschaft in Funktion.

Nachdem er in die Mangel genommen, verworfen, verhöhnt, abgelehnt worden und VERSCHWUNDEN ist, wird der Text neu geboren. In einer Form, die sich oft kaum von der ursprünglichen unterscheidet. Von einer grammatikalischen Variante abgesehen, wird also daraus ein GEMEINSAMER Text. Er hat den Tunnel durchquert. Kommt heraus. Erhebt sich in die Luft.

Ich langweile mich hier, erklärt der Schriftsteller.

Man sieht ihn nicht mehr wieder. Aber er zieht ab wie ein begossener Pudel. Obwohl voraussehbar, läßt seine Ungeduld uns ihn mit anderen Augen betrachten. Im nachhinein, beim Lesen seiner Schriften, wird man gewahr, daß er in der Tat nichts weiter getan hat, als sich unbeschadet vom Alten auf das Neue zu verlegen.

Die aus dem Schriftsteller-Studenten-Komitee hervorgegangenen Texte sind fast durchweg Texte von mustergültiger Strenge. Ja. Sie zeigten keinerlei Spuren mehr von ihrer ungeheuer schwierigen Geburt.

Diese Schwierigkeit wird als der wesentliche Reiz am Unternehmen der kollektiven Erarbeitung erlebt. Von ihr wird diese im Innersten bestimmt.

Sie resultiert aus dem Widerstand des einzelnen gegen den Lauf des Ganzen. Aus der Böswilligkeit des einzelnen gegenüber der Objektivität des Ganzen. Aus der Subjektivität des einzelnen gegenüber der Objektivität des Ganzen. Sie ist so alt wie die Welt.

Die Schwierigkeit des einzelnen zu ÜBERLEBEN ist von gleicher Art wie jene allgemeine Schwierigkeit. Die Schwierigkeit des einzelnen wird hier zu etwas Gemeinsamem. Sie wird zur Schwierigkeit des einzelnen, sein Überleben zu einer gemeinsamen Sache zu machen.

Im Komitee ist es UNERTRÄGLICH. So wird es aufgebaut. Die Galeere ist seit vier Monaten auf See. Wir sitzen im Maschinenraum. Alle möglihen – nächtlichen – Sabotageakte sind versucht worden. Nichts hat gewirkt.

Nichts verbindet uns als die Verweigerung. Abgewichen vom rechten Pfad der Klassengesellschaft, aber lebendig, nicht einzuordnen, aber auch nicht kleinzukriegen, sind wir Verweigerer. Wir treiben die Verweigerung so weit, daß wir es ablehnen, uns in politische Gruppierungen zu integrieren, die behaupten zu verweigern, was auch wir verweigern. Wir lehnen die programmierte Verweigerung der oppositionellen Institutionen ab. Wir lehnen es ab, daß unsere Verweigerung verschnürt, verpackt und abgestempelt wird. Daß ihre lebendige Quelle versiegt und ihr Lauf umgelenkt wird.

Im Schriftsteller-Studenten-Komitee gibt es kein einziges Mitglied einer politischen Organisation oder Partei. Keiner hätte das überstanden.

Wenn gefordert wird – und das geschieht regelmäßig –, *einmal* die Vorstellungen der einzelnen explizit zu machen, wird diese Forderung stets von der Mehrheit zurückgewiesen. Mit der nachfolgenden Erleichterung, einer Gefahr entronnen zu sein. Wir sagen, wir weigern uns, uns theoretisch auseinanderdividieren zu lassen, wir verweigern das Gift des klaren Begriffs. Wir gehen nicht so weit zu sagen, was wohl der Wahrheit entspräche: Was wir zusammengetragen haben, sind weniger unsere theoretischen Kenntnisse als das Mißtrauen, das wir ihnen gegenüber hegen. Unsere Verweigerung enthält auch die Ablehnung, die Verweigerung durch Idiosynkrasien aufsplittern zu lassen.

Vom ersten Tag an wurde nicht nur in puncto Ideen Zurückhaltung geübt, sondern auch hinsichtlich des Privatlebens und der Bezugnahme auf das Persönliche. Und das hat sich ganz selbstverständlich so ergeben. Lediglich Beschimpfungen beziehen sich auf persönliche »Informationen« und Attribute.

– Du bist doch. Du hast doch.

Nur Beschimpfungen greifen, um besser treffen zu können, auf den rückschrittlichen Wert der Kenntnisse über Personen zurück.

Im allgemeinen haben alle Komiteemitglieder einen neu entdeckten Instinkt, über ihre Motive, weshalb sie hier sind statt anderswo, zu schweigen.

Im übrigen könnte sicher nur eine langwierige psychoanalytische Erforschung die näheren Begleitumstände erhellen – und auch das nur geringfügig. Der gemeinsame Nenner bliebe – und das gilt für alle Aktionskomitees – die bewußte oder unbewußte *wilde Verweigerung.* Alle bewahren in dauerndem Bemühen DIE GRUNDLEGENDE GEMEINSAME UNDURCHSICHTIGKEIT, in die das Komitee getaucht ist. Häufig wird gar nichts getan. Man sagt:

– Ich möchte euch darauf aufmerksam machen, daß wir nichts tun. Reine Gewohnheit.

Das Problem liegt woanders.

Gerade in diesen toten Phasen ist das Komitee ganz unbestreitbar *existent*. Warum muß man unbedingt etwas tun? Und gerade dann droht sein Geheimnis an die Oberfläche des Lebens zu treten – *existieren*. Jeden Tag stehen wir individuell vor dem Paradox, daß wir zu diesem fürchterlichen, zusammengewürfelten Haufen zurückkehren UNTER TAUSEND MÖGLICHEN ANDEREN wie zu einer Versammlung, die wir selbst gewählt hätten.

Dieser zusammengewürfelte Haufen übt auf jeden von uns eine ANZIEHENDE ABSTOSSUNG aus. Wir sind ständig hin- und hergerissen zwischen dem Impuls, ihn abzulehnen, und dem, dorthin zurückzukehren. Er bietet sich an und entzieht sich zugleich. Seine Form ist in Fluß.

Worum geht es? Um etwas ganz anderes vielleicht? Vielleicht.

Wir sind die Anti-Zelle. Um uns herum nichts als unseresgleichen, die anderen Aktionskomitees. Keine Anweisungen. Kein vorgegebenes Muster, keine Militanten. Entweder man verweigert. Oder man schluckt das Gift. Man erscheint. Man schließt sich an. Hier gibt es keine Lehrmeinung, keine »Linie«. Wir *klassifizieren* hier niemanden von Anfang an. Hier herrscht Unordnung.

Der Mangel an adäquaten Bezugspunkten läßt uns per Analogie vorgehen: Das Komitee hat die Unbeständigkeit von Träumen. Es hat die Wichtigkeit von Träumen. Es ist frappierend wie ein Traum. Und wie ein Traum ist es alltäglich.

Man kann von einer Liebe ohne Objekt träumen. Das Band, das uns zusammenhält, ist der Zufall.

Das offensichtliche Fehlen jeglicher Zusammengehörigkeit unter seinen Mitgliedern läßt es bereits – für den, der von außen kommt – einer Gesellschaft ähneln, aber *wiederum* einer Gesellschaft besonderer Art, einer KOMISCHEN Gesellschaft VON VERRÜCKTEN.

– Ihr seid verrückt, tönt es häufig aus dem Mund unserer Beobachter. Wir reagieren nicht.

– Ihr seid politisch grenzenlos unrealistisch.

Wieder eine Gewohnheit. Immer noch ist mangelnder Realismus ein Verbrechen. Wir werden noch hundert Jahre warten müssen.

Wir haben die letzten Barrikaden überdauert, die Wahlen, den Sommer, das Auseinanderlaufen der Studenten, ihre Rückkehr, die Schließung der Universitäten, ihre Wiedereröffnung, die heftigen Auseinandersetzungen, die schlimmsten Beschimpfungen. Seit zwei Monaten hat uns niemand mehr verlassen.

Diese Beweise erscheinen uns ausreichend. Wir sind ewig.

Wir sind die Vorgeschichte der Zukunft. Wir sind jene Anstrengung, jenes Vorausgehende, von dem aus sie möglich werden wird. Wir stehen am Anfang des ÜBERGANGS. Wir sind jene Anstrengung.

Wir müssen wohl niemals eine zutiefst entfremdende gesellschaftliche Existenz gehabt haben. Sonst hätten wir nicht durchgehalten.

Die, die geflohen sind – mit einem Wort oder mit tausend – hatten sich bereits in dem Apparat verfangen. Sie können ruhig das Gegenteil behaupten. Es nützt nichts.

Niemand ist jemals zufrieden mit der Art und Weise, wie die Sitzungen ablaufen. Im allgemeinen heißt es, die Detailprobleme nähmen zu viel Zeit in Anspruch. Aber nur selten wird präzisiert, von welcher Art Allgemeinheit die Probleme sein sollten, die an ihre Stelle zu treten hätten.

Eine bemerkenswerte Folge unserer Ausdauer beginnt spürbar zu werden. Jede Zusammenkunft wird zur Voraussetzung der folgenden. So daß der Neuhinzukommende jetzt Schwierigkeiten hat zu verfolgen, was wir sagen, und zu verstehen, was das Ziel unserer Beschäftigungen ist. Unsere Sitzungen, auch wenn sie seltener stattfinden, umgrenzen die Beziehung nicht mehr, die wir dazu haben. Diese geht über sie hinaus. Wir werden unverständlich für die, die sich uns nicht rechtzeitig angeschlossen haben. Sie schätzen uns falsch ein.

– Es ist bedauerlich, *ihr verschwendet eure Zeit*. Gerade jetzt solltet ihr die Texte unterzeichnen, eure Namen ausspielen. Das Übliche. Die innere Arbeit, die hier geleistet wird, zählt nicht. Wir bewegen uns gemeinsam vorwärts in Richtung einer rigorosen Freiheit.

Schon lassen die, die ohne Bedauern fliehen, auch uns, geben wir es zu, ohne Bedauern unsererseits zurück.

Die Einbeziehung – ausgehend von dem Wunsch jedes einzelnen, austauschbar zu sein – und die Aufwertung der Nichtperson erscheint uns als die einzig revolutionäre Auffassung. Sie geht einher mit der Aufwertung des Individuums unabhängig von seiner Person.

Wir haben mehrheitlich beschlossen, ein Bulletin zu veröffentlichen, das, so hoffen wir, unsere Erfahrung widerspiegeln wird.

Wir wissen nicht, ob das Komitee diesen Versuch übersteht.

P.S.: Der vorstehende Text wurde vom Aktionskomitee der Schriftsteller und Studenten abgelehnt. Er wurde entweder als zu »persönlich«, »literarisch«, »böswillig« oder als »falsch« beurteilt. Mit dieser Ablehnung begann die Auflösung des Aktionskomitees der Schriftsteller und Studenten. Der *Observateur* hat – vor einigen Jahren – einen Auszug daraus veröffentlicht sowie Fragmente von Maurice Blanchot und Dionys Mascolo, die ebenfalls im Bulletin des Komitees erscheinen sollten. Nur ihre beiden Namen wurden genannt, meiner wurde weggelassen.

Für Jean-Pierre Ceton, die grünen Augen

Komm, komm und laß uns gehen, zusammen, an diesem Frühlingsnachmittag, komm, laß uns gehen, durch die Stadt, laß uns reden, von allem, das ist das Glück des Lebens, betrachten wir das Gedränge, die Stadt durch die Scheiben, das gelbe Licht, gehen wir, immerfort, bleiben wir, da und auch da, und betrachten wir hinter den Scheiben die Stadt, das gelbe Licht über allem, reden wir, vom Fortgehen, vom Bleiben, vom Schreiben, vom Sichumbringen, verstehst du, komm einfach, um den Lärm zu hören, den Klang der fremden Sprachen, die Schreie, das Getöse, den Fluß, angenehm ist es zu reden, sieh die Aasgeier, sie kreisen über den Tälern auf der Suche nach Beute, die Kriege, weißt du, die Lager, ja, horch, die Züge, rollen durch Europa, Hunger, sagt man, und Tote, noch immer, ja, du weißt es, ja, alles ist gleich und nichts, nein nichts, denn da sind wir, ja, wir, horch, hör auf die Leere, die da kommt, neu, das neue Abenteuer, bleiben wir zusammen bis zum Abend, betrachten wir unsere langen Schatten auf dem Fußweg, bleiben wir zusammen, bis das Licht schräg fällt, am Abend, schauen wir zu, wie die Nacht kommt, die andere Seite des Lebens, diese Umkehrung, kaum sieht man es, kaum spürt man es, das Hinübergleiten, das leichte Umklappen, und dann hier, hier kommen sie, die Geister, die Geister der Finsternis, auf leisen Sohlen, sie kommen, hör nur, weißt du, die neuen Ernten, die der Nichtarbeiter, sie werden keine Arbeit mehr verrichten, nicht leiden und werden tun, was ihnen beliebt in der uneingeschränkten Muße ihres Lebens, sieh und hör, diese wundersame Zeit, sie kommt, langfristig, auf Dauer, allmählich, es gibt keine Arbeit mehr, wird keine Arbeit mehr geben, die langen Zeiten der Arbeitslosigkeit am Ende des 20. Jahrhunderts, du hast es gehört, haben begonnen, werden bleiben, Jahrhunderte lang, sagen wir das gleiche vom Sommer, der Sommer beginnt, sagen wir es einfach, der Sommer beginnt, die langen Tage des Sommers, sie sind anhaltend und tiefgründig und werden so bleiben bis in Ewigkeit, komm, die Vermehrung der Arbeitsplätze hat aufgehört, die Vermehrung der Mühsal auch, es ist nicht mehr der Mühe wert, lügen nicht mehr, keine Arbeit mehr, keine Erwerbstätigen mehr, komm, laß uns reden, immer weiter, von allem, das ist das Glück des Lebens, von jener ozeanischen Stadt, dort wird sie aus den Fluten steigen, aus dem Fluß, sie ist die vom anderen Ufer, hör zu, schau sie an, sie

kommt, sie ist die, die da kommt, sie, der Untergang der Welt, schau,
da ist sie, du erkennst sie, sie ist unsere Schwester, unsere Zwillings-
schwester, sie kommt, grüßt, wir lächeln ihr zu, so jung ist sie, so
schön, angetan mit weißer Haut, die Augen grün.

Chaplin, ja

Ja, Chaplin. Er war unreflektiert, kein theoretischer Kopf,
ohne Urteilskraft. Er steckte immer mitten in der Komödie, das
heißt, die Komödie verließ ihn nie. Die Komödie verband sich mit
der Realität und spiegelte sie ihm wider. Dann fürchtete er sie und
nahm sie wahr. Er hat den Nazismus als einen grausamen Zirkus gesehen, aber eben als einen Zirkus, Hitler als blutbefleckten Clown
und Landru als Zwangsarbeiter des Verbrechens. Er sah nichts an
sich, Chaplin. Die Menschheit begriff er als eine Verdammnis, der er
sich überließ. Er schwamm mit, er trieb mit.
Chaplins Größe. Ganz allein stellte er die Masse dar. Wie in einen
Brunnen ohne Grund geworfen. Nichts hielt seinen Sturz auf. Das
Ereignis fiel bis in seine tiefsten Tiefen. Es ging unter, und Chaplin
ließ es untergehen, ließ es geschehen. Wenn das Ereignis zurückkam,
nach diesem Aufenthalt in seinem Innern, im Vergessen, im verstan-
desmäßig Unzugänglichen vor allem, erst dann erkannte Chaplin es
und gab darüber Auskunft. Chaplin ist kein eigensinniger Sonder-
ling. Er ist ein genialer Krüppel, ein sagenhafter Zwischenfall in der
Geistesgeschichte, ein gigantischer Einschnitt im Leben des Kinos.
Er ist geistig minderbemittelt. Geistig zurückgeblieben.
Es heißt, Chaplins große Chance sei gewesen, daß er zur Zeit des
Stummfilms aufgetaucht ist. Ich sage, diese Dimension des Stummfilms ist im Tonfilm niemals erreicht worden.

Die Einsamkeit

Man findet, die Menschen seien in der heutigen Gesellschaft zu sehr allein. So gesagt, bedeutet das, glaube ich, gar nichts. Es gibt unerträgliche Menschen, denen jeder aus dem Weg geht, eben weil sie unfähig sind, allein zu sein. Menschen, die nicht sehen, nicht hören und das Leben um jeden Preis möblieren. Menschen, die entsetzt und isoliert sind gerade wegen ihres Entsetzens bei dem Gedanken an die Einsamkeit des Lebens. Ihr Entsetzen entsetzt uns wiederum. Wenn wir vom Alleinsein sprechen, finden wir, daß die Menschen gleichzeitig zu viel und nicht genug allein sind. Die meisten Menschen heiraten, um aus dem Alleinsein herauszukommen. Um zu leben mit, zu essen mit, ins Kino zu gehen mit. Das Alleinsein ist vertuscht, aber nicht aufgehoben. Die Garantie: die Zuflucht bei dem anderen, der immer da ist. Das liebende Paar ist Sache eines Augenblicks. Es überlebt die Ehe nie. In allen westlichen Gesellschaften ist das Paar christlich, immer. Doch bei jedem neu entstehenden Paar erhält sich unangetastet die Illusion, es werde die Ausnahme von der Regel sein. Lieben wird damit gleichgesetzt. Mit dem Paar. Mit dem Ende des individuellen Abenteuers, welcher Art es auch sein mag – die Mutterschaft dagegen sehe ich als eine Befreiung von sich selbst, als ein Sichverdoppeln durch ein Kind, als Vergrößerung durch ein Kind, nicht als ein Teilen mit ihm. Bei dem Paar im Paar ist nichts zu machen als zu warten, daß dieses Wunder, die Zeit der Liebe, abläuft. Das Paar ist sich selbst Zweck und Ziel. Zu zweit macht man nichts, nicht einmal ein Kind, es entsteht von allein, nicht einmal Liebe, sie findet woanders statt, wo sie einschlägt wie der Blitz, dort, im Paar, kennt man sie nicht mehr, dort weiß man nichts mehr von Liebe, man verbringt Zeit und Leben. Man geht über das Leben hinweg. Das Leben, das man überfliegt, verletzt nicht. Die Einsamkeit ist dort erträglich, sie ist keine Isolation mehr. In dieser Hinsicht ist das Paar beneidenswert und erscheint in allen Gesellschaften der Welt als eine geniale Erfindung, um die Lebenszeit zu verbringen. Man lebt in stetem Bezug auf eine Treue, die zum religiösen Tabu erklärt worden ist. Unsere Liebe war so stark, daß wir ihr nicht untreu werden können, ohne Gott zu lästern. Den jungen Menschen, die behaupten, diese Qual nicht kennengelernt zu haben, nicht zu kennen, können wir nicht glauben, es sei denn, sie reden von etwas anderem, vom Zusammenziehen, von Haushaltsgründung, nicht aber von Liebe und Be-

gehren. Diese Qual, diese Moral erfaßt alle Lebensbereiche. Wenn ich schreibe, versündige ich mich an jemandem. Wenn ich »anderswo« liebe, versündige ich mich an der Liebe des- oder derjenigen, der oder die mich erwartet. Wenn ich fortgehe, verlasse ich, wenn ich mich entferne, will ich bereits verlassen. Die Verantwortlichkeiten nageln fest. Glück ist nicht möglich. Nicht zusammen mit Freiheit. Die Erfahrung der Freiheit ist sicher die härteste von allen, aber es handelt sich um ein anderes, ungeheures Glück. Wenn von einsamen Menschen die Rede ist – auch in den sogenannten glücklichen, stabilen Paaren findet man sie. Kinder sind da. Die Arbeit. Lieben tut man sich nur am Sonnabendnachmittag. Man hat kein Verlangen mehr nacheinander, aber eine tiefe Zuneigung. Man träumt jede Nacht von einer neuen Liebe. Von einem neuen Verlangen. Man erzählt diese Träume nicht. Der Traum macht sich des Verrats schuldig. Der Verrat ist das wahrste, was von der Liebe bleibt. Was es erlaubt zu warten.

Die Frau von Hiroshima ist allein, sie ist dem Alleinsein zurückgegeben durch den Tod des jungen Deutschen. Sie bleibt allein, selbst in der Ehe, in der Mutterschaft. Anne-Marie Stretter hat einen Liebhaber, aber Sinn und Zweck des Paares, das Ende des Alleinseins, gibt es zwischen ihnen nicht mehr. Die Verzweiflung hat hier freies Feld. Anne-Marie Stretter lebt in einer endgültigen Einsamkeit. Und als sie stirbt, stirbt sie allein. Er macht keinerlei Bewegung, um sie daran zu hindern, daß sie sich tötet. Es gibt keine größere Einsamkeit als die von Aurélia Steiner. Von zukünftigen Projekten kann man immer reden, von einem zukünftigen Film zum Beispiel, das hält den Film oder das Projekt nicht auf. Ein Buch hingegen, das gerade geschrieben wird, ist ein Ort, der nicht betreten werden darf, bei Strafe seiner Nichtexistenz. Wenn man von einem Buch etwas nach außen hin sehen läßt, anschauen läßt, nimmt man etwas aus ihm heraus, und zwar endgültig. Das Buch kommt hervor, und während es hervorkommt, ist es nichts weiter als potentielles Leben, und wie das Leben braucht es alle möglichen Zwänge – Ersticken, Schmerz, Trägheit, Leiden, Hindernisse aller Art, Schweigen und Dunkelheit. Zuerst macht es den Widerwillen gegen das Geborenwerden durch, den Schrecken davor zu wachsen und das Licht der Welt zu erblicken. Wenn es dann existiert, trägt es keine Spur, nichts mehr von dieser ersten Wegstrekke an sich. Aber während es sie durchläuft, muß es das allein tun, ohne jede Hilfe. Man kann nicht vorzeitig darüber urteilen, was dar-

aus werden wird und das Geheimnis zur Schau stellen, das über seinem Schicksal herrscht, ohne seine Zukunft zu verstümmeln und, vor allem, ohne zu bewirken, daß sein Geheimnis für immer entweicht, daß es dadurch für immer verändert wird. Man muß diese Reise mit dem entstehenden Buch auf sich nehmen, dieses Zuchthaus, während der ganzen Zeit des Schreibens. Dann findet man Gefallen an diesem wunderbaren Unglück.

Ich rede vom Schreiben. Ich rede auch dann vom Schreiben, wenn ich scheinbar vom Kino rede. Ich kann von nichts anderem reden. Wenn ich Kino mache, schreibe ich, ich schreibe über das Bild, darüber, was es darstellen sollte, über meine Zweifel hinsichtlich seines Wesens. Ich schreibe über die Bedeutung, die es haben sollte. Die Wahl des Bildes folgt danach, sie ist eine Konsequenz aus dem Schreiben. Der Text des Films, das ist – für mich – das Kino. Im Prinzip ist ein Skript für ein »Nachher« gemacht. Ein Text nicht. Hier ist, was mich betrifft, das Gegenteil der Fall.

Als ich *Aurélia Steiner Vancouver* schrieb, war ich nicht sicher, ob ich es hinterher würde drehen können. Ich schrieb es in dem Glücksgefühl, daß ich es hinterher nicht drehen würde. Ich habe es geschrieben. Wenn man mir nicht die fünf Millionen alte Francs fürs Drehen gegeben hätte, hätte ich einen Schwarzfilm gemacht, einen schwarzen optischen Streifen. Ich stehe in einem mörderischen Verhältnis zum Kino. Als ich anfing, Kino zu machen, hatte ich es auf *die kreative Fähigkeit zur Zerstörung des Textes* abgesehen. Jetzt will ich das Bild treffen und herabsetzen. Ich bin soweit, daß ich ein *Passepartout*-Bild ins Auge fasse, das über eine endlose Reihe von Texten gelegt werden kann, ein Bild, das in sich keinerlei Bedeutung haben sollte, das weder schön noch häßlich wäre und das seinen Sinn nur aus dem Text

erhielte, der darüber hingeht. Mit dem Bild in *Aurélia Steiner Vancouver* bin ich schon nicht mehr sehr weit vom Idealbild entfernt, einem Bild, das so neutral ist – seien wir ernst –, daß es die Mühe, ein neues zu machen, erspart. Diejenigen, die Kilometer von Bildern machen, sind naiv, und – haben Sie es bemerkt? – manchmal kommen sie zu nichts. Mit dem Schwarzfilm wäre ich also beim idealen Bild angelangt, bei dem der eingestandenen Ermordung des Kinos. Das ist es, was ich in letzter Zeit in meiner Arbeit entdeckt zu haben glaube.

Wenn ich den Text, so wie er unvermutet auf der Seite erschienen ist, die geschriebene Stimme, nicht wiederfinde, fange ich von vorn an. Ich habe *Le navire Night* viermal angefangen. Bei *Le Camion* und *Aurélia* habe ich sofort den ersten Weg der Stimme gefunden. Sie sehen, ich versuche nirgends, die Bedeutung des Textes zu vertiefen, wenn ich ihn lese, nein, ganz und gar nicht, nichts dergleichen, was ich suche, ist der ursprüngliche Zustand des Textes, so wie man sich an ein weit zurückliegendes Ereignis erinnert, das man nicht erlebt hat, aber vom »Hörensagen« kennt. Der Sinn stellt sich später ein, er braucht mich nicht. Die lesende Stimme allein gibt ihn wieder, ohne daß ich etwas dazutue. Das Lesen bietet sich, laut, in der gleichen Weise dar, wie es sich einem selbst dargeboten hat, beim ersten Mal, ohne Stimme. Die Langsamkeit, die Disziplin der Interpunktion, das ist, als entkleidete ich die Worte, eines nach dem andern, und entdeckte, was darunterliegt, das einzelne unkenntliche Wort, aller Verwandtschaft, aller Identität entledigt, verlassen. Manchmal bietet sich der Platz eines künftigen Satzes dar. Manchmal nichts, kaum ein Platz, nur eine Form, aber eine offene, die es zu erfassen gilt. Und alles muß mitgelesen werden, auch der leere Platz, will sagen: Alles muß wiedergefunden werden. Man wird gewahr, wenn man spricht, wenn man zuhört, wie brüchig die Worte sind und wie leicht sie zu Staub zerfallen können.

Nadine aus Orange

Die Geschichte von Nadine aus Orange, die entführt und dann gesund und unversehrt von ihrem Entführer zurückgegeben wurde. »France-Observateur«, 12. Oktober 1961.

Im Anschluß an das im Fernsehen ausgestrahlte »Verhör« von André Berthaud habe ich dessen Frau aufgesucht. Ich habe eine Stunde vor ihrer Tür gewartet, sie wollte nicht öffnen, sie jagte mich fort, vor Schrecken und Entsetzen hatte sie sich verschanzt. Schließlich hat sie geöffnet. Wir haben viel geredet. Beim Reden horchte sie auf die Geräusche im Treppenhaus – wieder die Polizei? Ich erinnere mich noch an das Bild: Der Mann in den Räumen der Rue des Saussaies, an die Wand gestellt, im Licht der Scheinwerfer, das Gekläff der Polizisten, die Jagdbeute, sie teilten sie untereinander auf wie einen Festschmaus. Gibst du es zu, ja? Gib es zu . . . gib es zu, daß du sie berührt hast . . . Dreckskerl . . . Achtzehn Jahre später ist es immer noch da, unerträglich. Er bat, aufs WC gehen zu dürfen, und dort stieß er sich ein Messer ins Herz, er, der nichts konnte, hat das gekonnt. Ich erinnere mich an die Wirkung dieser Nachricht abends im Fernsehen. An die Wut der Leute und ihre plötzliche Weigerung, sich manipulieren zu lassen, ihre Weigerung, die Polizeiversion zu schlucken, derzufolge André Berthaud Selbstmord begangen habe, eben weil er schuldig gewesen sei. Große Niederlage der Polizei, die ganze Sache.
Jetzt, genau wie damals, als es passierte, sehe ich die Tat André Berthauds nicht als einzige Antwort, die ihm zur Verfügung stand, sondern vor allem als Weigerung, überhaupt eine Antwort zu geben, das heißt, sich auf das mörderische Theater der Polizei einzulassen. Seine geistige Zurückgebliebenheit kommt ihm hier zustatten: Er stirbt, wie er es entschieden hat. Ja, an jenem Abend, plötzlich niemand mehr auf dem Polizeirevier, keine »Arbeit« mehr, sie sind allein, sie sind »gefoppt«, »getäuscht« worden: Der Mann ist tot. Die Liebe zwischen dem Mann und dem Kind wird ungestraft bleiben, der Tod hat ihr ein Ende gesetzt. Ich glaube unbedingt an diese Liebe. André Berthaud und das kleine Mädchen haben sich geliebt. Die medizinische Untersuchung hat eindeutig ergeben: Der kleinen Nadine ist keine Gewalt angetan worden. Es hätte zur Notzucht kommen können. Aber es ist nicht dazu gekommen. Daß es eine Verschiebung der nicht bis zur letzten Geste ausgeführten Notzucht bei A. Berthaud gegeben

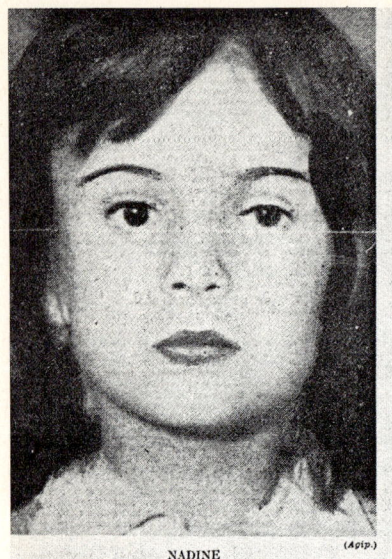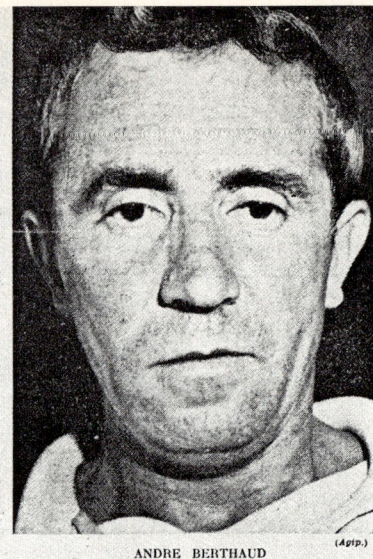

NADINE   (Agip.)   ANDRE BERTHAUD   (Agip.)
« Les mots ne correspondent pas. »

hat, ist möglich und auch wahrscheinlich – man kann sich eine so heftige Liebe nicht ohne die Folgen des Begehrens vorstellen –, aber das ist für mich gerade der Grund, weshalb eine Vergewaltigung umgangen worden ist: durch die so starke Liebe des Kindes.
Das Gefühl, daß mich das nichts angeht, daß das niemanden etwas angeht. Eine Vergewaltigung hat nicht stattgefunden.

Plötzlich sage ich mir, daß es sehr merkwürdig ist, daß die Mörder der vier Polizisten in den letzten Monaten innerhalb von achtundvierzig Stunden gefunden wurden, daß man aber die Mörder von Pierre Goldman nach dreieinhalb Monaten immer noch nicht gefunden hat.

– *Marguerite Duras*: Wie hat es angefangen?
– *Madame Berthaud*: Nadines Vettern waren mit meiner Tochter Danielle befreundet. So haben mein Mann und Nadine sich kennengelernt. Sie waren in den Ferien alle zusammen in Notre-Dame-des-Monts. Man meint, sie hätten sich schon lange gekannt, aber das ist ein Irrtum. Nadine und André haben sich erst in den letzten Tagen unseres Urlaubs zwischen dem 31. August und dem 4. September kennengelernt. In diesen fünf Tagen haben sie sich angefreundet.

– Was geschah zwischen dem 4. September und Dienstag, dem 26., als er abgereist ist?

– Er ist für drei Tage nach Notre-Dame-des-Monts zurückgefahren, ohne uns, um Nadine wiederzusehen.

– Während der fünf Urlaubstage, als Sie in Notre-Dame-des-Monts waren, was ist da passiert?

– Sie haben sich heftig angefreundet und waren ganz verrückt aufeinander. Die Zeitungen haben nicht die ganze Wahrheit geschrieben. Auch die Kleine konnte nicht ohne André sein. Wo wir auch waren, immer kam sie an. Sie spielten zusammen, sie badeten zusammen. Sie hängte sich an seinen Hals und ging so, an seinem Hals hängend, ins Meer. Er nahm sie auf seine Schultern. Früh, vom Aufstehen an, war sie hinter ihm her. Es kam uns komisch vor, und es war sogar lästig. Einmal, als sie zu uns kam, war er drei Kilometer weit weg zum Baden gefahren. Ich mußte böse werden, um sie daran zu hindern, die drei Kilometer zu Fuß zu gehen, um zu ihm zu kommen. Wo wir auch waren, sie kam hin. Sie lief von ihrer Großmutter weg und kam zu André. Sie hätte gern bei uns geschlafen und gegessen. Wo wir auch waren, sie fand uns. Einmal haben wir unter den Pinien gepicknickt, sie hat es geschafft, uns zu finden. André schlief. Wir haben sie weggejagt. Aber dann wachte André auf. Da ist sie natürlich bei uns geblieben, er hat es verlangt!

– Wie war André Berthaud zu seinen eigenen Kindern?

– Auf seine Weise liebte er uns alle drei ganz schrecklich. Er hätte den getötet, der seine Kinder angerührt hätte. Aber ich muß sagen, niemals hatte er sich für ein Kind so interessiert, niemals, wie er sich für Nadine interessiert hat, nicht einmal für seine eigenen Kinder. Mit Nadine, das kam ganz unerwartet. Und er hat es auf die Spitze getrieben, sobald er sie gesehen hat. Sie müssen schreiben, daß er krank war. Daß er ein sehr impulsiver Mensch war, bei dem es immer auf Leben und Tod ging, ein sehr einfacher Mensch. Die Geschichte zwischen Nadine und ihm ist die Geschichte eines zwölfjährigen Kindes, das sich in ein zwölfjähriges Kind verliebt. Niemals hätte ich mir so etwas vorstellen können. Als wir aus Notre-Dame-des-Monts abreisten, das war schrecklich. Sie wollte bei ihm bleiben, er wollte bei ihr bleiben. Alle beide weinten sie. Sie waren verzweifelt.

– Sie sagten, er sei noch einmal hingefahren, um sie für ein Wochenende wiederzusehen? Und nach diesem dreitägigen Wochenende mit Nadine haben Sie angefangen, sich Sorgen zu machen?

– Ja. Er wollte Nadine wiedersehen. Er wiederholte in einem fort: »Ich will Nadine wiedersehen.« Er redete ununterbrochen von dem Kind. Die Fotos von Nadine wollte er unbedingt überall stehen haben, auf dem Fernseher, auf dem Kamin, überall. Wir haben versucht, sie wegzunehmen. Und da hat er angefangen, uns zu drohen, unserer Tochter Danielle zu drohen. »Wenn einer auch nur ein Foto von Nadine wegnimmt«, sagte er, »dann sieht Danielle J. niemals wieder.« (J. war Danielles Verlobter.)

– Glauben Sie, daß die Tatsache, daß Danielle ihn nach Orange begleitet hat . . .?

– Ja, da bin ich sicher. Ich bin sicher, daß er zu ihr gesagt hat: »Wenn du nicht mit mir kommst, dann siehst du J. nie wieder.«

– Erzählen Sie mir noch mehr aus der Zeit, bevor er den Entschluß faßte, mit Nadine wegzufahren.

– Er wollte Nadine wiedersehen, sie wiedersehen um jeden Preis. Er sprach mit mir darüber. »Ich will Nadine wiedersehen. Du brauchst auf Nadine nicht eifersüchtig zu sein. Ich liebe sie von ganzem Herzen. Wenn sie fünfzehn oder sechzehn Jahre alt wäre, könnte ich verstehen, daß du eifersüchtig bist, aber auf Nadine brauchst du nicht eifersüchtig zu sein.« Wenn ich mir die ersten Tage keine Sorgen machte, dann nur deshalb, weil Nadine neunhundert Kilometer weit von ihm weg war.

– Was war Ihre Sorge zu dem Zeitpunkt?

Ich hatte nur Angst, daß er die Eltern der Kleinen belästigen und stören könnte, um sie wiederzusehen, daß er vor die Tür gesetzt würde. Niemals habe ich etwas anderes befürchtet.

– Seine Leidenschaft für Nadine wuchs von Tag zu Tag?

– Ja. Wir haben versucht ihn zu heilen, die Kinder und ich. Nadine ist ein entzückendes Mädchen. Wir haben gesagt: »Nadine ist schwarz wie ein Neger, sie verliert ihre Zähne, Nadine ist häßlich.« Er bekam fürchterliche Wutanfälle. »Es gibt keine, die schöner ist als sie«, sagte er. In der letzten Zeit, in den letzten Tagen vor dem 26. September, war es ganz schrecklich. Er schlief nicht mehr. Er aß nicht mehr. Er dachte nur noch an die Kleine. Wir versuchten immer wieder, ihn zum Lächeln zu bringen, wir baten ihn zu lächeln. Er konnte nicht mehr lächeln. Er konnte es nicht mehr. »Wenn ich Nadine sehen könnte«, sagte er, »würde es besser werden. Wenn ich Nadine wiedersehen könnte, würde ich gesund werden.«

– Zu diesem Zeitpunkt zählte für ihn nichts anderes mehr?

– Nein, nichts. Er kümmerte sich nicht mehr um uns. Aber schon nach der Rückkehr aus Notre-Dame-des-Monts war für ihn nichts mehr von Bedeutung. Sehen Sie, zum Beispiel wollte er aus seinem Sohn Claude, der zwölf ist, einen Radrennfahrer machen. Er hatte ihm eine tolle Ausrüstung gekauft. Seit Jahren fuhr er jeden Sonntag mit ihm in den Bois de Vincennes zum Training. Er tat das mit Begeisterung. Aber nach seiner Begegnung mit Nadine hat er es nie mehr getan, nie. Claude hat darunter gelitten. Ich erinnere mich: In Notre-Dame-des-Monts hat Claude Nadine fortgejagt und sie manchmal auch gehauen, um sie fortzujagen, er war eifersüchtig auf sie, das ist ja ganz natürlich. Aber, was denken Sie, die Kleine blieb immer da, und immer suchte André ihre Nähe. Nichts konnte sie trennen.

– Zu der Zeit, im Urlaub, da haben Sie sich noch keine Sorgen gemacht?

– Nein, zu der Zeit noch nicht. Es war langweilig und ärgerlich zu sehen, wie sie die ganze Zeit zusammen waren und sich um niemand anderen kümmerten, aber das war alles. Erst nach unserer Rückkehr, vor allem nach dem Wochenende, ist André von den Ereignissen überrollt worden, von einer überwältigenden Leidenschaft, gegen die er sich nicht hat wehren können. Und da bekam ich Angst.

– Und hinsichtlich der Art von André Berthauds Leidenschaft für Nadine haben Sie nie Verdacht geschöpft?

– Nie. Die Leute haben immer Hintergedanken. Sie verstehen das nicht. Und da Notzucht mit Kindern häufig vorkommt, haben sie gesagt, es sei ein Fall von Notzucht gewesen. Sehen Sie, obwohl ich niemals so etwas erlebt hatte und es mir nie hätte vorstellen können, wußte ich doch, daß es etwas völlig anderes war.

– Was?

– Das kann man nicht erklären. Die Worte geben es nicht wieder. Liebe, ja, aber nicht nur die eines Mannes zu einer Frau, nicht nur die eines Vaters zu seinem Kind. Noch etwas anderes. Ich kann es nicht erklären.

– Haben Sie niemals Angst gehabt um Nadine?

– Nie, niemals habe ich auch nur die geringste Spur von Sadismus in Andrés Leidenschaft für Nadine bemerkt. Niemals. Als die Inspektoren kamen, habe ich ihnen immer wieder versichert, habe ihnen immer geschworen, daß André Nadine niemals auch nur das Geringste antun würde. Auch wenn ich noch nie so etwas gesehen hatte, eine solche Leidenschaft, wie sie Nadine und André füreinander hatten, ich wußte doch, daß es meinem Mann nie in den Sinn kommen würde, der Kleinen irgend etwas Schlimmes anzutun, nie, niemals.

– Verstehen Sie, er war ein etwas einfacher Mensch, herzensgut – er hätte sein Hemd weggeschenkt –, aber eben weil er sehr einfach war, wurde er von den Nachbarn, von der Familie, von den Freunden leicht abgelehnt. Und als er der Kleinen begegnet ist und sie so zärtlich zu ihm war, die ganze Zeit seine Nähe suchte und so süß war, hat es ihn überwältigt. Sie schmuste mit ihm wie mit einem Vater und hing, wie schon gesagt, den ganzen Tag an seinem Hals. Meines Erachtens war sie ein Kind, das von seinem Vater nie etwas gehabt hat. Ihr Vater ist Militärpilot, und sie sieht ihn so gut wie nie. Auch für sie war es toll. Zuerst kam mir die ganze Geschichte komisch vor. Aber jetzt kann ich es mir ein bißchen erklären. Vielleicht brauchten sie sich gegenseitig. Sie sind überwältigt worden. Noch nie hatten sie jemandem so gefallen, wie sie einander gefielen.

– Was für ein Mensch war André Berthaud?

– Sehr einfach, sage ich Ihnen, ein zwölfjähriges Kind. Herzensgut. Ein Kind aus einer geschiedenen Ehe, das von der Großmutter großgezogen wurde. Sehr eigensinnig. Er bekam so heftige Wutanfälle, daß ich nicht erstaunt gewesen wäre, wenn die Inspektoren gekommen wären und gesagt hatten, er habe im Zuge eines Streits jemanden umgebracht. Aber niemals, niemals hätte er Nadine auch nur das Geringste angetan. Am meisten hatte er übrig für den Sport und die Natur. Er war ein Mann, der nie geraucht, nie Alkohol getrunken hat, nie etwas anderes als Milch. Jeden Sonntag gingen wir in den Wald von Sénard oder in den Bois de Vincennes. Sehen Sie, er war ein Mann, der Blumen pflückte. Ich war zu faul, mich zu bücken, er nicht. Sehen Sie, so war er, ohne daß es ihm jemals über wurde, pflückte er Blumen.

– In demselben Wald von Sénart, wohin er Nadine mitgenommen hat?

– Ja, sehen Sie, ich habe so meine eigenen Vorstellungen darüber, was sie da in dem Wald gemacht haben. Er wird ihr Blumen gepflückt und Geschichten erzählt haben, Geschichten für kleine Kinder. Er liebte solche Geschichten.

– Hat er nach seiner Rückkehr aus Notre-Dame-des-Monts an Nadine geschrieben?

– Ich glaube, ja. Er hat Nadine Briefe geschrieben. Aber ich habe sie nie gelesen.

– Haben Sie mal mit ihm über Selbstmord gesprochen?
– Ja, sicher, wie jeder. Er konnte Selbstmord nie begreifen. Er sagte, um Selbstmord zu begehen, brauche man einen außerordentlichen Mut, den er nicht begreifen könne.
– Freunde von mir haben an dem Abend ferngesehen und miterlebt, wie er von den »Leuten« beschimpft und behandelt worden ist.
– Ich habe es nicht gesehen. Man hat es mir erzählt, er stand an der Wand, von Scheinwerfern angestrahlt, und sie schrien ihm ins Gesicht: »Los, sag es, du hast sie berührt, du Dreckskerl!« Alle haben ihn beschimpft, aber er hat nichts gesagt, nur ausgesehen hat er schrecklich, ganz schrecklich. Ich glaube, er hat sich umgebracht, weil man zu ihm gesagt hat, er sei ein Krimineller, er habe Nadine berührt, während es ihm doch nie, niemals in den Sinn gekommen wäre, Nadine zu berühren, niemals, ich könnte es beschwören, und er nicht geahnt hat, daß die Leute mit ihren üblen Hintergedanken ihm das anlasten könnten, ohne jeden Beweis, ja, ihn überhaupt erst auf den Gedanken bringen würden. Da ist er durchgedreht. Ich möchte etwas unternehmen. Ich möchte die Leute verklagen, die ihn zu dieser grauenhaften Tat getrieben haben. Glauben Sie, daß das möglich ist?
– Wahrscheinlich nicht. Aber ich rate Ihnen trotzdem, es zu versuchen.

– Ich möchte gern, daß Sie von meiner kleinen Danielle schreiben, die im Vaucluse im Gefängnis sitzt. Ich habe Briefe von den Leitern und von ihren Kollegen bekommen aus dem Haus, in dem sie arbeitet. Alle stimmen darin überein, daß Danielle eine reizende, absolut anständige Kameradin ist und daß sie bereit sind, alles zu tun, damit sie dort herauskommt. Danielle war noch ein Kind. Einerseits liebte sie ihren Vater sehr. Andererseits hatte sie Angst um ihn, daß er verrückt würde, und sie fürchtete für sich, daß ihr Vater sie hindern würde, J. weiterhin zu sehen, den jungen Mann, den sie liebte.

– War André Berthaud streng mit seiner Tochter?

– Ja, sehr streng. Sie ist ein Mädchen von achtzehneinhalb Jahren und war noch nie zum Tanzen. Noch kein einziges Mal. Er wollte es nicht. Er wollte sie so, wie sie ist, anständig. Schreiben Sie die Wahrheit, sie hat Angst gehabt. Und sie wollte ihrem Vater Freude machen. Auch sie hat nichts Böses darin gesehen, Nadine abzuholen, weil sie selbst auf Grund ihrer Erziehung noch wie ein kleines Mädchen ist. Sie war schon früher mit ihrem Vater mitgefahren bei Umzügen, einmal in die Champagne, einmal in einen Vorort. Ich habe mir keine Sorgen gemacht. André ist niemals sehr zärtlich zu seiner Tochter gewesen. Zu seinem Sohn Claude ja, aber zu Danielle nicht. Sie wollte nett zu ihrem Vater sein.

– Was, glauben Sie, wäre passiert, wenn André Berthaud Nadine nicht wiedergesehen hätte?

– Das weiß ich nicht. Vielleicht hätte er sie mit der Zeit vergessen. Aber da bin ich nicht sicher. Ich weiß es nicht.

– Wenn »die Leute« ihn nicht in den Selbstmord getrieben hätten, hätte er kaum zehn Monate bekommen, wissen Sie das?

– Ich weiß. Man hat es mir gesagt. Aber was soll ich machen?

Das andere Kino

Hier, in diesem Film, wird nichts erzählt. Seine Entwicklung ist schwer zu erfassen, er scheint sich nicht zu verändern, nicht fortzuschreiten, nicht voranzukommen und nicht beweglich zu sein außer in bezug auf sich selbst, auf die Achse einer Unbeweglichkeit, der er in seinem gesamten Verlauf unterworfen ist. Die scheinbare oder reale Veränderung ist dem Film nicht äußerlich, er trägt sie in sich. So hält diese Unbeweglichkeit, diese starre Achse, um die herum er abläuft, ihn in sich selbst fest und verschließt ihn in sich selbst. Nichts geht verloren, nichts verringert sein spezifisches Gewicht. Ich denke in diesem Moment an *Codex* von Stuart Pound[1] nach einer Musik von Phil Glass. Der Film hat keine Vergangenheit, keine Zukunft. Er schlägt im regelmäßigen Takt eines Metronoms. Er ist nichts als das, Regelmäßigkeit und Präsenz. Die Bewegung des Films ist, so kann man sagen, die der Bewegung der Musik von Phil Glass. Wie man auch sagen kann, das Sujet des Films ist die Bewegung, die durch die Musik von Phil Glass dem Film von Stuart Pound aufgeprägt und auf ihn übertragen wird. Auch wenn man von Zeit zu Zeit kurz bei Einstellungen mit einem Frauengesicht, bei offenen Türen, bei Dekors verweilt, so werden diese Einstellungen doch in die alles überflutende Musik integriert, schreiten mit ihr zusammen vorwärts und haben teil an ihrer Kreisbewegung. Man kann auch sagen, daß es bei dieser Art Kino um reine Erkenntnis geht, in diesem Fall um die Erkenntnis der Gleichzeitigkeit von Bild und Ton. Nur darum, um diese Erkenntnis, aber in berauschender Weise.

1 Grand Prix, Festival von Hyères 1979

Der Film läuft nicht ab, er tritt in Aktion. Sehr schnell stellt sich ein Einverständnis her zwischen Ihnen und dem Film, Sie wechseln auf die andere Seite hinüber, an sein Ufer, das heißt, während seine Achse unverändert bleibt, werden Sie in sein Aktionsfeld hineingezogen und begeben sich auch selbst hinein. Somit bleibt der Film in seiner Kreisbahn und an seine stählerne Achse, seinen Text, gefesselt. Neben diesem Versuch von Stuart Pound ist alles andere Verirrung, Substanzverlust, Verlust an Musikalität, Kraft und Raum. Wenn zwischen Ihnen und dem Film die Brücke geschlagen ist, sind Sie Ihrerseits an die Spirale gefesselt, an die Bewegung im Zustand der Unbeweglichkeit. Diese wirkt auf Sie gleichermaßen und zieht Sie in ihre Schwingungsfrequenz hinein, in ihren unwiderstehlichen, nicht von der Stelle kommenden Fortgang.

Hyères, Digne, die einzigen Orte außerhalb des Geldes, die einzigen Orte der Kinoleidenschaft.

»Die Penetration von Aurélia Steiners Körper«

»Ich sage zu ihm: Ich werde Ihnen einen Namen nennen. Sie sollen ihn aussprechen, sie werden nicht verstehen warum, und doch bitte ich Sie, es zu tun, ihn zu wiederholen, ohne zu verstehen warum, so als wäre es zu verstehen. Ich nenne ihm den Namen: Aurélia Steiner.«

Isi Beller meint, der sexuelle Akt stehe hier gleichsam als Metapher für das, was geschehen sollte, wenn man ruft, wenn man jemanden bei seinem Namen nennt.

Die Penetration von Aurélias Körper durch den schwarzhaarigen Matrosen sei die Einschreibung des Namens Aurélia Steiner in Aurélias Körper, und Isi Beller sieht Aurélia als ein Vorüberziehen dieser Metapher, das heißt als ein Einschreiben und Auslöschen und wieder Einschreiben und Auslöschen. Sie kann diesen Namen nicht festhalten, kann das Imaginäre, das sie sich erschafft, nicht einfangen, nur in der Penetration ihres Körpers kann sie es erfassen, als würde dort, in diesem Körper, der Name eingeschrieben.

Sie ist gefangen, sagt er, in einer Art Kommen und Gehen zwischen dem Einschreiben und dem Auslöschen des Namens, und dies sei der rassische, jüdische Orgasmus von Aurélia Steiner – so formuliert es Isi Beller. Er sagt auch, diese derartig starke Fixierung auf die jüdische Vergangenheit sei eine Wiederholung dessen, was sich für Aurélia Steiner, geboren in Auschwitz, – wie sie von der anderen, der achtzehnjährigen Aurélia Steiner beschrieben wird – was sich für sie im Augenblick ihrer Geburt ereignet hat, nämlich der durch sie ausgelöste Tod der beiden Liebenden – das Verbluten der Mutter nach der Geburt und die Erhängung des Vaters, nachdem er Suppe gestohlen hatte für sie, das Kind. Diese Szene des zweifachen Todes erlebt sie, Beller zufolge, im Orgasmus mit Fremden, das heißt in einer Art anonymer Prostitution – anonym wie die Krematorien, die Lager. Der Deutungsvorschlag mit der Implantation des Namens in Aurélias Körper hat mich überzeugt und mit Verwunderung erfüllt, aber wenn Isi Beller ihn bis zum Urerlebnis dieser Fixierung ausweitet, überzeugt mich das weniger. Es ist eine geheimnisvolle Szene, die sich sehr schwer erhellen läßt, und gleichzeitig erscheint sie als vollkommen notwendig. Ich glaube an ein mehr allgemeines, historisches Gedächtnis, ich glaube, das Kind Aurélia Steiner wüßte alles über die Einzelheiten seiner Geburt, sie könnte sich ebensogut einer anderen Grausamkeit bemächtigen, einer ganz beliebigen, willkürlich herausgegriffenen Grausamkeit, die den Juden in dem weißen Rechteck von Auschwitz widerfahren ist.

Juden

Wenn der schwarzhaarige Matrose von dem Namen Aurélia Steiner zu dem Namen Juden übergeht, handelt es sich für mich
nicht um eine Beschimpfung. Er läßt sich ergreifen und mitreißen
von der Kraft des Fluches, der über der Rasse und über dem Körper
Aurélia Steiners liegt, und merkt nicht, daß er sie nicht mehr bei
ihrem Namen nennt, sondern mit dem Wort ruft, das ihre Rasse bezeichnet, und indem er dies tut, gerät er in den Taumel des rasenden
Begehrens, das Wort wird zum Ausdruck des Außersichseins, ein
Ausdruck des Wahnsinns, wie sie in rasendem Begehren geschrien
werden. Aurélia Steiner ist eins mit diesem Wort, mit diesem Wort
erreicht sie ihre höchste Lust, mit diesem Wort findet sie zur vollkom-
menen Vereinigung mit den Liebenden im weißen Rechteck des Todes.
– *Es gibt bei dir immer Personen mit Namen und Personen ohne Namen. Die Bettlerin von Savannakhet zum Beispiel.*
– Da handelt es sich um ein Verschwinden des Namens. Wie bei dem
Mädchennamen von Anne-Marie Stretter, Guardi, der auf dem
Grabstein ausgelöscht ist. Die Bettlerin braucht keinen Namen mehr.
Nicht die Sprache hat sie vergessen, vergessen hat sie die Kinder;
nicht ihren Geburtsort, Battambang, hat sie vergessen, sondern ver-
gessen hat sie ihren Namen. Den Namen Guardi, den venezianischen
Namen, kennen noch einige Leute. Aber an diesen Namen, an den
der Bettlerin, erinnert sich niemand mehr auf der Welt.

Ein Traum

Am Théâtre d'Orsay wurde *Eden Cinéma* gespielt. Und eines Nachts nach Vorstellungsschluß träumte ich, ich befände mich in
einem Haus mit Kolonnaden, es hatte sich tief nach innen erstrecken-
de Veranden, die auf Gärten hinausgingen. Als ich das Haus betrat,
hörte ich die Melodien von Carlos d'Alessio, den Walzer aus *Eden Cinéma*, und dachte: Ach, Carlos ist da und spielt. Und ich rief ihn. Niemand antwortete. Aber von dort, wo die Musik herkam, tauchte meine Mutter auf. Sie war schon vom Tod gezeichnet, war schon verwest,
ihr Gesicht war schon grünlich und voller Löcher. Sie lächelte ganz
leicht und sagte: »*Ich* habe gespielt.« Ich sagte: »Aber wie ist das mög-

lich? Du warst doch tot.« Sie antwortete: »Das habe ich dich nur glauben lassen, um dir die Möglichkeit zu geben, *all das* zu schreiben.«

Das Schwarz

Isi Beller war verblüfft, als ich ihm vom Film ohne Bilder erzählte, vom Schwarzfilm, vom Film mit der den Text lesenden Stimme. Er sagte, das Schwarz sei ein entscheidendes Element für die Interpretation meines Kinos generell. Es gebe tatsächlich keinerlei Pleonasmus zwischen Text und Bild in meinen Filmen. Zwischen Text und Bild sehe er ein Schwarz, das sich dazwischenschiebe. Er sieht dieses Schwarz als Durchgang durch ein Nichtdenken, als ein Stadium, wo das Denken ins Wanken gerät und ausgelöscht wird. Er meint, daß dieses Auslöschen dem Schwarz im Orgasmus gleichkommt, dem Ersterben im Orgasmus. Und was bei dem Zuschauer ablaufe, sei Folgendes: Etwas in ihm öffne sich und bewirke, daß er nicht, wie beim kommerziellen Film, totalisieren, das heißt, Bild und Text zusammenbringen müsse. Hier in meinen Filmen entschlüssele er nichts, er überlasse sich, und durch dieses Sichöffnen, das in ihm geschehe, werde Platz gemacht für etwas Neues in der Verbindung

zwischen ihm und dem Film, das mit dem Begehren zusammenhän-
ge. In der Schwarzphase vereinigen sich, nach Isi Beller, das Explizite
und das Implizite.

– *Du hast gesagt:* »*Wenn man liest, findet man sich wieder, wenn man
ins Kino geht, verliert man sich.*« *Aber wenn man deine Filme ansieht,
verliert man sich nicht. Im Schwarz findet man sich wieder.*

– Ja, dieses Schwarz ist vielleicht tatsächlich ein Raum der Entschlüs-
selung, der bewirkt, daß man sich diesem Film stärker überläßt als
anderen Filmen. Hier mußt du selbst, unbewußt natürlich, den
Raum des Films in dir erschaffen. Wenn in *Aurélia Steiner Vancouver*
der Ton sich zurückzieht und von dem dunklen Licht die Rede ist, von
den Augen, den Haaren, dem Körper im Spiegel, wenn von ver-
schleiertem Bild die Rede ist und von der Schönheit, die sie an sich
entdeckt, und das über dem Schwarz der großen Granitblöcke, an denen man sich verletzen, sich verwunden kann, dann bin ich nicht
mehr nur im Kino, sondern plötzlich anderswo, auch noch anderswo,
im ununterschiedenen Bereich meiner selbst, wo ich wiedererkenne,
ohne je gesehen zu haben, wo ich erkenne, ohne zu verstehen. Hier
kommt alles zusammen und verschmilzt, die Wunde, das Starre,
Scharfkantige des schwarzen Steins und die Wärme und Sanftheit
des bedrohten Bildes. Die gelungene Koinzidenz von Bild und Wort
an dieser Stelle erfüllt mich in ihrer Klarheit mit überwältigendem
Glück.

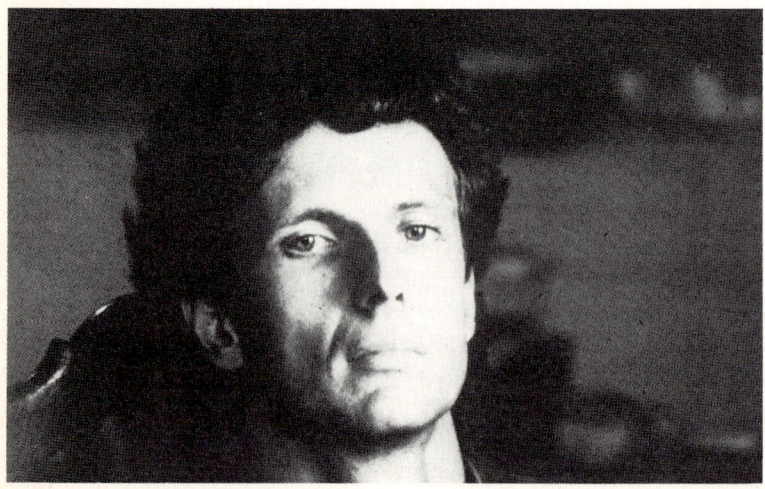

Die Nacht des Jägers

Immer wieder vergesse ich den Anfang des Films. Ich vergesse, daß der richtige Vater ermordet worden ist. Ich verwechsle den Mörder des Vaters mit dem Vater. Das geht nicht nur mir so. Viele Leute haben mir erzählt, sie machten den gleichen Fehler, als würde dieser Vater erst dadurch wirklich, daß er umgebracht worden ist, und als habe er am Leben dessen, der ihm den Tod gab, stärker teil als an seinem eigenen. In *Die Nacht des Jägers* sehe ich nicht, daß Leben erschaffen wird, ich sehe die Erschaffung des Todes. Bevor er durch den an ihm verübten Mord als Person bestätigt wird, nehme ich den Vater gar nicht wahr. Viermal habe ich den Film gesehen, und immer wieder verfalle ich in diesen Irrtum. Es gelingt mir nicht, den Vater lebendig zu sehen. Nachdem er umgebracht worden ist, sehe ich an seinem Platz den Verbrecher. An dem Platz, den er vorher eingenommen hat. Immer habe ich den Film von Charles Laughton aus dieser irrtümlichen Sicht wahrgenommen und rekonstruiert.

Die Mutter erscheint mir von der gleichen Existenzlosigkeit betroffen wie der Vater und ermordet zu sein wie er. Aber hier sehe ich es so, daß er sie umgebracht hat durch das Kinderkriegen, die schwere Arbeit und das Elend. Ich sehe sie als nicht existent. Den Filmanfang betrachte ich als verfälscht: Charles Laughton hat nicht gewagt, den Vater direkt zum Verbrecher an seinen Kindern zu machen. Ich tue es stellvertretend für ihn. Ich behaupte, der Verbrecher ist der Vater, und aus dem Blutbad, aus dem Gemetzel werden die Kinder geboren, sie kommen daraus hervor wie aus einem Körper und ziehen von dort fort wie von einem Geburtsort. Hier wird sich eines Tages die Ablösung vollziehen. Was sonst zwanzig Jahre braucht, wird hier in drei Jahren geschehen: die Ablösung von der Mutter.

Die Kinder sind noch sehr klein, und die Natur ist unendlich groß. Sie gehen Landstraßen hinunter, dann an einem Fluß entlang. Straßen zwischen Reisfeldern, Dämme, Böschungen. Sie fahren den Nil und den Mekong hinab. Sie wandern durch Wüsten und auf geraden Wegen zwischen den Wüsten. Alle ziehen sie hinunter. Der kriminelle Vater mit seinem Pferd und seiner Waffe, die kleinen Kinder, nackt und bloß, allein schon weil sie Kinder sind. Um sie herum der Süden eines Kontinents, eines Landes, dessen Namen man nicht erfährt.

Alles ist flach, lagunenartig, leicht zu durchqueren. Die Sicht ist gut, aber das Vorwärtsziehen nimmt kein Ende. Gleichmäßig und unaufhörlich nimmt es seinen Lauf. Verfolgt von dem Verbrecher können die Kinder nichts anderes tun, als nur immer weiterzugehen. Die Bedrängung durch den Verbrecher ist nur noch der Ausgedehntheit der Landschaft vergleichbar. Endlos, immerwährend. Sie könnte zwanzig Jahre dauern, ohne daß das Gleichmaß ihres Vorgehens sich veränderte. Der Kriminelle will das Geld der Kinder, das in der Stoffpuppe des kleinen Mädchens steckt, und er ruft die Kinder, indem er ein Negro Spiritual (*Moses*) pfeift, das an das Mitleid Gottes appelliert. Je nachdem, wie weit sie voneinander entfernt sind, zeigt *Moses* den Kindern die Entfernung zum Tod an. Das Lied wird zum Signal, sei es für eine Rast, wenn er weit weg ist, sei es für die Flucht, wenn er wieder näherkommt. Ich nehme den Film nach dieser Verfolgung durch den Verbrecher wieder auf, dort, wo man meinen könnte, sie habe aufgehört. Das Boot mit den Kindern ist am Ufer eines Flusses gestrandet. Sie schlafen. Und wie stets im Kino kommt eine alte Dame vorbei, die sich generell aus Nächstenliebe damit beschäftigt, Katzen, Hunde und Kinder, die sich verlaufen haben, aufzusammeln. Sie nimmt auch diese verfolgten Kinder mit. Endlich atmet man auf, man ist beruhigt über ihr Schicksal. Aber hier beginnt für mich erst der richtige Film in *Die Nacht des Jägers*. Er dauert zehn Minuten. Er erreicht eine Weite, wie sie das amerikanische Kino meines Erachtens niemals erreicht hat.

Eine Bemerkung, bevor ich zu diesem Film im Film komme. Ich stelle fest, alle Menschen in *Die Nacht des Jägers* – die Kinder, die Eltern, der Mörder, die alte Dame – sind perfekte Prototypen aus dem Bestiarium der amerikanischen Kinematographie. Dieses rekrutiert sich jeweils nach dem Muster des sozialen Milieus. Die Person als Individuum kommt im Film nicht vor, wie fast in keinem amerikanischen Film. Sie besetzt den Platz ihrer Rolle, als sei sie aus ihrem sozialen Milieu delegiert. Ich denke, wo es diese grundlegende Einförmigkeit erreicht, erzielt das amerikanische Produkt vielleicht seinen Gipfel an Effizienz: als gängiges Konsumprodukt. Kein Autor. Die absolute Garantie, daß sich hier nichts Unerwartetes ereignen kann. Zu erwarten ist in diesem Fall, daß der kriminelle Vater verhaftet und bestraft und daß die Kinder gerettet werden.

Und jetzt kommt der Film im Film, der zweite Film in *Die Nacht des Jägers*. Etwas wie ein Zusammenfließen. In der Nacht, nachdem die

Verfolgung zu Ende ist, finden sich all diese Leute zusammen. Die alte Dame, gütig und streng, verrückt und effizient zugleich, die Schar der kleinen Kinder in ihrer Reinheit, in ihrem unwandelbar gegebenen Zustand der Schuldlosigkeit. Und der kindermörderische Vater, dieser Frischfleischfresser, dieses Aas, leer wie ein leerer Sack. Da sind sie nun alle versammelt an dem Ort, wo alles zusammenläuft, in dem Raum zwischen dem Haus der alten Dame, dem Garten, der es umgibt, und der dort vorüberführenden Straße. An dieser Stelle des Films ist angesiedelt, was ich das Wunder in *Die Nacht des Jägers* nennen könnte. Was sich plötzlich zwischen diesen Leuten herstellt, ist eine bis dahin unmöglich vorhersehbare Beziehung, die sich jeder Einordnung, jeder Analyse entzieht. Es handelt sich um ein Verhalten, das zunächt von der alten Dame erfunden und dann von dem Verbrecher übernommen wird. Diese so unterschiedlichen Menschen haben plötzlich etwas gemeinsam, nämlich daß sie den Film in die Hand nehmen und sein Schicksal bestimmen, als ob endlich ein Autor auftauchte und den Film befreite, in die Freiheit entließe. Plötzlich weiß man nicht mehr, was man sieht, was man gesehen hat. So sehr ist man daran gewöhnt, immer das gleiche zu sehen. Auf einmal *ändert sich das*. Alle narrativen Elemente des Films erscheinen als falsche Fährten. Wo ist man? Wo sind wir? Wo ist der Gute, der Böse? Wo ist das Verbrechen? Der Film wird ein Film ohne Moral. Er hört auf, die klassische Fabel aus fünfzig Jahren amerikanischen Kinos zu sein. Er hat keinen vordiktierten Monolog, man hat keinen Anhaltspunkt über den Weg, den er einschlagen wird. Man weiß nicht mehr, was man halten soll von dem, was man sieht: Kinder um die alte Dame herum, bunt zusammengewürfelt – eine zerbrechliche, vermaledeite Schar – eines vom andern nicht zu unterscheiden, eingeschlossen bei der alten Dame. So wie das Geld, das in der Stoffpuppe des kleinen Mädchens eingeschlossen ist. Diese Folge von Einschließungen ist sehr deutlich erkennbar. Die Kinderschar befindet sich in einem festen Haus, in dem es aber große Öffnungen gibt, durch die man hinaussehen und auch gesehen werden kann. Durch die man den Verbrecher sieht und durch die der Verbrecher die versammelte Kinderschar mit der alten Dame sieht. Durch die man sieht, daß die alte Dame keinerlei materielle Macht hat, das Verbrechen zu bekämpfen. Und daß der Vater, mörderisch, charmant, schön, lachend, auf seinem schwarzen Pferd thronend in seiner athletischen Gestalt und so jung, die Verkörperung des Bösen ist. Man sieht, wenn er hineingigne, würde er die alte Dame und die Kinder lächelnd niedermetzeln, nichts könnte ihn daran hindern, und nichts wäre danach in ihm verändert. Der Vater – unwirklich durch seine Bösartigkeit und doch bereits vom Tod, von der Krankheit des Todes befallen. Durch den Tod, den er bringen will und der sich bereits seiner bemächtigt. Im Zeitraum des Zusammenfließens würde in dieser Nacht der Mord eine äußerste Verwirklichung erfahren, ein Fluch aus der Menschheitsgeschichte würde wieder zum Leben erweckt, von dem noch nichts getilgt wäre. Man könnte sagen, daß von nun an aus der Sicht der Kinder der Verbrecher bis ans Ende aller Zeiten zu einer Art Gottheit des Bösen erhoben wäre, durch und durch abstoßend, dem sich niemand mehr nähern und dem niemand jemals mehr den Blick zuwenden würde.

Die Mörder von Pierre Goldman: von der gleichen Krankheit des Todes befallen. Sie sind tot und wissen es nicht. Sie sind lebende Tote und wissen es nicht. Sind ohne Leben. Da denkt man an Mißernten, da denkt man ans Töten, an Vergeltung mit dem Tod. Diese Jugendlichen in Turnschuhen, schnelle, flinke Läufer – Kadaver. Für eine Million alte Francs haben sie Pierre Goldman getötet. Für eine oder zehn Millionen alte Francs haben sie getötet. Wußten nicht wen. Es lohnt sich nicht, daß sie leben.

Er ist also da, der Verbrecher im Film, schön und lachend, auf seinem schwarzen Pferd, vor den ausgelieferten Körpern der Kinder hinter den Öffnungen im Haus, wie jemand, der Hunger hat und das Essen betrachtet oder der friert und das Feuer betrachtet. Wohl gibt es die Schrotflinte der alten Dame, aber sie ist nur Dekor, bloßes Schreckmittel, sie kann nicht helfen. Da die alte Dame in der amerikanischen Legende dem Bereich des Guten und der Liebe zugeordnet ist, kann sie nicht töten. Und so läßt sie sich etwas einfallen. Die alte Dame kommt also auf die Idee zu singen, um die Zeit, solange die Todesdrohung andauert, das Verrinnen der Nacht zu überbrücken. Der Nacht, die, günstig für den Mord, dahinfließt wie ein Strom. Die alte Dame kommt auf die Idee, *Moses* zu singen. Ihr fällt ein, genau das Lied zu singen, das der Verbrecher immer gepfiffen hat, die Anrufung Gottes um Hilfe. Zwischen draußen und drinnen, zwischen dem Verbrecher und der Unschuld der Kinder läßt die alte Dame sich einfallen, diese Barriere des Gesangs zu errichten. Und das Wunder geschieht. Im

Zuge des Liedes verwandelt sich der Verbrecher. Eine Art Gnade – eine Gnade, in der sich die alte Dame und die Kinder treffen – überkommt nun auch ihn, steigt in ihm auf, bahnt sich in ihm einen Weg durch seine Bösartigkeit, durch seinen Tod, etwa so wie die Kindheit sich einen Weg durch das Leben bahnt, und neben dieser so unermeßlichen Kindheit wirkt sein Tötungswille plötzlich naiv. Plötzlich erscheint sein Verbrechen einer Laune zu entspringen, einer unersättlichen Gefräßigkeit, der Dickköpfigkeit eines Kindes. Die alte Dame stimmt ununterbrochen wieder sein eigenes Lied an und schickt ihm dieses Lied in die Nacht zurück, und durch das Böse hindurch, für das er steht, fängt er nun seinerseits an, es zu singen, dieses Lied, mit der alten Dame zusammen. Und schickt es wiederum zu ihr zurück. Der Gesang der alten Dame hat die Schleusen zum Unendlichen geöffnet, zur Kindheit. Die Kindheit war unter dem Verbrechen verborgen, verdeckt. Wer hätte das gedacht? Es gab sie auch dort noch, bei dem falschen Vater, wie es sie anderswo gibt, überall und ungeteilt, ebenso wie bei der alten Dame und bei den Kindern. Und hier treffen sie sich. Der Verbrecher singt mit der alten Dame, sie singen zusammen, kräftig und laut wie in einer Kirche. Zusammen. Beide kennen das Lied, die Kinder ebenfalls. Ich sehe, er weiß nicht, daß er singt. Er singt. Er hört singen und schließt sich dem Gesang an. Man sieht Leute laufen und schließt sich dem Lauf an. Er singt wie vorher. Wann vorher? Vielleicht wie vor dem Anfang der Welt, von dem das Lied erzählt. Die alte Dame singt für ihn. Zuerst singt sie, um ihm zu verstehen zu geben, daß sie da ist, um ihn fernzuhalten, daß sie da ist, wach, und auf die Kinder aufpaßt. Später singt sie darüber hinaus, um zu bewirken, daß das Verbrechen sich von dem Ort der Kinder entfernt, daß das Verbrechen abgelenkt wird, das Töten vergißt und den Verbrecher einen Moment lang von der Last seiner Tollheit befreit. Damit es ihn eine Nacht lang in Ruhe läßt. Und dann singt sie noch weiter darüber hinaus. Zuerst bietet sich ihr Gesang als Herausforderung dar, dann wird er vom Vater mitgetragen, ja, und noch später wird er zu einem Fest- und Freudengesang. Der Verbrecher und die alte Dame besingen gemeinsam die Rückkehr ins Leben, das letzte Fest des Vaters, und die Kinder baden in diesem Gesang bis zum Morgen. Sie singen aus voller Kehle. Überall hört man den Gesang. Niemand schläft in der Umgebung dieses Gesangs. Der Vater weiß immer noch nicht, daß er singt und wird es niemals wissen. Solange die Nacht dahinfließt, wird der Gesang zur unüberwindlich hohen Mauer für das Verbrechen. Erst wenn mit Tagesanbruch der Gesang aufhört, kehrt das Verbrechen zurück mit der gleichen alltäglichen Zufälligkeit wie die Arbeit, das Unglück, die blindmachende Realität. Es ist in der Tat ein Fest, das Ende von *Die Nacht des Jägers*, ein Fest, bei dem der Verbrecher selbst an seiner eigenen Befreiung vom Bösen mitwirkt, von dem Bösen, das in ihm ist wie anderswo, in diesem Mann wie anderswo, wie in den Turnschuhmördern von Pierre Goldman. Der Verbrecher weiß nicht, daß er befreit wird, wohl aber wissen es die anderen um ihn herum, die Kinder und die alte Dame. Der Verbrecher nimmt sein eigenes Leben nicht wahr.

Am Ende dieser Nacht finden die Kinder in dem Verbrecher ihren Vater wieder, finden sie ihre Liebe wieder. In einer einzigen Nacht. Sie haben gehört, wie er sang aus voller Kehle, alles vergessend, wie sie. Es ist, als hätten sie ihn bis dahin verkannt, als hätten sie nichts geahnt von dem Teil im Vater, der nicht verantwortlich ist und ihn bis dahin ausschließlich auf die Rolle des Verbrechers festgelegt. Nacht der Wiederbegegnung des Verbrechers mit seinen Opfern, des Vaters, der gleichzeitig Leben und Tod geschaffen hat. Ich glaube, daher rührt die Verwechslung zwischen dem richtigen und dem falschen Vater. Am Ende dieser Initiationsnacht werden die Kinder um das Geheimnis des Bösen wissen und gleichzeitig um seine unendliche Relativität. Ebenfalls am Ende dieser Nacht entweicht das Böse aus dem Vater, es verläßt ihn und wird andere Leute erreichen und überfallen, nämlich die Polizisten, die ihn verhaften werden. Diese von den Kindern miterlebte Übertragung von ihrem Mörder auf diejenigen, die ihren Mörder töten werden – die Kinder erleben die Verhaftung des Vaters – ist entscheidend. Dieser Vater wird ihretwegen sterben. Er wird sterben, weil er so sehr darauf aus war, sie zu töten. Sie sind die Ursache seines Todes. Die Enthüllung ist niederschmetternd. Wie die Erkenntnis selbst. Man muß an Moses denken, der von dem Gedanken an Gott so besessen war, daß er nicht sprechen, nur schreien konnte. Die Kinder schreien und liefern sich mit Leib und Seele dem Vater aus, ihrem Mörder. Mit der ganzen Heftigkeit ihres Lebens laufen sie von der alten Dame fort und ergeben sich dem Vater. Zutiefst getroffen von Erkenntnis und Liebe eilen sie zu ihrem Vater, bieten sich ihm an, reißen die Stoffpuppe auf, bieten ihm ihre Körper an und das Geld, das er sich schon so lange gierig wünscht und um dessentwillen er so sehr auf das Töten aus war.

Nein, die Kinder verraten die Mutter nicht, wenn sie das Geld verschenken, das sie ihnen für ihr Überleben anvertraut hat. Hier verwirrt sich alles und kehrt sich um, hier endet alle Moral. Das Handeln der Kinder unterliegt keiner Analyse mehr, es läßt sich nicht eingrenzen, es wird durch nichts eingeschränkt, nichts ist reflektierbar an dieser höheren Unvernunft, der Liebe der Kinder.

Das Ende des Films: Der richtige Vater wird verhaftet, bevor er das Geld eingesammelt hat. Die Kinder sind unverletzt. Das Böse wird bestraft. Aber sicher zu spät. Die Zuschauer in Portland, in Salt Lake City, in Oregon, in Chicago, in Paris und in Berlin waren über dieses Ende verwirrt und ließen den Film zu einem Mißerfolg werden.

Seltsam, ich sehe das Ende von *Die Nacht des Jägers* so wie ich das Ende von *Ordet* sehe. Wenn am frühen Morgen oder bei Anbruch der Dunkelheit der Irre mit dem Kind kommt und ihm von der Ewigkeit erzählt, höre ich den Gesang aus *Die Nacht des Jägers*. Die Veränderung der beiden Filme kommt durch das gleiche Zusammenfließen zustande, die gleiche Zeit vergeht, verstreicht, ungreifbar. Inmitten der Stille des Hauses sind der Irre und das Kind fröhlich, sie leugnen den Tod. Wenn sie durch das große Zimmer des Hauses gehen, hört man sehr laut den so schrillen Singsang des Irren, der sich mit dem sprudelnden Lachen des Kindes, mit seinen Vogelschreien vermischt. Dieses Geräusch, diese Ausbrüche von Geplapper in dem Orgelgedröhn des Schweigens im Haus nach dem Tod der Mutter führen mich zu den sich vermischenden Gesängen am frühen Morgen in *Die Nacht des Jägers*. Es sind Schreie, die nicht wissen, daß sie geschrien werden, es ist ein Brüllen und Singen, das nicht weiß, das es gebrüllt und gesungen wird.

Book and Film

(New Statesman, Januar 1973)

Eines Abends in Le Havre, es war noch vor dem Krieg, saßen zwei Frauen in einer Kinovorstellung in einem Stadtteilkino. Zu der Zeit umfaßte eine Kinovorstellung eine Wochenschau und einen Film. Waren die beiden Frauen vor diesem Abend niemals im Kino gewesen? Oder gingen sie immer »auf diese Weise« ins Kino? Der Zeuge dieser Geschichte hat es nie erfahren. Tatsache ist, die beiden Frauen, die nicht wußten, daß es eine *Wochenschau* gibt, sahen an jenem Abend einen Film, dessen erste Episode vor der Pause lief. Waren sie über ihren Abend enttäuscht? Keineswegs. Der Zeuge (der hinter ihnen saß) erzählt, daß es ihnen nach einigem Schwanken mit Hilfe verschiedener Hypothesen und *Schlußfolgerungen* vollkommen gelungen sei, die Wochenschau in die Erzählung des Films zu integrieren. Das habe nicht sehr lange gedauert. Recht schnell hätten sie entschieden, worum es in dem Film, in *ihrem* Film, ging. Neben anderen wechselnden Ereignissen wohnten die Personen einem Fußballspiel bei – warum nicht? –, und während sie dort waren, weihte der Regierungschef irgendwo anders eine Brücke ein, *während* wiederum anderswo ein Erdbeben stattfand usw. Nachdem sie sich zu einer familiären Alltagssituation verdünnt hatte, nahm die Haupterzählung weiter ihren Lauf bis zum Ende der Vorstellung. Gewiß, solche Zuschauer – die derartig kreativ sind – gibt es nicht mehr. Die Syntax des Kinos muß nicht mehr gelernt werden. Ein siebenjähriges Kind kann heute einen Film in seiner Montage entziffern. Und doch ist weiterhin der Zuschauer der Ort, wo Kino stattfindet. Das Buch setzt einen *Zugang* zu ihm voraus, nicht so der Film. *Praktische Erfahrung* mit Filmen reicht aus, um Zuschauer zu werden.

Da liegt der Hauptunterschied zwischen dem Kino und allem anderen, in der Menge, es hat das größte und somit unkultivierteste Publikum.

Sie treten eines Morgens aus dem Haus, der Himmel ist blau, die Sonne scheint. Der blaue Himmel und die Sonne prallen Ihnen entgegen, sowie Sie die Schwelle Ihres Hauses überschreiten. Irgendwo in Ihnen, in Ihrem geistigen oder physischen Organismus wird dies zusammen mit der Blitzartigkeit der Empfindung übersetzt in: »Blau der Himmel heute morgen, Sonne«. Falls Sie diesem Aufblitzen später, wenn es von der inzwischen vergangenen Zeit verdeckt sein wird, zu einem Schicksal verhelfen und es anderen erzählen wollen, werden Sie es in einen Satz übertragen, gleichviel ob mündlich oder schriftlich, der dann näher erläutert, unter welchen Umständen Sie eines schönen Morgens, als Sie aus dem Haus gingen, über den blauen Himmel und die Sonne verblüfft waren. Das ist zweifellos das häufigste Schicksal, das Ihrem Erlebnis widerfährt. Aber es gibt noch weitere Möglichkeiten, Tausende, darunter zum Beispiel das Gedicht oder der Film.

Von allen Ausdrucksformen wird der Film zweifellos die letzte sein, weil er – auf Grund der Technik – am schwersten zugänglich und am stärksten von dem Ereignis *getrennt* ist. Tatsächlich ist aber wohl gerade dieses Mittel am ehesten geeignet, den Choc des Ereignisses »blau der Himmel heute morgen, Sonne« erneut entstehen zu lassen und ihn der größtmöglichen Zahl von Zuschauern zu vermitteln. Vier Wörter, zwei Bilder, untereinander durch eine unsichtbare stumme Syntax verbunden und nahe daran, in einem außersprachlichen Bereich mit der ursprünglichen Empfindung zusammenzufallen. Jene größtmögliche Zahl, wer ist das? Woher kommt sie?

Die Arbeit des Filmemachers am Film – von der Behinderung und Hemmung dieser Arbeit durch die Technik soll hier nicht die Rede sein – ist anders gelagert als die des Schriftstellers im Hinblick auf ein Buch. Der Weg zum Film führt für den Filmemacher zunächst über ein Buch, dessen Niederschrift nicht stattfindet, das aber im Schaffensprozeß den Stellenwert von etwas Geschriebenem hat. Er geht über dieses Buch hinaus und findet sich dort wieder, wo es *gelesen* wird, nämlich am Platz des Zuschauers. Sehen Sie sich einige Filme genau an: Es ist ablesbar, das Muster des Geschriebenen ist an ihnen ablesbar. Das Stadium des verborgenen Schreibens, ob bewußt oder nicht, ist zu erkennen, man sieht, welchen Platz es eingenommen und wo es Spuren hinterlassen hat. (Natürlich ist hier nicht vom kommerziellen Film die Rede, der nach Kochrezepten angefertigt wird und in völligem Gegensatz steht zu jeder Art von Schreiben.)

An dieser Stelle seines Schaffens ist die Position des Filmemachers der des Schriftstellers im Verhältnis zu seinem Buch entgegengesetzt. Kann man sagen, daß beim Filmemachen in umgekehrter Richtung geschrieben wird? Man kann etwas Derartiges sagen, scheint mir. Der Filmemacher liest und *sieht* seinen Film eben aus der Position des Zuschauers, wohingegen der Schriftsteller sich in einem Dunkel aufhält, das noch keiner Lektüre zugänglich und unentzifferbar ist, selbst für den, der es mit ihm aufnimmt. Der Filmemacher hat dieses Dunkel hinter sich. Filme zu machen, wenn man Bücher geschrieben hat, heißt in bezug auf das, was gemacht wird, den Platz zu wechseln. Ich stehe vor einem zu schreibenden Buch. Ich stehe hinter einem zu machenden Film. Warum? Warum verspürt man das Bedürfnis, diesen Platz zu wechseln und den zu verlassen, an dem man war? Weil einen Film zu machen heißt, zu einem Akt der Zerstörung überzugehen, zur Zerstörung eben dessen, der Bücher hervorbringt, des Schriftstellers. Es heißt, diesen zu vernichten.

Ob nun Autor eines »inwendigen« oder »voll ausgetragenen« Buches, der Schriftsteller wird tatsächlich durch den Film zerstört. Der Schriftsteller, der in jedem Filmemacher lebt, ist der Schriftsteller schlechthin. Und trotzdem findet er seinen Ausdruck. Was dabei von ihm übrigbleibt, ist dann der Film. Was ihn zum Ausdruck bringt, ist jene glatte Materie, das Dahingleiten von Bildern.

Einer, der nie geschrieben hat, und ein Schriftsteller sind weniger weit voneinander entfernt als ein Schriftsteller und ein Filmemacher. Derjenige, der nicht schreibt, und der Filmemacher haben nicht angezapft, was ich den »inneren Schatten« nenne, den jeder in sich trägt und der nicht anders hervorkommen und nach außen durchsickern kann als über die Sprache. Der Schriftsteller aber hat dies getan. Er hat die Unberührtheit des »inneren Schattens« verletzt, das allgemeine grundlegende Schweigen aufgebrochen; er hat bewirkt, daß dieses Schweigen verringerbar wird. Und jeder Akt, der diese Möglichkeit, es abzubauen, einschränkt, wie zum Beispiel der Film, läßt das geschriebene Wort zurückweichen. Es stimmt nicht, daß der Film das Geschriebene ebenso ausdrückt wie die niedergeschriebene Sprache. Der Film läßt das Wort sich in sein ursprüngliches Schweigen zurückziehen. Ist das Wort erst einmal durch den Film zerstört worden, kommt es nicht wieder zurück, nirgends, in keinem Text. Und für den Filmemacher wird gerade dieser Hang zur Zerstörung zu einem schöpferischen Gewinn.

Auf dieser Niederlage des Geschriebenen baut sich – für mich – das Filmemachen auf. In dieser Massakrierung liegt sein hauptsächlicher und entscheidender Reiz. Denn genau sie ist die Brücke, die dorthin führt, wo alle Lektüre stattfindet, und noch darüber hinaus: an den Ort des Erleidens schlechthin, das jedes Leben in der heutigen Gesellschaft zur Voraussetzung hat. Man kann es auch anders sagen: Die quasi universelle Option der Jugend für das Kino ist eine – bewußt oder intuitiv – politische Option. Kino machen zu wollen, heißt, direkt den Ort anzusteuern, wo es aufgenommen wird, also den Zuschauer. Und zwar unter Umgehung, unter Zerstörung des – stets privilegierten – Stadiums des Schreibens.

Die phänomenale Zuhälterei des Kapitalismus gegenüber dem Kino vom Augenblick seiner Entstehung an hat vier bis sechs Generationen von Zuschauern geprägt, und wir stehen jetzt vor einem Himalaya von Bildern, der zweifellos die größte Ansammlung von Dummheiten in der Neuzeit ist. Parallel zur Geschichte des Proletariats gibt es die Geschichte dieser zusätzlichen Unterdrückung, seiner Unterdrückung durch die – von demselben Kapitalismus, der es knechtet, konfektionierte – Freizeit, das Samstagskino. Jahrzehntelang hatte nur der Kapitalismus die Möglichkeit, Kino zu produzieren. Der Zugang zum Film war ein Klassenprivileg. Das soll nicht heißen, daß das heute *nicht mehr* der Fall ist; es ist *nur* etwas weniger der Fall. Doch man braucht nur die Wut der kommerziellen Filmemacher angesichts dieses »etwas weniger« zu sehen, um zu begreifen, in welchem Ausmaß das so war und wie sehr sie sich als Herren des Kinos in aller Welt verstanden haben. Ich habe einmal Henri Verneuil über die *Cahiers du Cinéma* reden hören; er schäumte vor Wut, obwohl doch die *Cahiers du Cinéma* hunderttausendmal weniger gelesen, als die Filme dieses Henri Verneuil gesehen werden. Und Filme machen zu wollen, das heißt eben auch, aus der Konsumentenrolle in bezug auf das kapitalistische Kino herauszutreten, heißt, sich dem reflexartigen Konsumverhalten zu entziehen, zu entwöhnen, von dem man sagen kann, daß es in schriller Weise den Teufelskreis des Konsums schlechthin vollzieht. Indem man dies tut, klagt man an. Man kann sagen, daß das gesamte parallele Kino eine Anklage ist.

Buch und Film

Heute morgen mußte ich das Ende von *Le Vice-consul* mit einem Text vergleichen, den ich vor Jahren geschrieben habe. Ich wollte wissen, ob ich diesen Text in den Schluß des Buches aufgenommen hatte. Ich habe also einen Teil des *Vice-consul* widergele-

sen. Das Erstaunliche war, ich habe festgestellt, daß ich das Buch vergessen hatte. Ich habe es vergessen, weil das Kino darüber hingegangen ist, weil ich den Film *India Song* gemacht habe. Mit Verwunderung und großer Ergriffenheit habe ich das Buch wiedergefunden, aber über der Lektüre sind die *India Song*-Filme verlorengegangen. Lol V. Stein ist, eingeschlossen, eingesperrt im Buch, unangetastet geblieben. Vielleicht sollte ich mit Aurélia Steiner Paris, dem siebenjährigen Kind, dem kleinen Mädchen im Krieg und in den schwarzen Türmen, auch keinen Film machen. Und sie sollte im Buch bleiben als eine Aussage, die absolut ist, unübertragbar. Entsetzlich.

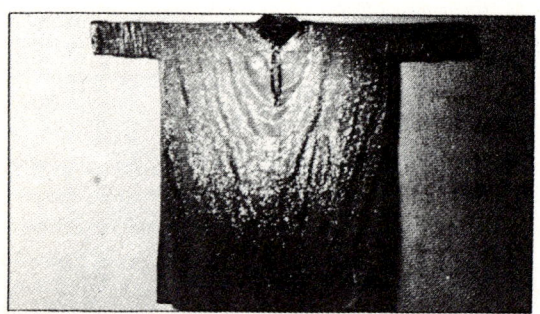

Aurélia Aurélia zwei

Aurélia. Kind. Mein Kind. Der Ball von S Thala klafft erneut auseinander. Jetzt sieht Aurélia zu. Aurélia ist aus dem massakrierten Körper von L.V.S. hervorgegangen. Aurélia hat mich ersetzt. Es ist geschafft. Der Strand von S Thala, der Strand, an dem die Irren auf und ab gingen, und auch das Meer, alles ist verlassen. Der große Balkon des Kasino von S Thala mit Blick auf den Sonnenuntergang ist leer. Man hört das sehr sanfte Rauschen des winterlichen Meeres. Manchmal geht Aurélia vorüber. Sie betrachtet den Sand und das Meer. Ja, die Augen sind blau. Und im Abendlicht wird daraus Dunkelheit, klar und unergründlich. Ihr Haar ist schwarz. Sie singt, *sie* singt jetzt die Melodien des Balles von S Thala, sie singt sie wie jüdische Gesänge. Ja, an stürmischen Tagen geht sie über den Strand, sie hört dem Wind zu und dem ungeheuerlichen Aufruhr des

Meeres, wie es sich ganz und gar umwälzt auf den leeren Schlund der Erde zu. Aurélia, wissend um Schmerz und Freude. Betrachtet.

Jemand hat den Film gesehen und hat, wie er sagt, geglaubt, Aurélia habe wirklich in einer fernen Stadt gelebt, und mir sei es lediglich gelungen, ihre Aufzeichnungen zu bekommen, um daraus Filme zu machen. »Wissen Sie, Aurélia Steiner existiert, es ist nicht Ihre Stimme, die man hört, sondern die von Aurélia. Sie haben sie voll und ganz erschaffen, sie lebt losgelöst von Ihnen. Ich stehe ganz allein vor Aurélia Steiner, das macht mich zittern.« (Brief von Serge Leproux, den ich nicht kenne.)

Aurélia Aurélia drei

Es stimmt, sie ist losgelöst von mir, und sie ist es, die in den Filmen spricht. Ich höre ihr nur zu und übersetze ihre Stimme, bei jedem Wort, in jeder Sekunde passe ich auf, wirklich in jeder Sekunde, daß ich sie erreiche und hinter ihr bleibe und nur das von ihr Geschriebene wiedergebe, so wie es aus ihr herauskommt, noch ohne Gestalt, fast ohne Sinn.

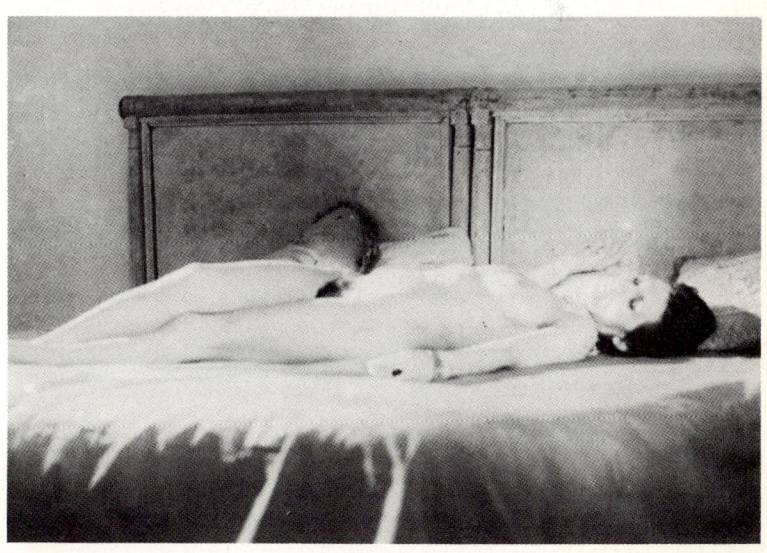

Neben der phänomenalen Kraft von Aurélia Steiner ist das Kino null und nichtig. Der Film *Aurélia Steiner Vancouver* war unmöglich. Er wurde gemacht. Der Film ist bewunderswert, weil er nicht einmal versucht, seine Unmöglichkeit zu korrigieren. Er begleitet diese Unmöglichkeit, er geht an ihrer Seite.

Filme machen, Filme sehen

Ich glaube, die Gründe, Filme zu machen oder Filme anzusehen, sind die gleichen. Ich habe enge Freunde, die sich meine Filme nicht ansehen, sie sehen sich die Filme von anderen an. Sie lesen alle meine Bücher, aber sie sehen sich nicht alle meine Filme an. Die Gründe, weshalb ich Filme mache, nehmen sie nicht wahr, sie sagen, es sei nicht der Mühe wert. Auch ich finde bei jedem Film, den ich mache, daß es sich nicht lohnt. Aber man kann auch Filme machen, die zu machen sich nicht lohnt. Anstelle von Filmen mache ich zur Zeit dieses Heft der *Cahiers du Cinéma*.

25. August 1979

Unter dem 25. August 1979 finde ich in meinem Notizkalender geschrieben: »Das Meer ist grau, am Horizont schwarz, glatt und von eiserner Schwere. Segelboote, die sich nicht bewegen, verschmolzen mit dem eisernen Meer. Silhouetten von Strandspaziergängern vom gleichen Schwarz wie der Horizont. Dann Wind. Am Nachmittag löst sich alles auf, wird blau und gerät wieder in Bewegung.« Einige Tage danach habe ich *Aurélia Steiner* angefangen. Aber nachdem ich jemandem, auf einer blauen Postkarte geschrieben, den Satz über das Meer geschickt hatte.

Die Drehortsuche

Es ist nicht nötig, nach Calcutta, nach Melbourne oder nach Vancouver zu fahren, alles ist in den Yvelines, in Neauphle. Alles ist überall. Alles ist in Trouville. Melbourne und Vancouver sind in Trouville. Es ist nicht nötig, suchen zu gehen, was an Ort und Stelle

vorhanden ist. Es gibt immer da, wo man ist, Orte, die Filme suchen, man muß sie nur sehen.

Manchmal denkt man, daß ein bestimmtes Außen dem Film helfen würde. Und so geht man dieses Außen suchen, aber man findet es nie. Auf Drehortsuche muß man ohne jede Vorstellung gehen, ohne alles. Man muß das Außen auf sich zukommen lassen. Zum Beispiel: ich habe keine Vorstellung von dem Bild, das unter dem Text über den jungen Gehängten von Auschwitz zu sehen sein soll. Als ich an der geraden Pappelreihe an der Mauldre vorbeikomme, sage ich mir: Das ist es. Oder es sind ohne Filmprojekt gesehene Bilder, die wiederkehren. Wie Le Poudreux, der Hafen für afrikanisches Holz am Seine-Kanal oder der stillgelegte Bahnhof des alten Hafens in Honfleur.

Ein Ort, an dem ich schon einmal gedreht habe, reizt mich, dahin zurückzukehren. Ich drehe an Orten, an denen ich schon früher gedreht habe. Die großen deutschen Himmel in *Aurélia Steiner*, die Himmel mit den fruchtbaren Regen, sind dieselben wie in *Le Camion* zu dem Text über das Schreiben und den Schlaf – hier in fester Einstellung. Die Felder waren da, der Unterschied lag in ihrer Farbe: Sie sind schwarz nach dem Pflügen im Oktober in *Aurélia* und von grünem Januarflor überzogen in *Le Camion*. Unterschiedlich war auch das Licht. Hell in *Aurélia*, milchig in *Le Camion*. Ich träumte davon, noch einmal an den Orten zu drehen, wo ich schon gedreht habe. Im Palais

Rothschild und seinem Park, die weiterhin von der Bettlerin, von den Schritten des Vizekonsuls und dem Überqueren der verlassenen Tennisplätze bevölkert sein werden. In meinem Haus. Auf den großen unbebauten Flächen in Auchan, in denen die Dame aus *Le Camion* herumstreift, da wo sie abends bleibt. Das sind für mich Orte, die Kino hervorbringen, weil dort Kino gemacht worden ist. Auch in Paris habe ich Lust zu drehen, in den großen Avenuen aus der Kolonialzeit wie in *Les mains négatives*, auf den Souks in Ménilmontant, auf diesem Mekong, nach Osten hin, in Richtung Bercy. Asien, zum Verwechseln ähnlich, ich weiß, wo das ist in Paris, vor Renault, hinter den Pappeln der Ile Saint-Germain, ein Gewirr von Schlingpflanzen, in Richtung des Dschungels, der Siam umschließt, vor dem Leuchtfeuer und dem Totenlicht.

Der junge Seiltänzer von Montreuil läßt ganz Paris zusammenströmen. Er ist fünfzehn Jahre alt und arbeitet seit zehn Jahren.

(France-Observateur, in den sechziger Jahren)

– Hast du manchmal Angst?

– Ich habe nie Angst. Manchmal nehme ich sogar meine kleine Nichte mit auf das Seil. Sie ist drei und hat auch keine Angst.

– Mit oder ohne Netz, ist das ein Unterschied?

– In einigen Departements muß man ein Netz haben, in anderen nicht. Für mich und auch für meinen Vater und meine Mutter ist das kein Unterschied.

– Wie hoch ist das Seil?

– 25 Meter, der Mast 40 Meter. Aber am Mast arbeite ich immer ohne Netz. Das ist erlaubt. Über Flüssen auch.

– Was hast du gemacht, bevor du nach Montreuil kamst?

– Es war nicht weit von Paris. Wir hatten das Seil an einem Haus befestigt und das andere Ende an einem Brückenpfeiler. Das Seil war 390 Meter lang. Ich fuhr mit dem Motorrad rüber.

– Ohne Netz?

– Ja. In dem Departement war es erlaubt. Ich weiß nicht mehr genau,

wo das war. Es gibt dort ein Dorf, das heißt Sauvage. Da ging ich
immer angeln, ich angle gern.
– Was war das Schwierigste, das du bisher gemacht hast?
– Es war, als ich einmal die Loire überquert habe. Es war sehr kalt.
Wir hatten schon drei Wochen gewartet. Es war immer noch genauso
kalt, da hat es uns gereicht, ich bin rübergelaufen. Es war ein langes
Stück, fünfhundert Meter. Und in der Mitte tanzte das Seil einen Me-
ter auf und ab, das ist ja klar. Ich mußte Bremsschuhe nehmen. Es
war ein bißchen schwierig auf dem Glatteis. Aber ich hab's geschafft.
– Arbeitest du viel?
– Im Sommer nicht. Im Winter arbeite ich täglich drei, vier Stunden
mit meinem Vater. Man darf nie länger als drei Tage mit der Arbeit
aussetzen. Ich lerne gerade den doppelten Salto auf dem Netz, das ist
schwierig.
– Ist es das Schwierigste?
– Nein. Das Schwierigste ist, auf Stelzen über das Seil zu gehen. Mein
Vater hat das früher gemacht, aber er hat einen Unfall gehabt. Aber
nach dem Salto wird er es mir beibringen.
– Hast du Zeit gehabt, zur Schule zu gehen?
– Ein Pfarrer in Lyon hat mir das Lesen beigebracht, drei Monate
lang. Aber ich spreche Französisch, Englisch und Deutsch.
– Hast du niemals Angst gehabt?
– Nein, aber oben auf dem Mast muß man aufpassen mit dem Wind,
da wackelt es.

Die Antilopen

Vor der marokkanischen Küste haben sich eines Tages vor
hundertfünfzig Jahren Tausende von Antilopen zusammen ins Meer
gestürzt. Sie haben sich gegenseitig vorwärtsgetrieben und sind
ertrunken. Sie kamen aus ganz Afrika, aus den Wäldern, Savannen
und Bergen. Sie haben sich an besagtem Ort und Tag versammelt und
sich umgebracht. Da sie aus unterschiedlich weit von dem Sammel-
punkt entfernten Gegenden kamen, können sie offensichtlich nicht
alle an demselben Tag losgezogen sein. Ihr Aufbruch muß zu unterschiedlichen Zeiten erfolgt sein, die einen waren vielleicht einige Tage oder Wochen unterwegs, die anderen Monate. Die aus Mosambik
brachen, sagen wir, beim letzten Halbmond im April auf, die aus Gui-

nea beim Vollmond im Juni. Das innere, göttliche Gebot, das ihnen diesen Termin setzte, war also sehr präzis, was Tag und Stunde ihres Aufbruchs betraf. Jede von ihnen hat sich rechtzeitig zur festgesetzten Stunde auf den Weg gemacht in die vorgegebene Richtung und zwar offenbar auf Grund einer Entscheidung, die durch keinerlei äußeres Signal ausgelöst wurde, sondern im Gegenteil, aber zum Verwechseln ähnlich, durch den eigenen Willen. Wobei die Entscheidung hier in der Unterwerfung unter die Unbekannte des Gesetzes bestand, aber ebenso unreflektiert war wie die Wahl der Savanne als Ort, wo sie zum Zuge kam. Antilopen sind keine Wandertiere, ihre Spezies unternimmt keine Wanderungen wie die Störche, Wildgänse oder Schwalben. Sie waren es keineswegs gewohnt, ihren Wald zu verlassen. Aber sie haben ihn verlassen. Es muß sich da bei ihrer Spezies wohl um einen einmaligen Befehl gehandelt haben oder um einen Antrieb, der sich im Rhythmus von Jahrhunderten oder gar Jahrtausenden wiederholt und von dessen Existenz die Menschen nichts ahnen. Natürlich wissen wir es nicht. Sie haben also die Wälder verlassen, um in den Tod zu ziehen. Nicht alle aus ganz Afrika, einige Tausend nur. Nur einige also sind aufgebrochen, waren gesetzmäßig dazu bestimmt. Eine Nuance, die vielleicht am erschreckendsten ist: einige nur. Diese unvergängliche Logik der Spezies, diese in der Spezies vergraben, versunken liegende Gesetzmäßigkeit ist so einleuchtend wie die grandiose, unermeßliche Ungereimtheit des Lebens.

Die Veränderung

Bücher verkaufen sich gut; relativ gesehen, verkaufen sie sich jetzt besser als Kinoplätze. Das Verlagswesen erlebt einen Aufschwung. Es gibt gegenwärtig eine Hinwendung zum Lesen, nicht – wie manche behaupten – um einmal mehr die berühmt berüchtigte Aggression der Gesellschaft zu vergessen, von der das Kino ein integrierender Bestandteil ist, sondern einzig und allein um aus der tiefen Langeweile herauszukommen, in die man durch diese beiden miteinander in Zusammenhang stehenden Ärgernisse – die Aggression der Gesellschaft und die, die das Kino zeigt, – versenkt wird. Andererseits gehen die Leute heutzutage sehr viel weniger ins Kino. Früher glaubte man sich mehr oder weniger dazu verpflichtet, heute nicht mehr. Viele Frauen. Viele Jugendliche auch. Viele Filmarbeiter. Man sieht sich bestimmte Filme an, aber nicht die, über die die Kritiker schreiben. Wir sind eine Handvoll, Intellektuelle zum größten Teil, aber so fängt es immer an, mit einer Handvoll von Intellektuellen. Zudem gibt es auch Leute, die kein Fernsehen mehr kaufen, sehen, haben.

Die Veränderung

Es wird ein Jahr und zwei Monate dauern. Jeden Tag werden wir sie zu sehen bekommen. Vierhundert Tage lang wird man sie uns mehrere Stunden pro Woche vorsetzen. Und dafür zahlen wir die Fernsehgebühr. Unser Trost ist zu wissen, Millionen andere sind wie wir. Wir haben eine übereinstimmende, gleichgeartete Animalität, wir dämmern in der gleichen Weise in Langeweile dahin, und so weit wir auch voneinander entfernt sein mögen, wir leben und wohnen auf einer gleichen anderen Erde, in einem gleichen anderen Land, das ist die neue Solidarität. Eines Tages haben ein Mann aus Flandern und ein Mann aus Ungarn die wichtigste Neuerung in der Entwicklung der Landwirtschaft erfunden, die eiserne Pflugschar. Es war zu ein und derselben Zeit in der Geschichte der Menschheit.

Jean Paulhan – Manuskripte lesen

(1960, unveröffentlicht)

– Jean Paulhan, ein großer Teil der französischen Literatur, verlegt oder nicht, ging und geht auch noch durch Ihre Hände. Welche Lehre ziehen Sie aus dieser Erfahrung?

– Daß Literatur, gute wie schlechte, immer nützlich ist; selbst wenn sie schauderhaft ist, zeigt sie doch eine gewisse Entwicklung bei dem Autor an, der sie zustande bringt. Ich meine, nichts auf diesem Gebiet sollte gänzlich entmutigt werden.

In diesem Sinn hatte ich daran gedacht, von Zeit zu Zeit, auf Dünndruckpapier natürlich, eine Sammlung aller in einem Jahr abgelehnten Manuskripte zu veröffentlichen.

– Es gibt also kein völlig abzulehnendes, ganz und gar unnützes Buch?

– Ich habe noch nie eins gelesen. Es gibt vielleicht welche, aber ich habe noch nie eins gelesen. Nein, nie. Mir scheint, irgendein Gewinn läßt sich aus jedem Buch ziehen.

– Warum wird geschrieben?

– Ich denke, die Literatur lehrt den, der sie hervorbringt, stets, sich selbst und die Welt auf eine genauere und vollständigere Weise wahrzunehmen, als er es bis dahin getan hat. Es ist sehr schwierig, die Welt wahrzunehmen und auch uns selbst wahrzunehmen, und zwar aus einem äußerst klaren Grund: Wenn wir schauen, ist ein Teil unseres Geistes oder unseres Denkens abgelenkt, so daß das, was wir dann wahrnehmen, völlig falsch und konventionell ist. Jede beliebige Literatur, auch wenn sie mittelmäßig und sehr langweilig ist, stellt eine Anstrengung dar, die Welt so zu sehen, als wären wir nicht dabei. Denn das ist ja doch das Ziel der Literatur. Das ist es, was Literatur für alle sucht und erlangt. Auf jeden Fall aber erreicht sie dieses Ziel für ihren Autor, auch wenn sie mittelmäßig und unbedeutend ist.

– Hat nicht ein Autor, auch wenn er völlig einsam ist, immer einen Leser, nämlich sich selbst?

– Immer, und das ist ein Glück. Jede Literatur bringt uns der Wahrheit näher und bringt ihren Autor der Wahrheit näher, auch wenn sie einen delirierenden Eindruck macht, denn es gibt keine völlig delirierende Literatur. Es sei denn, Sie wollten behaupten, Lautréamont sei das typische Beispiel einer delirierenden Literatur.

– Sie verwenden also den Begriff »Literatur« auch als Bezeichnung für Literatur im Rohzustand.

– Ja. Die, die veröffentlicht wird, gewährleistet – zumindest glaubt man das – einen allgemeinen Fortschritt für alle Leser, während die – zweifellos sehr viel ungenießbarere – nicht veröffentlichte Literatur lediglich die Weiterentwicklung ihres Autors gewährleistet. Aber das ist schließlich auch schon viel.

– Ist nicht allein die Tatsache, daß ein Buch »publizierbar« ist, Ausgangspunkt möglicher Irrtümer seitens der Lektoren?

– Ja. Aber die Irrtümer sind sehr interessant. Oft wundert sich der Leser, jedenfalls ein Leser wie ich, bei der Lektüre eins veröffentlichten Buches. Er fragt sich: »Warum hat der Verleger das veröffentlicht?«

Aber das fragt man sich jeden Tag, wenn man sieht, welche Bücher die Leute lesen: »Wie, zum Teufel, kann dieser Mensch ein solches Buch lesen?« Das gleicht sich aus. Der liest eben genau die Bücher, die Sie nicht wollen . . .

– Wenn man noch strenger wäre, denke ich, dürfte man statt der zweihundert Romane, die Gallimard pro zehntausend eingereichter Manuskripte publiziert, vielleicht kaum fünfzig veröffentlichen?

– Zweifellos. Aber man muß dabei auch erwähnen, daß die Literaturpreise oft an Manuskripte vergeben worden sind, die alle Verleger abgelehnt hatten. Als Bedel für »Jérôme 20° de latitude« den Prix Goncourt bekam . . . ich weiß nicht mehr . . . dieses Buch war von allen Pariser Verlegern abgelehnt worden. Es war wieder bei Gaston Gallimard gelandet, Bedel hatte es ihm gebracht, aber in einem letzten verzweifelten Versuch. Und dann hat es den Prix Goncourt bekommen, was Gallimard ermutigt hat und, ich denke, auch alle anderen Verleger.

Raymond Queneau – Manuskripte lesen

(1960, unveröffentlicht)

– Raymond Queneau, wonach beurteilen Sie, ob ein Manuskript gut oder schlecht ist?
– Ich glaube nicht, daß man die Qualität eines Manuskripts absolut beurteilen kann. Man nimmt eine Einschätzung vor unter einem besonderen Gesichtspunkt, dem des Verlegers.
– Zur Veröffentlichung geeignet oder nicht?
– Genau. Es stellt sich also eine Frage den Autor betreffend: Handelt es sich um einen Schriftsteller, einen zukünftigen Schriftsteller, oder

aber um jemanden, der völlig indiskutabel ist? Man beurteilt nicht so sehr, ob ein Manuskript gut oder schlecht ist, das ist immer sehr subjektiv. Aber man kann erkennen, ob der Verfasser eines Manuskripts zur Kategorie der Schriftsteller, der zukünftigen Schriftsteller, gehört, oder ob er nur ein Amateur ist. Ich glaube, man kann sehr schnell unterscheiden zwischen dem Profi, dem zukünftigen Profi, und dem Amateur.

Der Profi ist, wenn er ein Manuskript einschickt, natürlich noch kein Profi. Aber man spürt beim Lesen, daß er bereits ein Bewußtsein vom Schreiben hat, vom Metier, von der Arbeit des Schriftstellers, und davon, daß das, was er schreibt, zur Veröffentlichung bestimmt ist. Wohingegen der Amateur – dessen Manuskript genauso gut oder schlecht sein kann – sich absolut nicht darüber klar ist, was Literatur und Schreiben bedeuten. Er ist jemand, der nur an sich selbst denkt, der zu seinem eigenen Vergnügen schreibt, der schreibt, um sich zu erleichtern. Das ist nicht weit entfernt, wenn Sie so wollen, vom Tagebuch des jungen Mädchens, das schreibt, um sich selbst seine eigenen Gefühle zu erzählen. Und vom ersten Manuskript eines Autors an kann man erraten, ob es sich unabänderlich um einen Amateur handelt oder aber um jemanden, der ein Schriftsteller werden kann, auch wenn er ein schlechter Schriftsteller werden sollte.

– Der echte Schriftsteller ist also der Akrobat oder der Tischler?

– Ja. Es gibt Leute, die sind Tischler oder Akrobaten. Es sind vielleicht schlechte Akrobaten und mittelmäßige Tischler, aber sie kennen immerhin ihr Metier. Es sind keine Leute, die zu Hause, einfach so, etwas zusammenbasteln und sich einbilden, sie seien Tischler. Wenn Sie so wollen, ist der Amateurschriftsteller der Bastler des Schreibens.

Ein Schriftsteller ist jemand, der sich klar darüber ist, daß man nicht nur sich selbst zur Freude schreibt, jemand, dem bewußt ist, daß er nicht allein ist. Der Mann oder die Frau, die wirklich am Schreiben interessiert sind, wissen, daß sie zur Gemeinschaft der anderen Schriftsteller gehören, daß es Zeitgenossen gibt, die sie beurteilen und kritisieren werden und parallel zu ihnen schreiben. Der Amateur ist leider jemand, der in sich selbst befangen bleibt, der vielleicht gefällige Sachen schreibt, aber nicht die notwendige Fähigkeit hat, mit anderen zu kommunizieren, mit dem Publikum, und sei es noch so begrenzt. Was mich im Laufe dieser Jahre beim Manuskriptelesen am meisten verblüfft hat, ist, daß man sehr schnell sieht, selbst bei einem gänzlich unbekannten Autor, ob er, seiner Berufung nach, bereits irgendwie der Zunft der Schriftsteller angehört.

– Kommt das selten vor?

– Ja, sehr selten. Manchmal schafft das Probleme. Es kommt vor, daß ein Manuskript nicht gut ist, obwohl dem Verfasser offensichtlich bewußt ist, was Schreiben bedeutet. Dann zögert man, es abzulehnen.

– Kann die Magie der Veröffentlichung, des veröffentlichten Werks, durch nichts anderes ersetzt werden?

– Nein, durch nichts. Also, auch wenn das Manuskript nicht gut ist, zögert man, es abzulehnen. Oft kann man sich fragen, ob es nicht besser gewesen wäre, ein solches erstes Manuskript zu veröffentlichen und es in ein gedrucktes, wenn auch nicht sehr gutes oder gar ziemlich schlechtes, Buch zu verwandeln, weil der Anblick des Gedruckten, der Anblick dessen, was man geschrieben und gedruckt hat, den Verfasser völlig verändert. Es gibt ganz sicher eine Rückwirkung dieses Eindrucks, wie auch der ersten Kommunikation mit . . . mit anderen, eben den Lesern.

– Es ist einerseits eine Faszination, gleichzeitig aber auch eine Objektivierung der Sache. Ist ein gedrucktes Buch besser zu erkennen?

– Ja. Man sagt sich: »Da ist ein Autor . . . was er geschrieben hat, ist nicht besonders gut, aber wenn er es gedruckt sieht, wird er merken, daß es nicht gut ist. Er wird die Reaktionen des Publikums spüren, die Reaktionen der Leser, auch wenn diese nicht zahlreich sind, auch wenn niemand ihm schreibt, auch wenn er keine Kritiken bekommt.« Die Tatsache allein, daß er weiß, es gibt hier und da in der Welt Menschen, die sein Buch lesen können, wird eine Wirkung auf ihn haben, ihn verwandeln und ihm helfen, ein Bewußtsein dafür zu entwickeln, was es heißt zu schreiben.

– Gibt es nicht auch literarische Talente, die sich erst spät entwickeln? Was halten Sie von dem Rechtsanwalt im hintersten Winkel der Dordogne, der eines schönen Tages mit über fünfzig Jahren sich daran macht, einen Roman zu schreiben?

– Das kommt tatsächlich vor. Es gibt Beispiele von Spätentwicklern, auch unter Schriftstellern. Aber meistens ist das ein pathologisches Zeichen. Ein Schriftsteller schreibt fast immer früh, schreibt, wenn er jung ist.

– In welchem Alter?

– Mit sieben Jahren . . . Sehr jung jedenfalls . . . Meines Wissens schreiben die meisten Schriftsteller von Kindheit an. Sie haben fast alle mit sieben, acht, zehn Jahren angefangen.

– Und Sie, wann haben Sie angefangen zu schreiben?

– Ich kann mich nicht erinnern, jemals nicht geschrieben zu haben.

Aurélia Aurélia vier

Les mains négatives und *Césarée* sind nicht verwendete Einstellungen aus *Le navire Night*. Die Statuen von der Place de la Concorde und die Maillol-Figuren waren viel zu prächtig für die Art von Wüste, die *Le navire Night* darstellt. Sie waren noch viel zu bildhaft. Außerdem, ich weiß nicht aus welchen technischen Gründen, waren die Aufnahmen aus *Les mains négatives* mit dem Travelling von der Bastille bis zu den Champs-Elysées nicht sehr gut. Die roten Ampellichter zerfließen völlig, ein Blutfleck, das Bild ist unscharf. Wir haben die Einstellungen wiederholt, aber ich habe nicht die neuen Aufnahmen verwendet – ausgenommen die Fahrt über die Magenta-Kreuzung mit den Grotten der leeren Restaurants – sondern habe die mißglückten fast alle behalten.

Wir haben Mitte August gedreht, da Paris nur eine Woche im Jahr relativ leer ist. Während der 45 Minuten des Travelling, morgens zwischen viertel nach sechs und viertel vor acht, haben wir, abgesehen von einer Prostituierten auf dem Boulevard Magenta, nur Schwarze getroffen, sowie einige portugiesische Putzfrauen in der Nähe der Oper, die in den Banken putzen, ein paar Herumtreiber auch und ein paar Obdachlose. Zu dieser Tageszeit gehört Paris nicht uns. Aber um acht verschwinden alle diese Menschen, die die Banken, Straßen und Geschäfte reinigen, spurlos und überlassen uns das Feld. Seit Indochina, seit meiner Jugend, hatte ich keine derartige Ansammlung von Kolonialbevölkerung mehr auf einem Fleck gesehen. An sie richtet sich die Liebe. Es gibt auch alte Männer, einen Clochard an der Place de l'Opéra. Und Puertorikaner und Mulatten, bevor man zur Place du Palais-Royal kommt. Danach gibt es nichts mehr, nur noch Mülleimer und Autos.

Ich habe anderthalb Monate gebraucht, um den Text von *Aurélia Steiner Vancouver* zu schreiben – dreizehn maschinengeschriebene Seiten. Ich habe in Trouville gearbeitet. Dort kann ich am besten schreiben. Wir haben den Film in vier Tagen gedreht. Wir hatten sehr wenig Material: 72 Minuten. Eine Rolle wurde nicht verbraucht. Bleiben also 68 Minuten, die gedreht worden sind. Der Film ist genau 50 Minuten lang. Das ergibt 18 Minuten nicht verwendeter Aufnahmen. *Aurélia Melbourne* haben wir im Gegenlicht gedreht. Die Gesichter sind ausgelöscht, man sieht nur ihre Form, die Kamera verschlingt sie, der Fluß nimmt sie auf. Ich glaube, in einem bestimmten Moment steht auf einer Brücke Aurélia. Links im Bild ist die Silhouette eines Mädchens mit langen blonden Haaren zu sehen. Das Gesicht ist, wie alle anderen, ausgelöscht. Sie hat eine sehr schöne Gestalt, groß und schlank. Keine Züge, aber ein aliceartiges Lächeln. Von ihrem Gesicht sieht man nur dieses Lächeln. Ja, ich glaube, auch sie ist Aurélia, sie wird es nie erfahren. Aurélia ist dort oder anderswo. Sie ist zerbrochen, über den Film verstreut. Und gleichzeitig ganz und gar da. Sie ist noch in der Rue des Rosiers, erst da, dann gleichzeitig anderswo, immer da und dann immer auch anderswo, dann, hier wie anderswo, in allen Juden, sie ist die erste Generation wie auch die letzte. Sie schreibt. Schon fast vierzig Jahre lang. 1945 hätte sie nicht geschrieben. Es muß Zeit vergehen über dem Grauen, bevor sie schreiben kann. Aurélia Steiner ist auch die räudige Katze. Diese Jüdin, diese jüdische Katze. Übrigens durchquerten wir in jenen Tagen

einen jüdischen Kontinent. Während dieser Fahrt auf dem nördlichen Fluß ruft Aurélia ihre in den Leichenhaufen, den Kriegen, den Krematorien und den hungernden Äquatorländern verschollene Liebe. Wir sind genau im Zentrum einer unbekannten Stadt, die wir per Fluß durchqueren. Der Fluß zog alle jüdischen Toten an und trug sie mit sich fort. Überall sprach man von Aurélia, unter den Brücken hörte man ihren Namen murmeln, alle diese Tage waren voller Erinnerung an sie. Ja, in der Totenbarke trug der Fluß sie alle fort, hin zu dem einzigartigen Ende des Flusses, der allumfassenden Auflösung im Meer.

Sie ruft um Hilfe, Aurélia Steiner, ruft nach Liebe, während sie sich erinnert. Von überall ruft sie, von überall her erinnert sie sich. Sie ist in Melbourne, Paris und Vancouver. Von überall her, wo es verstreute, geflüchtete Juden gibt, erinnert sie sich. Sie kann nur an solchen Orten sein, wo sich nichts ereignet außer der Erinnerung. Es geschieht nichts in Melbourne, in Vancouver. Und es sind ferne Orte. Weit entfernt von Europa. Ich sehe sie als Orte des Überlebens. Weiß, weiße Seiten. Nichts geschieht dort. Die Langeweile des Lebens muß dort grenzenlos sein. Ein ständiges Beschwören anderer Orte, anderer Zeiten muß dort stattfinden. Es gibt auch Juden in Argentinien. Aber sie sind seit Jahrhunderten dort. Auch in Spanien. In Polen gibt es keine Juden mehr, und es gibt keine Juden mehr in Deutschland. Irgendwann wird es auch in Rußland keine mehr geben.

– Was bedeutet Jude sein in der persönlichen Problematik eines Nichtjuden? Wogegen dient es als so absolute Zuflucht ohnegleichen? Worin hat es seine Entsprechung? Wofür ist es Bestätigung?
– *Es ist etwas, das zutiefst mit dem Schreiben zu tun hat. Mit dem Satz, den Aurélia Steiner am Ende sagt: »Ich schreibe.« Ihr Ruf ist nicht »ich rufe«, sondern »ich schreibe«.*
DAS HAT MIT GOTT ZU TUN. SCHREIBEN HAT MIT GOTT ZU TUN. AURÉLIA STEINER, ACHTZEHN JAHRE ALT, VON GOTT VERGESSEN, NIMMT SICH SELBST GEGENÜBER DIE POSITION GOTTES EIN.
Zu dem Zeitpunkt, als ich die erste *Aurélia Melbourne* beendet hatte, wurde Goldman umgebracht. Ich erinnere mich, daß er in einem Interview in *Le Monde* gesagt hat: »Unsere einzige Heimat ist das Schreiben, das Wort.« Und das hat mich bestätigt in dem, was ich sehe: Diese Heimat ohne Land, ohne Nation, ist die solideste der Welt, die unzerstörbarste. Vielleicht kommt die Verfolgung der

Juden auch daher: Ihr Land konnte man ihnen nicht nehmen, sie hatten keins, also in Ermangelung von Materiellem, auf das man sich hätte stürzen können, tötete man sie selbst.

– *Nehmen wir den Namen Steiner. Von Stretter hast du ja schon gesprochen, es gibt aber auch einen Bezug zu Lol V. Stein.*

– Ja. Anne-Marie Stretter. Die Initialen sind fast die gleichen.

– *Lol V. Stein – eine Jüdin?*

– Jüdin, ja, nehme ich an. Aber im Buch stelle ich mir die Frage wohl nicht. Auch der Vizekonsul war Jude. Der Vizekonsul, den ich kannte, ein Jude. Er wohnte in Neuilly. Er war Vizekonsul in Bombay gewesen. Ich erinnere mich, während des Vietnamkriegs hat man im Urwald, vielleicht in Kambodscha, ich weiß es nicht, ein sehr altes Grab entdeckt, das aus der Zeit der Eroberung gestammt haben muß – der Name war ausgelöscht, zu lesen waren nur noch die Worte »Vizekonsul von Frankreich«.

– *Aurélia Steiner – wie ist sie aufgetaucht?*

– Mit dem Schreiben ist es wie mit dem Verbrechen, hinterher weiß man es nicht. Die Verbrecher sagen: »Ich weiß nicht, was mit mir passiert ist.« Ich habe einen sehr winzigen Ausgangspunkt: Ein paar Worte in meinem Notizkalender, wie ich schon sagte, über den Zustand des Meeres an einem bestimmten Augustmorgen 1979.

– *In allen vier Filmen spielt das Wasser eine sehr große Rolle.*

– Voreingenommenheiten sind unvermeidlich. Ich hatte Pierre Lhomme gesagt, die Seine an sich sei unwichtig, gefilmt werden sollten vor allem die Ufer. So haben wir einen ganzen Drehtag verloren. Wir haben die Aufnahmen eines ganzen Tages weggeworfen. Die Bilder enthielten zu viel von dem, was an den Ufern zu sehen war. Es gab ein bißchen Seine, aber vor allem Uferböschungen. Während das, was wir brauchten und wohin wir dann gelangt sind, die Seine war, voll und ganz, in ihrer Masse, in ihrem Gesamtvolumen. Und aufs Geratewohl kam dann vorbei, was gerade vorbeikam, fand Eingang in den Film, was sich gerade bot, die Palais, der Eiffelturm, der Louvre, Notre-Dame, Patrouillenboote, Gitarren, Schreie, Uferwege, der Abend, die Lichter. Die Achse des Wassers wurde zur Achse des Films. Das Zusammenfallen dieser beiden Achsen war der Film. Die Uferböschungen – das war ein ganz anderer Film, das war ein Film über einen Fluß, aber nicht über den Tod. Ich muß sagen, die Arbeit von Pierre Lhomme ist nicht nur sehr schön sondern auch voll tiefer Einsicht.

Michel Cournot hat aus dem Film herausgelesen, daß Wasser ewiger ist als Stein. Hier ist das Wasser in seinem Lauf durch die Stadt vollständig eingemauert. Man hat ihm seine Begrenzung, sein Bett, gebaut; erst wenn es aus der Stadt heraus ist, breitet es sich aus und findet in die Felder und Wälder zurück.

Steiner

Die erste Generation – die Großeltern – ist in Auschwitz vergast worden. Das waren Aurélia Steiners Großeltern. Diese Generation hatte bereits Kinder, als sie vernichtet wurde. Von Kriegsbeginn an und auch schon in den Jahren davor sind viele dieser Kinder fortgeschickt und Verwandten anvertraut worden, die weit weg von Europa wohnten, die Tanten und Onkel von Aurélia Steiner. Die letzte Aurélia Steiner ist also im Ausland geboren, in Melbourne oder in Vancouver. Ich glaube nicht, daß sie je wieder nach Europa zurückgekommen ist. Aurélia Steiner ist also wie alle Juden aus Israel oder aus Europa durch ihre Eltern und Großeltern eine Überlebende der Lager, etwas Vergessenes, ein Unfall in der Verallgemeinerung des Todes. Erwähnt werden muß auch, daß rund fünfzig jüdische Kinder in Auschwitz geboren und, unter den Pritschen versteckt, dort aufgewachsen sind. Einige hat man gefunden; diejenigen, die überlebt haben, sind in ein psychiatrisches Krankenhaus nach England geschickt worden. Keins von ihnen kannte den Gebrauch der ersten Person Singular. Sie sagten »wir«. Aurélia Steiner hat die Geburt des Kindes in Auschwitz nicht erfunden.

– Es gibt eine generelle Verwandtschaft zwischen deinen Filmen in ihrer Nähe zum Wasser, zum Meer, zu einer vom Wasser durchflossenen oder am Wasser gelegenen Stadt. Anne-Marie Stretter stammt aus Venedig, sie geht nach Calcutta, sie ertrinkt im Meer. Aurélia dagegen ist sehr weit entfernt, bezeichnend für sie ist eine tragische Bewegungslosigkeit, ein Exil.

– Sie ist in den Konzentrationslagern, Aurélia Steiner, dort lebt sie. Die deutschen Konzentrationslager, Auschwitz, Birkenau, waren Orte mitten auf dem Festland, erstickend, sehr kalt im Winter, glühend heiß im Sommer, sehr tief im Inneren Europas, sehr fern vom Meer. Dorthin begibt sie sich, um ihre Geschichte zu schreiben, das heißt die Geschichte der Juden aller Zeiten.

Edouard Boubat

Wenn die Augen so sehen würden wie Boubats Photographie, könnten sie das wohl ertragen? Ich denke an bestimmte Photographien von Kindern. Von Kindern, die plötzlich merken, daß man sie photographiert, und hin- und hergerissen sind zwischen Furcht, Verwunderung und unmittelbarem Erstaunen »warum wir und nicht andere?«, »wir eher als etwas anderes?« Ich denke auch an bestimmte Landschaften in fremden Ländern, Ernten, Erstkommunikanten und an eine Vielzahl von Augenblicken, deren Bedeutung oder Titel sich nicht sagen läßt – Augenblicke, herausgerissen aus dem Lauf immer gleicher Tage, immer gleicher Leben – Augenblicke des Lichts, wenn unerklärliches Glück aufblitzt, unbenennbar und so flüchtig wie der Wind – Augenblicke, wenn an bestimmten Orten, zu bestimmten Zeiten in einsamen Landschaften oder am Wendepunkt der Dämmerung der vernichtende Atem der Liebe vorüberzieht. Die Photographien von Boubat – vor allem seine Frauenphotographien – wirken immer in einem Bereich, der über den ihrer Darstellung hinausgeht. Während sie von einem Gesicht, von seiner ganz und gar unersetzlichen Identität künden, zeugen sie zugleich von dessen Fragilität und Sterblichkeit. Von dem, was unersetzlich ist und sich doch in einer universellen Mythologie verliert. Wenn Edouard Boubat die schicksalhafte Einzigartigkeit eines Gedichts einfängt, scheint es immer in dem Augenblick zu geschehen, wenn dieses am wenigsten darauf gefaßt ist, wenn das Gesicht seine Identität aufgibt, um sich in dem zu verlieren, was gleichzeitig mit ihm existiert, nah oder fern, anderswo oder nebenan oder verirrt oder tot. Edouard Boubat hat mir irgendwann erzählt, die Photographie habe ihr eigenes Geheimnis. Er sagte auch, die Photographie besitzte eine Wahrheit, die mit nichts verwandt sei, weder mit dem Kino noch mit dem Schreiben, noch mit der Malerei. Aber dies alles zu entdecken, sei Sache der anderen, nicht die der Photographen. Nach dem, was ich hier auszumachen glaube, hat jede Photographie auf die eine oder andere Weise mit uns selbst zu tun. Es gibt keine Photographie, die nicht auch etwas aussagt über uns.

Der Gottesgedanke

Sofern Kino nur bezogen auf etwas anderes – Wissenschaft, Erdöl, Geld – existiert, kann man unbegrenzt darüber sprechen, ohne in den anderen Bereichen auch nur im geringsten voranzukommen. Man kann sich im Kino, in seiner Geschichte, seinen Serien gut auskennen, ohne irgendwo anders hinzugelangen, und tritt auf der Stelle. Von ganz seltenen Ausnahmen wie *Ordet* einmal abgesehen, wo durch einen Film eine der Grenzen des Glaubens erreicht, wo durch einen Film die zermalmende Kraft und Unnahbarkeit des Gottesgedankens gezeigt wird.

Das wunderbare Unglück

Würdest du deine Einwilligung geben zu einer Art Konzert, bei dem man sich versammeln würde, nur um deine Stimme zu hören. Mich hat fasziniert, was du einmal über die Aufführung von James gesagt hast, wo die Bühne bis ans hintere Ende des Theaters reichen sollte.
– Ja, ich erinnere mich, man würde die Schauspieler sprechen hören, längst bevor man sie sieht, sie würden nach und nach immer näher kommen. Stellst du dir die Stimme und eine leere Leinwand vor?
– Nein, gar keine Leinwand. Komisch, im Kino Action-République hatte ich den Eindruck, die Leute begäben sich zu einer Lesung.
– Es ist schwer, darauf zu antworten. Ich bin nicht euch zugewandt, wenn ich spreche, ich bin bei dem Text, allein mit ihm.
– Man hat den Eindruck, als sei das, was dich am Kino interessiert, der Prozeß des Aufsteigens der Worte in dir.
– Ich verlangsame beim Lesen sehr stark. In *Aurélia Steiner Vancouver* mußte die Lektüre eine Stunde dauern, um die vierzig Tage wiederzugeben, die ich zum Schreiben gebraucht habe.
– Du hast einmal gesagt, Schreiben sei ein »wunderbares Unglück«. Ich frage mich, ob es nicht das ist, was du am Kommunismus haßt, daß sie niemals zugestehen werden, daß Schreiben einzelgängerisch und andererseits ein Genuß sein kann.
– Ich hasse sie nicht, ich wünsche ihnen den Tod. Es stimmt, ihr Ort ist tatsächlich der Ort, an dem kein Schreiben stattfindet, wo es keinen Zutritt hat. Es ist bekannt, daß in den Schlupfwinkeln russischer

Großstädte gemalt und geschrieben wird, als handelte es sich um Verbrechen. Es soll Schriften und Lesungen und Leser geben. Bei den Parteimitgliedern, die ich kannte, habe ich sehr selten Leser von Büchern getroffen, ich habe nur Leser obligatorischer Lektüren getroffen, sonst niemanden. Was wäre in den stalinistischen Parteien der Ausgangspunkt für das Lesen, für das Schreiben, ja, allerdings, der Ungehorsam. Da das, was in den bürgerlichen Gesellschaften den Ausgangspunkt für das Schreiben bildete, vergiftet und zerstört worden ist, kann man nicht wieder damit anfangen, denken sie, ohne ein Übeltäter, ein Freischärler zu sein. Schreiben wie auch lesen hieß, sich des Verrats âm Volk verdächtig zu machen, hieß, einen Teil der Freiheit des Menschen ihrem Diktat zu entziehen. Es war ein theoretisches Verbrechen. Schriftstellern und Lesern gegenüber verhielten sie sich wie früher, vor Hunderten von Jahren, die Männer gegenüber den Hexen. Der Schriftsteller war in ihren Augen ein Wesen, das zu Ambivalenz und tiefer Doppeldeutigkeit fähig war, um die Reinheit der allgemeinen Ausrichtung, der dekretierten geistigen Sauberkeit, zu hintertreiben. Ambivalenz und Doppeldeutigkeit, über alle Maßen verdächtige Worte, die sie nicht verstanden und nicht begriffen. Richtschnur war und ist die Buchstabentreue.

Das Erstaunlichste unter so viel Erstaunlichem ist aber immer noch, daß sich das nie geändert hat, daß sich das nie ändern wird, in keiner Hinsicht, niemals. Das ist vielleicht die größte Katastrophe dabei. Wenn man Elleinstein von seiner Zugehörigkeit zur Kommunistischen Partei sprechen hört, meint man, eine erschreckende, erbärmliche Wiederholung zu träumen. Und auch zwischen den *Prawda*-Artikeln von heute und dem Tenor des Blattes eines Sektionskomitees von vor zwanzig Jahren gibt es nicht die Spur von etwas Neuem, und sei es nur im Vokabular oder in der Syntax. Seit fünfzig Jahren drehen sie sich im Kreis in einem Raum ohne Luft, ohne Öffnungen – die sowjetische Gruft. Ja, noch heute wären sie empört, in *Hiroshima mon amour* Riva in der Umarmung mit einem Deutschen zu sehen.

– Ist das wunderbare Unglück, von dem du sprachst, vielleicht das Unglück der Kommunikation?

– Nein. Schreiben heißt, nicht anders können, als zu schreiben, heißt, sich ihm nicht entziehen zu können. Das betrifft allein das Individuum. Alles weitere – das Buch als Kommunikation – ist gleichgültig. Ich sehe im Schreiben des Schriftstellers nicht den Versuch, über das Buch die Kommunikation mit anderen Menschen herzustellen, ich sehe ihn als Beute seiner selbst an den schwankenden Orten in der Nähe der Leidenschaft, die unmöglich einzukreisen und zu erkennen sind, aber von denen ihn nichts befreien kann. Dort ist man am Ende der Welt, am Ende seiner selbst, in unaufhörlicher Desorientierung, in einer ständigen Annäherung, die nicht ans Ziel kommt. Denn dort langt man nirgends an, ebensowenig wie in der Unbewohnbarkeit des Begehrens und der Leidenschaft. Die scheinbar vollendetsten Werke sind nur sehr entfernte Aspekte dessen, was erahnt worden ist: jene unerreichbare Ganzheit, die sich jedem Verstehen entzieht und sich nur dem ergibt, was sie zerstört, dem Wahnsinn. Aber zweifellos bedeutet geben, dir geben, auch dies, diesen unternommenen Vorstoß in die dunkle Kammer, in die du nicht hineinkommst, deren Existenz du aber erahnt hast, und sei es nur einmal im Ansturm und Auslaufen eines Begehrens. Das wunderbare Unglück ist vielleicht diese Qual, dieses Drängen, das keine Atempause gönnt, diese Selbstzerfleischung, die einen einsam und verloren zurückläßt, wenn sie mit dem Buch zu Ende geht. Du kennst das auch. Sich selbst der eigene Gegenstand des Wahns zu sein und darüber nicht wahnsinnig zu werden, das könnte es sein, das wunderbare Unglück. Alles übrige ist Beiwerk.

Es gibt keine kommunistischen Schriftsteller

Zu keiner Zeit hat deine Mitgliedschaft in der KPF verändert, was du geschrieben hast.

– Das ist für mich ein Grund zu glauben, daß ich eine Schriftstellerin bin.

– *Heißt das, du bist nie eine kommunistische Schriftstellerin gewesen?*

– Nein, ich war eine Schriftstellerin. Es gibt keine kommunistischen Schriftsteller. Jemand hat mal gesagt: Erfahrungsgemäß hat offenbar der Tatbestand, Kommunist zu sein, den Tatbestand, Schriftsteller zu sein, getilgt.

– *Aragon ...*

– Nein. Er war nicht Schriftsteller im Rahmen seiner Parteizugehörigkeit, er war es schon vorher gewesen, lange vorher. Er ist jemand, der bemerkenswert gut schreibt, aber das ist auch alles. Er ist nicht mehr aktuell. Sein Abstellgleis ist der historische Roman. Er ist den offiziellen sowjetischen Geschichtenerzählern verwandt, die bei der Mode des ausführlichen Berichts stehengeblieben sind, ebenso wie das sowjetische Kino. Er verändert nichts mehr. Er provoziert niemanden mehr zum Schreiben.

Ich habe drei Gespräche mit ihm im Fernsehen gesehen, ich empfand immer viel Verachtung für ihn als Menschen, aber ich hatte ihn noch nie gesehen. Ihm steht die Art von Lüge im Gesicht geschrieben, die ich ihm unterstellt hatte, eine Fähigkeit, Arglosigkeit, fast schon Naivität, vorzutäuschen, damit man schluckt, was er sagt, und heute sieht man so etwas, durch das Kennenlernen des menschlichen Gesichts im Fernsehen sieht man es besser als früher. Und bei Aragon hat alle Welt es gesehen, alle Welt hat die Lüge gesehen, das war sehr unangenehm. Ich erinnere mich, daß ich vor Scham die Augen niedergeschlagen habe, als er von den Menschenleben sprach, die er angeblich gerettet hat.

– *Eine Maske?*

– Nein, keine Maske. Es war schlimmer als eine Maske. Das Gesicht war zu einer Maske geworden, aber zu einer lebenden Maske. Entsetzlich. Er log die ganze Zeit und bei allem. Nicht nur in der Aufzählung seiner Verdienste sondern bis in seine Sprache hinein. Die Worte hatten keinen Klang, keinen Glanz, als schämten sie sich. Selbst diejenigen, die daran gewöhnt sind, waren angewidert. Die

Augen, bei Marchais zum Beispiel, waren blicklos. Sein Reden wurde nie unterbrochen. Ich hoffte immer, daß irgend jemand zu ihm sagen würde: »Sie lügen.« Ein Techniker zum Beispiel, einer der Zuschauer beim Drehen. Nein. Nein. Sie hörten ihm bis zum Ende zu, diesem Mistkerl von einem Helden. Aber viele, viele Leute haben an dem Abend endlich begriffen, wer Aragon ist.

Ekel

Ich bin der Ansicht, daß Macht, welcher Art auch immer, die des Volkes oder die einer Partei, stets eine ekelerregende Episode in der Geschichte des Menschen und der Welt ist. In allen Fällen ist die Machtergreifung eine Usurpation der vorhergegangenen Macht. Der Begriff der Legalität, angewandt auf die jeweilige Macht, dürfte ein Witz sein. Ich meine, die Macht des Elends ist ebenso unsinnig wie die des Geldes oder die des Glaubens. Die jungen gedungenen Mörder von Pierre Goldman sind ebenso widerwärtig wie diejenigen, die sie bezahlen. Ich meine, das Elend, das sich das Recht anmaßt zu verurteilen, zu bestrafen und zu töten, ob nun im Namen der Gerechtigkeit, des Glaubens oder der Stärke, nimmt haargenau den gleichen Charakter an wie die Macht des Geldes, die sie gerade gestürzt hat. Sie paßt sich ihr an, *tritt an* ihre *Stelle*. Die Hinrichtung der afghanischen Diebe in Teheran im Dezember 79 setzt die Hinrichtungen fort, wie sie der Schah befahl und wie Hitler, Stalin und Pinochet sie befohlen haben. In jedem von uns, in jedem Volk gibt es zu jeder Zeit das Zeug, aus dem die Hitler, Stalin, Schahs und Pinochets gemacht sind. Innerhalb von hundert Jahren haben wir in Frankreich einige wenige Wochen ohne jegliche Macht erlebt, einige Monate im Jahr 1870 und vierzehn Tage 1968. Als hätte sich die Geschichte Frankreichs plötzlich dem Un-Sinn ergeben. Aber dann, ebenso plötzlich, bekamen die Menschen vor diesem undefinierten Zustand Angst.

Kino nicht

Viele Leute werden denken, ich greife »daneben«, wenn ich vom Kino rede, und weiß nicht, was ich sage, wenn ich vom Kino rede. Ich dagegen sage, vom Kino kann jeder reden. Das Kino ist da und wird gemacht. Nichts geht dem Kino voraus. Meistens hat man Lust, Kino zu machen, weil seine praktische Ausübung keine besondere Begabung erfordert, es ist ungefähr so wie Autofahren. Die Mehrheit aller Bücher kommt so zustande. Aber man verwechselt die, die in Unkenntnis der Formgesetze entstehen, nicht mit den anderen Büchern. Aber wie beim Kino kommt es vor, daß man sich irrt und die *Cahiers du Cinéma* für *Tel Quel* oder *Schreie und Flüstern* für einen Pornofilm hält.

Das Schreiben kann man ganz allein erfinden. Überall. In jedem beliebigen Zustand. Das Kino nicht. Das Kino ruft nicht. Es wartet nicht wie das Schreiben, dieses Hineinstürzen in das Buch. Wenn niemand Kino macht, gibt es kein Kino, hat es nie eins gegeben. Wenn niemand schreibt, ist das Schreiben trotzdem noch da, es war immer schon da. Wenn all dies zu Ende sein wird, wird es über der untergehenden Welt, auf dem grauen Planeten immer noch überall dasein, in der Luft und über dem Meer.

Warum mache ich Filme?

Wenn ich ins Kino gehe, verliere ich mich immer aufs neue wieder aus dem Blick, ich existiere nicht mehr, vielleicht hat man deshalb keine Lust mehr, ins Kino zu gehen. In dem Raum, wo deine Filme angesiedelt sind, bin ich immer anwesend.

– Das Problem ist herauszufinden, warum ich Filme mache, warum? Alle Gründe, die ich seit Jahren anführe, sind Annäherungen, es gelingt mir nicht, es klar zu erkennen. Das muß mit meinem eigenen Leben zu tun haben. Wenn ich darüber gesprochen habe, dann häufig nur, um zu sagen, daß es mir nicht klar ist. Vielleicht ist es die Lust, Bildern »Texte aufzukleben«. Oder es ist einfach das Volumen des Kinos, was mich anzieht, das Volumen des Kinosaals, dieser Ort des Zusammenfließens.

– Ich würde einen Unterschied sehen zwischen einer öffentlichen Lesung deiner Texte und der Projektion eines Schwarzfilms in einem abgedunkelten Saal zusammen mit deinen Texten.

– Ja, der Unterschied liegt in der Anordnung der Sessel. Sie sind alle in dieselbe Richtung gedreht, dem Bild zugewandt. Und die Stimme ist überall im Saal, der Film projiziert sie überall hin. Wenn jemand in einem Haus eine Lesung veranstaltet, sitzt man um ihn herum. In einem dunklen Kinosaal mit einer schwarzen Leinwand würden die Leute immer noch auf die Leinwand schauen, sie wüßten, worauf sie ihre Augen richten, wohin sie ihren Blick wenden sollten. In einem Salon mit Leuten wüßten sie nicht wohin damit und was tun.

– Und da ist noch etwas. In dem Kino, das du machst, liegt etwas Subversives, weil es keinem anderen gleicht, und im Action-République hatte ich den Eindruck, daß es sich bei den Leuten, die da waren, um Gleichgesinnte handelte, die du um diese Art von Kino herum versammelst. Es zeichnete sich so etwas wie ein neues Publikum ab mit einer Gemeinsamkeit in der geistigen Orientierung und im Erkenntnisinteresse. Ich war erstaunt, daß ich die Zuschauer, die mit mir zusammen dort waren, nicht kannte.

– Ich habe den Eindruck schon in mehreren Kinos gehabt, in Digne zum Beispiel, das für mich einer der großen Orte des Kinos ist. Und man hat mir erzählt, daß in Paris, nach der letzten Vorführung von *Le Camion*, die Zuschauer nicht sofort gegangen, sondern zusammengeblieben sind und miteinander geredet haben.

Das ist gut, was du sagst, das ist gut. Die Tatsache, daß Leute Anzeigen in *Libération* aufgeben und erklären, sie besäßen Kassetten mit meinen Texten, so wie man Pornofilme verkauft, das geht vielleicht in die Richtung von Subversion, wie du sagst.

– Bist du auch an Provokation interessiert?

– Ja. Zu erfahren, wie weit ich gehen kann. Und auch, es auf die Probe zu stellen, dieses verrottete Ding, das man Kino nennt.

– Jedes Wort, das du schreibst, ist eine Herausforderung. Und das Kino, das du machst, ebenso.

Eins ist doch merkwürdig. Der Tonfilm ist um 1930 aufgekommen. Und welches ist der erste Film, aus dem die Leute Dialoge zitieren? *Hiroshima mon amour.* Für den Ton in den Filmen hat man sich nicht sehr interessiert. Aus welchen anderen Filmen hat man Sätze oder Dialoge wiederholt?

Es gab Prévert.

. . .

Ja, aber das waren vor allem Worte, eher als Sätze. Jetzt hat sich das in allen deinen Filmen entwickelt.

. . .

Boulez sagte neulich: »In Filmen langweilt mich immer die Musik, weil sie nie im Zusammenhang mit dem Film konzipiert ist. Wenn es denn schon sein muß und da ich Vivaldi lieber mag als Tiomkin, höre ich während der Zeit Vivaldi. Wenn ich die Musik für einen Film machen müßte, würde ich versuchen, sie ganz und gar mit demjenigen gemeinsam zu konzipieren, der den Film macht. Das ist nur einmal realisiert worden, nämlich als Prokoviev und Eisenstein *Iwan der Schreckliche* gemacht haben, und auch da ist das Resultat nicht gerade brillant.«

. . .

Man hat den Eindruck, beim Stummfilm geht alles wie von selbst, auch bei deinen Filmen geht alles wie von selbst, aber dazwischen klappt es nicht mehr . . .

. . .

Im kommerziellen Film bringt das gesprochene Wort das Bild voran, es ist oft gleichbedeutend mit einer Einsparung von Bildern. Wenn jemand sagt: ich gehe meine Verlobte besuchen, dann wird damit eine Sequenz eingespart.

. . .

Bei dir ist das gesprochene Wort völlig anders.

. . .

Deshalb konntest du auch für *India Song* und *Son nom de Venise dans Calcutta désert* die gleiche Tonspur verwenden. Warum, warum nur hat man sich das vorher nicht getraut, das ist doch derartig naheliegend . . .

. . .

Ganz generell hat man ständig Lust, dich zu zitieren, einschließlich der Intonationen deiner Stimme.

– Ich habe dieselbe Stimme wie in den Filmen, wenn ich spreche. Das hat man mir gesagt.

– Es gibt eine Stimmlage und Betonungen, die wiedererkennbar sind und die der Art und Weise, wie du den Text skandierst, der Syntax und den bezugnehmenden Wendungen entsprechen. Oft nämlich monologisierst du Dialoge: »Sie sagt folgendes«.

. . .

Und das ist wichtig im Hinblick auf das, was zwischen den Personen geschieht, im Hinblick auf das, was Aurélia Steiner den Matrosen machen läßt, es ist immer wie eine Art Anrede.

– Ich bin von abwehrender Sorge erfüllt, wenn ich spreche, daß ich mich ja nicht von dem neutralen Boden entferne, wo die Worte gleichberechtigt auftauchen. Sie tauchen auf, und ich bin gezwungen, sie zu erfassen und öffentlich zu machen. Ich sorge dafür, daß sie von einem Ort zu einem andern kommen, ich wecke sie aus dem Schlaf, ich bringe sie ans Tageslicht, ohne Lärm.

– Wenn du sagst: »Sehen Sie«, an wen wendest du dich damit?

– Ich sage das zu jemandem. Diese Texte habe ich zunächst zu jemandem gesagt.

– Auf diese Weise könnte man einen Film machen, der die Projektion eines Manuskripts wäre.

– Nein. Ein Manuskript ist nicht neutral. Das ließe sich nicht auf die Leinwand bringen.

Das geschriebene Bild

Wenn ich in *Aurélia Steiner* einen geschriebenen Text sehe, bekomme ich Lust, den Originaltext zu sehen. Mehr noch als das Bild.

– Das geschriebene Bild. »Ich vermag nichts gegen die Empfindung von Ewigkeit vor dem Ort ihres letzten Blicks, des Blicks auf das weiße Rechteck des Appellplatzes im Lager.« Bereits in *Le navire Night* wurden die Sätze zuerst gesprochen und waren dann geschrieben zu sehen.

– In dem Buch *Aurélia Steiner* sieht man, wie die Entwicklung jedes Textes den nächsten herbeiführt. Der Ruf in der Nacht in *Le navire Night*. Dann der Ruf quer durch die Geographie. Dann in den Höhlen und dann durch die Zeiten.

– Zu dem Raum des weißen Todesrechtecks sehe ich keine Entsprechung. Es ist ein leerer Raum, der gefüllt werden muß, und es ist der Geburtsort von Aurélia Steiner.

– Diesen Ort gibt es in jedem Leben, und deshalb hat dieses weiße Rechteck eine universelle Bedeutung.

– Nein. Nein, den jüdischen Ort kann ich nicht auflösen, ich kann ihn nicht, auch nicht im entferntesten, mit einer Gegebenheit unseres Lebens in Zusammenhang bringen. Rätselhaft ist für mich nur, daß es Leute gibt, die ihn nicht ebenso sehen, wie ich ihn sehe. In einem bestimmten Augenblick sage ich: »Der Platz ist leer bis auf Ihren Körper«. Ich verstehe darunter: »Die Geschichte ist leer bis auf Ihren Tod«. Der Tod eines Juden in Auschwitz bevölkert für mich die gesamte Geschichte unserer Zeit, den gesamten Krieg.

– Du siehst das weiße Rechteck als etwas, das spezifisch mit der Geschichte der Juden zu tun hat?

– Ja. Noch nie in der Weltgeschichte hat es eine Vernichtung wie die der Juden gegeben. Das ist kein Völkermord. Das ist keine Strafexpedition, kein Aufflammen von Gewalttätigkeit. Das ist ein Erlaß, eine wohlüberlegte Entscheidung, eine logische Organisation, eine minutiöse, manische Vorkehrung für die Beseitigung einer Menschenrasse. Ich erinnere zum x-ten Mal daran, daß es Würgerinnen gab, Frauenkorps, Beauftragte für das Erwürgen jüdischer Kinder. So wie es ein Unterrichtskorps gab oder ein Medizinisches Korps.

– Geheimnisvoll ist daran das Bild des weißen Rechtecks. Dieses Loch.

– Es ist auch eine Seite, eine Bühne. Zugrunde liegt dem meine persönliche Umsetzung des Buches *La Nuit* von Elie Wiesel. Er erzählt von dem Tod eines kleinen dreizehnjährigen Juden, der so mager, so leicht war, daß es ihm nicht gelang, sich zu erhängen, und der drei Tage lang im Hof des Lagers an seinem Strick gezappelt hat. Dieses von Anfang an unerträgliche Bild stelle ich mir so vor: Unter dem Körper dieses Kindes sehe ich ein weißes Rechteck. Es ist mit Platten ausgelegt, makellos und kahl, niemand nähert sich dem Kind in seinem Todeskampf. Weiße Rechtecke sind für mich auch die Grenzstraßen in der Schweiz. Jüdische Eltern brachten – nachts – ihre Kinder auf diese Straßen, ließen sie zu den Schweizer Soldaten hinübergehen und liefen dann weg.
Ich glaube, was mich an den Juden so stark beunruhigt, was ich in vollem Licht sehe und wovor ich in tödlicher Klarheit stehe, läuft auf

das gleiche hinaus wie das Schreiben. Schreiben heißt, außerhalb von sich selbst das zu suchen, was bereits in einem ist. Die Beunruhigung hat die Funktion, das latent über die Welt verbreitete Grauen, das ich erkenne, zu sammeln. Sie macht das Grauen von seiner Entstehung her sichtbar. Das Wort Jude/jüdisch drückt gleichzeitig die tödliche Macht aus, die der Mensch sich herausnehmen kann, und unser Erkennen dieser Macht. Weil die Nazis dieses Grauenvolle in sich selbst nicht *erkannt* haben, haben sie es begangen. Die Juden, dieses Beunruhigende, dieses *déjà vu* muß für mich sicher schon mit meiner Kindheit in Asien begonnen haben, die Lazaretts außerhalb der Dörfer, das epidemische Auftreten von Pest, Cholera und Elend, die abgesperrten Straßen der Pestkranken waren die ersten Konzentrationslager, die ich gesehen habe. Damals klagte ich Gott dafür an.
– Du beschreibst dich und deinen Bruder als Kinder, die »mager und gelb« waren und sich rassisch von der Mutter unterschieden.
– Ja, wir hatten nicht die gleiche Hautfarbe wie sie. Wir fürchteten weder Hitze noch Sonne, wir liefen ständig weg zu den anderen Kindern in den Dörfern im Wald.

Die Strände

Neulich habe ich zu dir gesagt: »Wie mußt du gelitten haben, um zu schreiben, was du schreibst.« Und du hast geantwortet: »Ja, ich muß gelitten haben.«

– Ja, aber ich denke, das ist die Art und Weise, wie sich das Unglück niederschlägt. Ich muß das Unglück als einen natürlichen Zustand erlebt haben. Alle Frauen müssen gelitten haben, ohne daß es ihnen bewußt war. Wenn sie dir erzählen: »Wie glücklich war ich in dem und dem Jahr. Wir fuhren nach Biarritz in die Ferien. Die Kinder waren noch klein etc.«, dann stimmt das nicht, es ist nicht wahr. Dieses Pseudoglück war vom Mann diktiert, *er* sagte: »Wie gut geht es uns heute, Liebling, schönes Wetter . . .«. Der Mann erholte sich von seiner Arbeit. Das war nicht das, was wir brauchten, nichts dergleichen. Für uns wäre es nötig gewesen aufzubrechen, all dieses Unechte zerplatzen zu lassen. Gezwungenermaßen ruhten wir uns aus. Die Strände machten verrückt vor Langeweile.

– *Ist es dieses Wissen im Glück, was die Frauen demnach besäßen, die Männer dagegen nicht?*

– Nein. Sie hatten und haben noch immer jede Chance, eine solche Überschreitung, einen Aufbruch zu vollziehen. Eine neue Geliebte, eine neue Liebe, das führt viel weiter als eine Reise um die Welt. Wir dagegen blieben meist zu Haus. Es kommt mir vor, als hätte ich in meiner Küche geschrieben, beim Kochen. Aber ich kann auch schreiben, statt mich am Leben zu erhalten, kann das Essen vergessen. So ist es mir ergangen, während ich *Aurélia Steiner* schrieb.

Wir kennen alle den Schmerz

Neulich hast du gesagt: »Wir sind alle Aurélia Steiner, wir sind alle ungezähmt, wir kennen alle den Schmerz.« Dieser Satz hat mich tief berührt, aber dann habe ich mich gefragt, warum du »toutes« (alle Frauen – A.d.Ü.) und nicht »tous« (alle Menschen) gesagt hast.

– Weil ich wir, alle Frauen, meine und nicht wir, alle Menschen. Bei den Männern hat der Schmerz bisher durch die Zeiten, durch die Geschichte hindurch stets seine Kanalisierung, seine Auflösung gefunden. Er hat sich in Wut umgewandelt, in äußere Gegebenheiten wie

den Krieg, die Verbrechen, das Fortjagen von Frauen in den mosle-
mischen Ländern oder in China das Begraben ehebrecherischer
Frauen mit ihren Geliebten bei lebendigem Leibe oder ihre Verstüm-
melung. Ich war fünf Jahre alt, als man in Yunnan noch die Liebenden lebendig begrub, wobei ihre Gesichter im Sarg einander zuge-
kehrt waren. Der betrogene Ehemann war der alleinige Strafrichter.
Wir hatten nie eine andere Zuflucht als das Verstummen. Auch die
durch ihre Berufstätigkeit angeblich befreiten Frauen nicht. Man
kann die Erfahrung des Schmerzes bei der Frau nicht mit der des
Mannes vergleichen. Der Mann erträgt den Schmerz nicht, er reicht
ihn weiter, er muß sich von ihm entfernen, er schleudert ihn in uralten, geheiligten Bekundungen aus sich heraus, die seine anerkannten
Übertragungsrituale sind, wie die Schlacht, das Schreien, das theore-
tische Sichverbreiten, die Grausamkeit.

Frauen und Homosexualität

Ich sehe eine Beziehung zwischen der Homosexualität und
den Frauenbewegungen. Sie sind beide gleichermaßen überwiegend
mit sich selbst beschäftigt. Gegen Homosexualität auch nur das Geringste zu sagen, läuft darauf hinaus, daß sie in ihrem paradoxerwei-
se zugleich schmerzhaften und erwünschten minoritäten Separatis-
mus noch bestärkt werden. Den Frauen ist heutzutage daran gelegen,
so könnte man meinen, ihr Anderssein gegenüber dem Mann auch
weiterhin unangetastet und ungeschmälert aufrechtzuerhalten. So
wie auch die Homosexuellen weiterhin im Zustand der Unterdrük-
kung bleiben und den Abstand zwischen sich und der Gesellschaft
beibehalten wollen. Wenn man anzudeuten wagt, daß sich die Dinge
für sie bessern, ist das eine schwere Beleidigung. Die Homosexuellen
wie die Frauen wollen die gegen den Mann oder gegen die Gesellschaft angestrengten Prozesse offenhalten. Sie lassen diese Prozesse
zu festen Einrichtungen werden, machen sie zu Orten der Zugehörigkeit und zum bevorzugten Schauplatz ihres Martyriums. Ich glaube,
wenn die Frauen die Bewegungsmilitanz vermieden hätten, hätten
sie sich in genau der gleichen Weise entwickelt. Bei derlei Dingen
geht die Erkenntnis von der eigenen Person aus. Ich habe in keiner
Frauenbewegung gekämpft – allein der Gedanke jagt mich noch in
die Flucht –, und doch habe ich mich genauso verändert wie sie, viel-

leicht sogar noch mehr, für immer. Ich könnte sagen: in meiner Vergangenheit. Heute nehme ich mein Leben wahr. Früher sah ich es
nicht. Ich nehme es wahr mit großem Erstaunen, mit zunehmendem
Erstaunen.

Ich frage mich wieso

Ich frage mich, wie ich so viel Nettigkeit, so viel Fürsorge,
tiefe Zuneigung, Beschütztwerden, so viel Bemitleiden, so viel Ein-
schläferung und all die vielen, vielen Ratschläge ertragen habe, wieso
ich dort, bei ihnen, bleiben konnte, ohne jemals zu fliehen. Wieso ich
nicht daran gestorben bin. Alle Ferien mit ihnen zusammen, mit
demselben Mann, denselben Männern, jeden Sommer, jeden Som-
merabend, mit ihnen, mit demselben, denselben, die Liebe, die Reisen, der Schlaf, die Musik, Jahr um Jahr eingeschlossen mit demselben, denselben. Der Schmerz, die quälenden Treuebrüche, ohne ein
Morgen, die Überwachung, der Schmerz, daß ich laut hätte schreien
mögen, schweigend ertragen, und warum, warum? Nach Venedig
gebracht, gepflegt, versorgt, damit ich die Trennung vergesse, halb

tot, mit Gewalt fortgebracht, verehrt, ich bin tausend Jahre alt, ich kann die Trennung nicht ertragen, alle bemühen sich, mir zu sagen, daß es sein muß. Warum? Ein vergeudetes, verkümmertes Leben. Diese gerade Linie aller Frauenleben, dieses Schweigen in der Geschichte der Frauen. Dieses Scheitern, das ein Gelingen glaubhaft machen soll, ein Gelingen, das es nicht gibt, das eine Wüste ist.

Das Leiden, intelligent zu sein

Könntest du nicht auch von Aurélia Steiner sagen wie von dem Vizekonsul, das, woran sie leidet, ist ihre Intelligenz?
– Ja, das könnte ich. Du nicht?
– *Doch.*
– Aber eine Intelligenz ohne Korrektiv.
– *Eine im wörtlichen Sinn verrückte Intelligenz.*
– Entfesselt.
– *Auch sie, Aurélia Steiner, ist in gewisser Weise verrückt.*
– Ja, sie ist aufgebrochen in den Wahnsinn. Wie Abraham. Das ist jemand, der aufgebrochen ist. Aurélia Steiner wird nicht haltmachen.
– *Ist es immer dieselbe, in Paris, in Melbourne und in Vancouver?*

– Ja, es ist dieselbe. Gleichzeitig. In jedem Alter. Ich kann dir ein Photo von ihr als Kind zeigen. Ich habe sie in Neauphle gefunden, Aurélia. Sie ist sieben Jahre alt. Sie kommt im Film nicht vor, aber sie ist trotzdem gefilmt worden. Mit Pierre Lhomme haben wir sie nicht filmen können. Wir wußten nicht, wie wir ihre Ungezähmtheit einfangen sollten. Es gibt keinen Unterschied zwischen Aurélias Augen und dem Meer, zwischen der durchdringenden Tiefe ihres Blicks und dem Grund der Zeiten.

Der Kinosaal

Die Leute im Saal sind gefangen, gefesselt. Man kann immer sagen, sie wissen schon Bescheid, du hast bereits ein Stammpublikum.

– Aber auch da wird man doch Bewegungen hören. Oder nicht?

– Nein, es gibt eine Art Gefesseltsein. Ich glaube, deine Stimme, die Art und Weise, wie deine Stimme über den Bildern ertönt, ist etwas ganz und gar Entscheidendes in diesem Prozeß. Man wird von deiner Stimme gefangengenommen. Du sagtest, Aurélia Steiner ruft. Dieser Ruf wird ausgedrückt mit: »Ich schreibe«. Man kann es nicht voneinander unterscheiden. Dieser Text ist eine Stimme, und diese Stimme ist ein Text. Also: entweder oder, entweder das Fließen bricht ab, die Maschine entgleist, oder es bricht nicht ab, und man wird bis zum Ende getragen. In diesem Fall bricht es nicht ab. Es gibt ein Fließen des Textes.

– Ich glaube, es gibt kein Auseinanderklaffen, keine Lücke zwischen der Stimme und dem, was sie sagt. Wenn du so willst, bin ich, wenn ich spreche, Aurélia Steiner. Das, worauf ich achte, ist ein Weniger, nicht ein Mehr. Es geht nicht darum, den Text wiederzugeben, sondern achtzugeben, daß ich mich nicht von ihr entferne, von Aurélia, die spricht. Es ist eine äußerste Aufmerksamkeit, in jeder Sekunde, um Aurélia nicht zu verlieren, um bei ihr zu bleiben und nicht in meinem Namen zu sprechen. Um Aurélia zu respektieren, auch wenn sie aus mir kommt.

– Da die Frage nach dem Gesicht gestellt worden ist, ich glaube, Aurélia Steiners – bewegliches – Gesicht formt sich nach und nach. Gleichzeitig während man die Geschichte, den Text, deine Stimme aufnimmt.

Ein Ausdruck, der hier besser passen würde, wäre vielleicht Verschmelzen oder Osmose. Man kann sich schwer vorstellen, daß jemand anders diesen Text sprechen könnte. Du warst Aurélia Steiner, während du ihn geschrieben und während du ihn gelesen hast. Du bist Aurélia Steiner. Man denkt nicht: das ist Marguerite Duras. Ich sehe nicht, wie jemand anders als du diesen Text vortragen könnte. Doch das täuscht vielleicht. Tatsächlich aber kann man sagen, daß dein Kino offenbar absolut alle überkommenen Vorstellungen von Kino sprengt. So zum Beispiel die Vorstellung, daß anscheinend alles durch die Bewegung des Bildes, durch die Vermittlung des Bildes zustande kommt. Du machst das Gegenteil, oder jedenfalls scheint es zwei parallele fließende Bewegungen zu geben, die notwendig und zugleich unvorhersehbar und ständiger Zufälligkeit unterworfen sind: das Fließen der Rede und das Fließen der Bilder. Ich denke eher an *Césarée*, an *Les mains négatives*, aber auch an *Aurélia Steiner Vancouver*, wo das Bild in gewisser Hinsicht viel stärker auf den Text abgestimmt ist.

– Trotzdem gab es einen Spielraum zwischen den Texten von *Césarée* und *Les mains négatives* und meiner Emotion, meiner inneren Bewegung. In meiner Leidenschaft für Aurélia und diesem Text gibt es keinen Spielraum mehr. Am Ende, in Vancouver, bin ich Aurélia. Auch in dem Paris-Text, wo Aurélia sieben Jahre alt ist, unter den Bomben, in dem schwarzen Turm, mitten im Wald, bin ich Aurélia. Auch mit der räudigen Katze in der schwarzen Höhle, der jüdischen Katze, die sich mit der Bettlerin aus Kalkutta vereint, der Katze unter den Brücken, die verhungert und die sie sterben läßt, auch mit der verbinde ich mich, ebenso wie Aurélia sich mit ihr verbindet.

Kino machen, ins Kino gehen

– Eins ist heute deutlich spürbar: Es kommt sehr selten vor,
daß das Kino vibriert. In deinem Kino gibt es ein Vibrieren. Ich weiß
nicht, ob der Begriff zutreffend ist. Es ist ein Eindruck, den ich, ganz
allgemein, auch beim Ansehen von Aurélia Steiner *hatte, nämlich daß*
das Kino als solches anfängt zu vibrieren. Man kann auch sagen, etwas
Grausames zieht vorüber. In mehrfacher Bedeutung.
– Die Liebe.
– Es sind immer grausame Lieben.
– Ich habe sie mir nicht ausgesucht.

Ein anderes Kino

Ist das, was du machst, ein anderes Kino?
– Ja, ich denke schon. Ich erfahre es auch an mir selbst. Wenn es mir
nicht gelingt, meine Filme aus den Fallen des Kinos zu lösen, wenn
sie als fortbestehendes Fragen in der Schwebe bleiben, wenn ich
mich nicht von ihrem Denken freimachen kann, dann heißt das, daß
ich Kino gemacht habe. In diesem Zustand befinde ich mich seit den
Aurélia Steiner-Filmen.

Der bebende Mann
Gespräch mit Elia Kazan
Hôtel de Crillon, Dezember 1980

Marguerite Duras: Ich möchte den Film Ihrer Frau – *Wanda* von Barbara Loden – ins Kino bringen. Ich habe keinen Filmverleih. Ich verstehe darunter etwas anderes, ich meine, ich möchte mit aller Kraft sicherstellen, daß dieser Film Zugang zum französischen Publikum findet. Ich glaube, daß ich das kann. Ich bin der Ansicht, daß in *Wanda* ein Wunder geschieht. Gewöhnlich gibt es einen Unterschied zwischen Darstellung und Text und Sujet und Handlung. Hier ist der Unterschied völlig aufgehoben, Barbara Loden und Wanda fallen sofort und endgültig zu einer einzigen Person zusammen.
Elia Kazan: Ihr Beruf als Schauspielerin brachte es mit sich, daß für sie kein Drehbuch endgültig war. Für sie gab es stets ein Element von Improvisation. (Ich spreche englisch, um genauer zu sein.) Es gab stets ein Element von Improvisation in dem, was sie machte, eine Überraschung. Der einzige, der meines Wissens auch so war, war

Brando in seiner Jugend. Er wußte nie genau, was er sagen würde, und so kam alles sehr lebendig aus ihm heraus.

M.D.: Das Wunder liegt für mich nicht in der Art des Spiels sondern darin, daß sie im Film, so scheint es mir – ich habe sie nicht gekannt –, noch mehr sie selbst ist, als sie es im Leben gewesen sein muß. Sie ist im Film noch wahrer als im Leben, das ist ganz und gar wunderbar.

E.K.: Das stimmt. Sie hatte große Kommunikationsschwierigkeiten außer in den Augenblicken starken Gefühls – Leidenschaft oder Zorn, sexuelle Leidenschaft, Wut usw. –, wenn die Fesseln zersprangen. Es gab irgendwie eine unsichtbare Mauer zwischen ihr und der Welt, aber ihre Arbeit gab ihr die Möglichkeit, Breschen in diese Mauern zu schlagen. Sie machte das jedesmal. Sie hat mit mir zusammen auf der Bühne gespielt in einem Stück von Arthur Miller, ich mag das Stück nicht, aber was gut daran war, war das, was Barbara gemacht hat.

M.D.: Welches Stück?

E.K.: »After The Fall«.

M.D.: Ich habe es nicht gesehen. Ich insistiere so darauf, weil mich das sehr aufgewühlt hat, sie in ihrem Film. Es ist, als erreichte sie in dem Film eine Art Sakralisierung dessen, was sie als einen Zustand des Verfalls zeigen will, was aber, wie ich finde, etwas Herrliches ist, ein sehr, sehr starker, sehr heftiger und sehr tiefer Glanz. So sehe ich es.

E.K.: Sie stellt in diesem Film eine Person dar, wie wir sie in Amerika haben und wie es sie vermutlich auch in Frankreich und überall gibt, die wir als *floating* bezeichnen. Eine Frau, die an der Oberfläche der Gesellschaft schwimmt und mit dem Lauf der Strömung bald hierhin, bald dorthin treibt. Aber in der Story dieses Films wird sie einige Tage lang von dem Mann, dem sie begegnet, gebraucht; für diese wenigen Tage bekommt sie eine Richtung, und am Ende des Films, als er stirbt, fängt sie wieder an umherzuirren. Sie verstand diese Person sehr, sehr gut, weil sie, als sie jung war, auch ein wenig so gewesen und mal hierhin, mal dorthin gegangen war. Sie hat mir einmal etwas sehr Trauriges erzählt, sie sagte: »Ich habe immer einen Mann gebraucht, der mich beschützt.« Ich behaupte, daß die meisten Frauen in unserer Gesellschaft das kennen, das verstehen und brauchen, aber nicht ehrlich genug sind, es zuzugeben. Und sie sagte es mit Traurigkeit.

M.D.: Ich persönlich – das geht etwas über das Thema hinaus – fühle mich ihr sehr, sehr nahe. Wie sie kenne auch ich die Cafés, die als letzte noch geöffnet haben, wo man herumhängt ohne jeden anderen Grund als den, die Zeit totzuschlagen, und ich kenne auch den Alkohol sehr gut, sehr intensiv, so wie ich einen Menschen kennen würde.

E.K.: Wissen Sie, *Wanda* ist ein Film, der ohne Geld gemacht worden ist. Mit 160.000 Dollar, was nicht einmal die Löhne eines großen Teams für eine Woche deckt. Ich war die ganze Zeit beim Drehen dabei; ich kümmerte mich um die Kinder, spielte Kindermädchen. Das Team bestand aus einem Kameramann, einem Tonmann, einem Techniker, einem Assistenten und mir, gelegentlich.

M.D.: (Lachen) Ich kenne diese Art von Produktion.

E.K.: Ich drehe gern so, mit Freunden. Vor einiger Zeit habe ich auf diese Weise, ohne Geld, einen Film gemacht, *The Visitors*. Aber niemand hat ihn sich angesehen, nur sehr wenige Leute in Amerika, außer in den Colleges.

M.D.: Für *Wanda* gibt es ein Publikum. Vielleicht gibt es in Amerika eine Barbarei, die ich nicht gut kenne, die ich nicht erkundet habe. Aber so viel weiß ich, es gibt ein Publikum für diesen Film. Man muß es nur finden und es darauf aufmerksam machen, daß es diesen Film gibt. Wenn ich sie darauf aufmerksam mache, werden sie, da ich Filme mache, die sich in der gleichen Spur, in die gleiche Richtung bewegen, hingehen, so wie sie in meine Filme gehen. Ich lege Wert darauf, Ihnen zu sagen, daß ich es keineswegs tue, weil sie eine Frau ist und ich eine Frau bin. Wäre es ein Mann, der diesen Film gemacht hätte, würde ich mich in gleicher Weise dafür einsetzen.

E.K.: Ich verstehe. Sie sind ein sensibler Mensch und reagieren auf Barbara, auf Barbaras Ehrlichkeit. Das freut mich sehr. Ich werde Diamantis anrufen, der den Film in Frankreich vertreibt, das wird gehen, keine Sorge. Es ist so wichtig für mich. Ich werde versuchen, auch in Amerika etwas zu tun.

M.D.: Warum hatte ich das Gefühl, daß ich Sie niemals kennenlernen würde?

E.K.: Aber sie hat mich doch immer schon gekannt!

M.D.: Sie haben etwas wie von weit her. Sie bewohnen ein Amerika, das ich nicht sehe.

E.K.: Ich lebe außerhalb von New York, außerhalb der Gesellschaft der Filmemacher, der Autoren, der Theaterleute. Dazu muß ich noch sagen, daß ich die Hälfte meiner Zeit auf dem Lande verbringe, wo ich ein Haus habe.

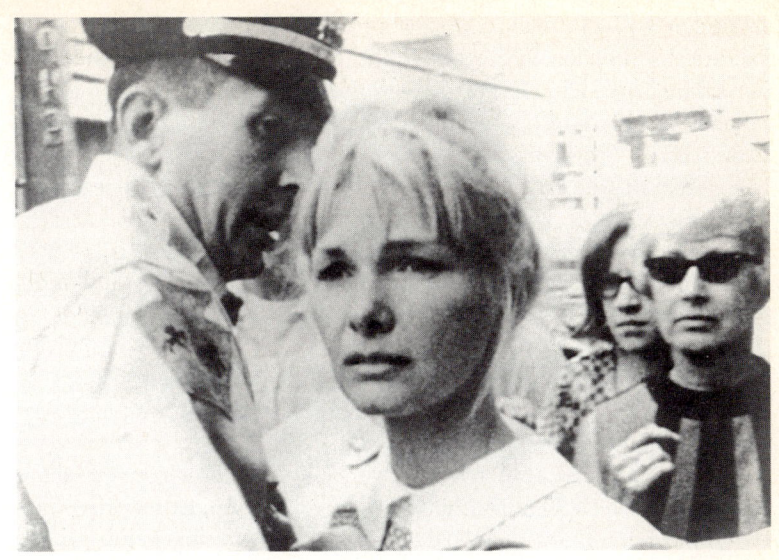

M.D.: Die Türkei haben Sie nicht gekannt?

E.K.: Doch, als Kind, und ich bin fünf oder sechs mal wieder dort gewesen.

M.D.: In welchem Alter sind Sie nach Amerika gekommen?

E.K.: Fragen Sie sie, ob sie den Artikel gelesen hat, den ich über die türkischen Gefängnisse geschrieben habe. Ich habe ihn oben. Das würde sie, glaube ich, interessieren. Ich schrieb diesen Artikel als Reaktion auf *Midnight Express*, den ich rassistisch fand. Ich habe einen Freund im Gefängnis besucht, einen sehr guten türkischen Filmemacher, Güney, einen sehr guten Freund von mir. Und das ist ein Bericht über diesen Besuch, er ist im *New York Times Magazine* erschienen und auf Französisch in *Positif*. Ich liebe die Türkei sehr, ein sehr wildes Land, im Innern noch ganz ursprünglich.

M.D.: Der Wilde sind Sie doch. Sie sind ein Wilder.

E.K.: Ich? Ja. Die türkischen Männer sind ein bißchen so wie die Japaner oder die Mexikaner. Auf der einen Seite »ich liebe Sie sehr, ich verehre Sie« und auf der anderen Seite . . .»krr . . .«, das ist sehr gefährlich!

M.D.: Auf französisch nennt man das unberechenbar.

E.K.: Sie sind unzivilisiert.

M.D.: Ich wollte Ihnen von *America* erzählen, den ich noch einmal gesehen habe, weil ich wußte, daß ich Sie treffen würde. Als ich aus dem Kino kam, sagte ich:»Es gibt zwei große Filme über das Exil« – ich sage nicht Emigration –, »nämlich den Film von Chaplin und *America, America* von Kazan.«

E.K.: Warum sind das die einzigen? Es ist das wichtigste in bezug auf Amerika.

M.D.: Ja, aber Amerika ist das Exil.

E.K.: Aber warum gibt es keine anderen Filme über die Einwanderung, das verstehe ich nicht. Es gibt einen schwedischen Film von Jan Troell, aber der ist mir zu romantisch.

M.D.: Ich glaube, Ihr Film ist kein Film über die Einwanderung. Ich meine, er deckt ein sehr viel umfassenderes Territorium ab als jener.

E.K.: Das habe ich gehofft.

M.D.: Stavros steht, glaube ich, für euch alle. Sie sprechen von einem sehr viel grundsätzlicheren, sehr viel universelleren Exil als dem, das lediglich in den Bedingungen des Pauperismus seinen Grund hat, ein Exil, das vom Armen bis zum Reichen geht, das heißt von Mitteleuropa, vom mittleren Osten bis nach Amerika. Das reicht sehr viel weiter.

E.K.: Ich habe gehofft, daß es universell sein würde. Meine Vorstellung war, daß Stavros, um nach Amerika zu kommen, etwas von seiner Ehre aufgeben müsse, von seiner Zugehörigkeit zum Clan, aber er sagt ständig etwas, das falsch ist, er sagt:»In Amerika werde ich reingewaschen sein.« Doch in einem Moment des Films sagt er zu dem Mädchen:»Verlaß dich nicht auf mich, verlaß dich nicht auf mich.« Weil er da seine Schwäche erkennt.

M.D.: Das ist der Augenblick im Film, wo man an ihn, Stavros, herankommt. Da hat man ihn sozusagen erwischt.

E.K.: Als er sagt »verlaß dich nicht auf mich«, das ist der beste Text des Films. Er liebt das Mädchen sehr, aber er sagt zu ihr:»Verlaß dich nicht auf mich.«

M.D.: Das ist großartig. Aber Sie wissen, daß Stavros auch aus Amerika wieder fortgehen wird. Daß er niemals haltmachen wird.

E.K.: Das ist mein nächstes Buch. Daran schreibe ich gerade. Er lebt seit neun Jahren da drüben, und am Ende des neunten Jahres ist er zu einem Monster geworden – durch die Wut, die Enttäuschung, die Ablehnung, durch all diese Kräfte, die Amerika in sich trägt und die ich gespürt habe, als ich jung war. Als ich jung war, wurde ich wütend, so wütend. Bei meinem Eintritt ins College war ich wie ein Tier, ich hatte zu niemandem Vertrauen. Ich bin jetzt dabei, das zu schreiben.

M.D.: Wenn Sie so wollen, liegt der radikale Unterschied zwischen Ihnen und den anderen, die in Amerika Filme machen – ich sage nicht den Amerikanern, ich weiß nicht, was das im Bereich des Films heißt, ich weiß, es gibt einen Ort, der heißt Hollywood, und einen Ort, der heißt New York – aber der Unterschied zwischen den anderen und Ihnen . . .

E.K.: Ich komme nicht aus Hollywood. . .

M.D.: . . . liegt in der elementaren Wildheit, die man in allen Ihren Filmen findet und die gewissermaßen Ihre Signatur ist.

E.K.: Danke. Ja, ich habe sie immer noch, ich empfinde sie immer noch.

M.D.: Sie ist wie der Name Ihres Heimatlandes.

E.K.: (auf französisch) Ich liebe dich . . . wirklich, Sie verstehen mich! Wenn jemand mich versteht, kommt plötzlich mein Französisch wieder hoch . . . Ich bin nicht Amerikaner, ich bin nicht Türke, ich bin nicht Grieche . . .

M.D.: Ich bin in der gleichen Lage wie Sie. Ich bin in den Kolonien geboren. Der Geburtsort, den ich habe, hat sich in nichts aufgelöst. Und das, wenn Sie so wollen, das verläßt mich nie – die Tatsache, daß man nicht dort lebt, wo man geboren ist.

E.K.: Denaturalisiert zu sein, heißt kastriert zu sein, keine Kraft mehr zu haben. Wenn man sich an die Gesellschaft anpaßt, wenn man sagt »ich akzeptiere, was sie sind«, bleibt einem keine Kraft mehr. Die Wut ist oft sehr wichtig, sie rettet einem das Leben.

M.D.: Aber von seiner Kindheit ist man niemals abgeschnitten. Man wird nicht von seiner Kindheit abgeschnitten, weil man den Ort wechselt.

E.K.: Mehr noch als die Wurzeln, die Wut selbst, die Wut, die man empfindet, wenn man jung ist.

M.D.: Ja, die Fähigkeit zur Wut.

E.K.: Die wütende Reaktion auf das, was um einen herum ist. Das kann sich auf zahlreiche Weisen äußern, wichtig ist, die Wut zu empfinden. Sonst kann man daran zugrundegehen. Ich will damit sagen, die Männer, die impotent werden, sexuell impotent, werden es manchmal, weil sie keine Gefühle mehr in sich haben. Es ist ein Symbol für eine andere Ohnmacht.

M.D.: Ich bin aber der Ansicht, wir sind diejenigen, die Glück gehabt haben.

E.K.: Das glaube ich auch.

M.D.: Weil wir von dem Mythos, den die Kindheit darstellt, vom Geburtsland getrennt worden sind.

E.K.: Mir ist aufgefallen, daß unter kreativen Menschen viele früh in ihrem Leben den Ort gewechselt haben und verpflanzt worden sind. Sie mußten sich also anpassen, sich akklimatisieren wie eine Pflanze, wie ein Baum und äußerst stark werden. (Pause) Frankreich ist ein unwiderstehlich bürgerliches Land: so viel Behaglichkeit, so viel gutes Essen, so viel Käse, gute Weine, Obst, Gemüse . . .

M.D.: Amerika doch auch . . .

E.K.: Amerika auch, ja. Aber trotzdem, Frankreich ist dermaßen behaglich. Amerika, das heißt auch Fernsehen, Autos, Kino usw.

M.D.: Wir wollen noch weiter von der Kindheit reden. Wir haben doppelt Glück gehabt, die Armut und die Distanz zu dem Ort, an dem wir später gelebt haben. Ich halte das für eine zweifache Chance. Sie konnten in die Türkei zurückkehren. Für mich kam der Krieg, ich war verheiratet, ich bekam ein Kind, ich konnte nie und werde nie in mein Geburtsland zurückkehren können. Ich bin von meiner Kindheit vollkommen abgeschnitten. Aber in allen meinen Büchern ist sie da, in allen meinen Filmen ist die Kindheit da. Ich glaube, die Leute, die mit uns zusammen sind, unsere Freunde, die alle in Frankreich oder in erreichbaren Ländern geboren sind, können diese Situation, kein Geburtsland zu haben, nicht nachvollziehen. Ich fühle mich nicht als Französin. Sind Sie Amerikaner?

E.K.: Ich fühle mich nicht als Grieche, ich fühle mich nicht als Amerikaner . . . Ich bin von überall her, ein Weltbürger. Ich bin romantisch in meinem Verhältnis zu armen Leuten, zur Arbeiterklasse, zu Zigeunern. Sie sind überall auf der Welt, und ich fühle mich ihnen sehr nahe. Ich habe eine snobistische Einstellung gegenüber den Reichen und vom Glück Begünstigten.

M.D.: Ich wollte vorhin noch etwas sagen, als ich von dem Territorium Ihres Kinos sprach, von dem Territorium, das Sie in Angriff nehmen und auf dem Sie arbeiten, nämlich, daß Sie vielleicht der einzige internationale Filmemacher in Amerika sind. Das Territorium, auf dem Sie arbeiten, ist ein internationales Territorium.

E.K.: Ich glaube, das stimmt, ich hoffe, daß es stimmt. Jedenfalls empfinde ich so. Ich fühle mich hier genauso zu Hause wie in Amerika, in Griechenland oder in der Türkei. Ich bin auch der einzige Grieche, der die Türkei sehr liebt. Ich habe einen sehr guten griechischen Freund, der mich gehaßt hat wegen des Artikels, von dem ich Ihnen erzählte, weil ich die Türken als Menschen gezeigt habe. Er ist einer meiner besten Freunde, und er hat sich mit mir verkracht. Er ist in mein Büro gekommen und hat gesagt: »Ich finde diesen Artikel abscheulich.« Dann ging er, und ich habe ihn ein Jahr lang nicht mehr gesehen. Und dabei tut der Artikel nichts weiter, als daß er die Türken als Menschen behandelt . . .

M.D.: Es bestehen also regelmäßige Beziehungen zur Türkei?

E.K.: Ich bin 1956 wieder hingefahren wegen *America.* Wenn ich einen ganzen Abend Zeit hätte, könnte ich Ihnen eine Unmenge von Geschichten erzählen über die Türkei, über die Reise, über alles.

M.D.: Welchen von Ihren Filmen mögen Sie am liebsten?

E.K.: Mein Lieblingsfilm ist *America, America.*

M.D.: Ich bin von einem Teil von *Wild River* begeistert, nicht von dem ganzen Film. Ich glaube, die Liebesgeschichte zwischen Lee Remick und Monty gehört zu den großartigsten, die je verfilmt worden sind. Vielleicht ist es die großartigste überhaupt, jedenfalls hat sie gute Chancen, die schönste zu sein. Vielleicht schockiere ich Sie, aber die alte Dame erscheint mir neben der anderen Geschichte nur als Anekdote. Irgend etwas wie die Existenz der alten Dame war notwendig. Aber was sie auslöst, ist größer als sie. Das wirkliche Sujet des Films, das, was sozusagen über sie hinausgeht, ist nicht, daß sie von der Insel vertrieben, daß sie verjagt wird, sondern es ist diese Liebe. Es ist Ihnen gelungen, zwischen Lee Remick und Monty das Verlangen zu filmen. Das kommt unter zehntausend Fällen nur einmal vor. Mir ist es gelungen in einem Film, den Sie vielleicht nicht gesehen haben, in *India Song.* Es gibt nicht einen einzigen Kuß in *Wild River*, es gibt ein Bett, das zu nichts dient, und das Ganze dauert eineinviertel Stunden, das ist sagenhaft. Man hat den Eindruck, die Schauspieler seien ein für allemal in eine bestimmte Richtung gelenkt und in Bewegung gesetzt worden und brauchten von da an nur noch dieser Bahn zu folgen. Das Verlangen erschöpft sich nie, wird niemals erfüllt, selbst dann nicht, als er zu ihr sagt »wir werden heiraten«, als er daliegt und geschlagen worden ist. Nicht einmal in diesem Augenblick gibt es einen Kuß. Ich habe den Film dreimal gesehen, dreimal die gleiche Verwunderung.

E.K.: Ja, sie küssen sich tatsächlich nie.

M.D.: Das ist sagenhaft. Sie sind vielleicht der einzige Autor, der – in Amerika – einen Film über das Verlangen gemacht hat, über das nicht Filmbare schlechthin.

E.K.: Es ist schwer zu filmen. Es geht dabei nicht um Nacktsein, um Nacktheit. Es ist wichtig für mich, ich habe es gespürt, deshalb . . . Auf jeden Fall ist Lee Remick eine meiner Lieblingsschauspielerinnen, eine wunderbare, eine schreckliche Frau. Montgomery Clift war zu der Zeit krank, er hatte gerade diesen entsetzlichen Unfall gehabt.

M.D.: Ja, er hat so etwas wie eine Gesichtslähmung, die aber ganz und gar mit seiner Schüchternheit und Sanftheit übereinstimmt . . . er ist wie impotent in diesem Film. Und in dem Moment erreicht die Impotenz eine gigantische Größe, wird zu einer Verführung höherer Art.

E.K.: Wollen Sie damit sagen, daß Lee Remick ihn erweckt, ihm ermöglicht, aus dieser Impotenz herauszukommen?

M.D.: Oh nein, im Gegenteil, ich glaube, daß Lee Remick in diese Verführung, in diese Impotenz verliebt ist. Sie bricht mit dem heterosexuellen Radikalismus, sie ist verliebt in einen Mann, der offenbar unfähig ist, sie zu penetrieren. So empfinde ich es, so sehe ich den Film.

E.K.: Ja, das stimmt. Er war ein kranker Mann, müde und zerstört, der nachts auf eine Krankenschwester angewiesen war, die bei ihm wachte. Es ist absolut wahr, es ist die Wahrheit.

M.D.: Wunderbar, daß Sie das gezeigt haben. Er ist in seiner Wahrheit. Das ist nicht tragisch. Es ist tragisch, wenn Sie so wollen, aber anderswo, nicht im Film. In dem Film ist es wie ein neuer Seinszustand des Mannes. Und mit diesem neuen Zustand des Mannes ist die Frau völlig einverstanden. Dieses Paar ist das allerwahrste, das man sich vorstellen kann, weil die Brutalität, die . . . Es ist schwierig, über diese Dinge zu sprechen, sie beim Namen zu nennen. Sagen wir, in der Heterosexualität gibt es eine ständige tödliche Zielgerichtetheit. Und dort wird sie umgangen. Dort, in *Wild River*, habe ich den Eindruck, daß das Paar für immer vereint ist. Es handelt sich nicht nur um eine Heirat, sondern um eine sexuelle Komplizität, aus der sich eine andere Komplizität herleitet, die sehr tiefgründig, fundamental und unzerstörbar und immer wieder neu, weil immer riskant, niemals gesichert und immer unstet ist, die niemals gefunden werden und also niemals erstarren wird und deshalb dem Verlangen,

dem amorphen Überfluten von Körper und Geist durch ein allerer-
stes Verlangen mit seinen unendlichen und unermeßlichen Folgen
ganz nahe kommt. Da anzulangen, heißt, auf die Reise zu gehen. Die
Penetration der Frau durch den Mann, die die gesamte Menschheit
hervorgebracht hat, ist, für sich genommen, nichts weiter als der in
sich selbst angehaltene, verwirkte Akt der Fortpflanzung.

E.K.: Beide haben im Film auf Grund dieser widerstrebenden Kräfte
ein ungeheures Bedürfnis nach einander. Montgomery Clift war ein
tragischer Mann. Er war homosexuell, hatte aber ein starkes Bedürfnis nach Frauen. Er kreiste ständig um meine erste Frau. Wenn ich
nach Hause kam, saß er auf dem Boden und meine Frau auf dem
Sofa . . .

M.D.: Ich betrachte Homosexualität nicht als Andersartigkeit, sondern als eine Entwicklung mit größeren Umwegen. Ich sehe sie nicht
als ein Problem für sich, die weibliche Homosexualität übrigens auch
nicht.

E.K.: Er hatte den Eindruck, daß er sich auf Grund seiner Homosexualität in der amerikanischen Gesellschaft in einer Position der
Unterlegenheit befand. Zu der Zeit gab es in Hollywood für einen
Homosexuellen keinerlei Basis für Selbstachtung. Leute wie John
Wayne waren voller Verachtung. Der Regisseur Howard Hawks war
voller Verachtung. Sie nahmen ihn dauernd aufs Korn. Er bebte und
zitterte fast ständig. Er bebte wirklich. Ich mußte ihm die Hand halten, um ihn zu beruhigen.

M.D.: Ich hoffe, es wird immer mehr solcher bebender Männer geben wie ihn. Bebend – ein schönes Wort. Sind Sie einverstanden mit
dem, was ich über *Wild River* gesagt habe?

E.K.: Ja. Es ist einer meiner Lieblingsfilme. Irgend etwas stimmte
nicht mit der Person der alten Dame. Vielleicht hat sie nicht genügend Bezug zur Erde, ich weiß es nicht. Für mich stellte sie eine innere Kraft dar, aber vielleicht hätte ich sie bei der Arbeit zeigen, ihr
mehr Wurzeln geben sollen. Sie macht den Eindruck, als ob sie mit einer vorgefertigten Haltung auf der Bildfläche erscheint. An das, was
du gesagt hast, Marguerite, über die Liebesgeschichte zwischen den
beiden, habe ich nie gedacht, aber ich stimme dir zu. Ich hätte gesagt,
das Bedürfnis, das sie nach einander haben, hatte diese Kraft, weil sie
so gegensätzlich waren. Er war schwach und weit weg; sie brachte
ihre Kraft ein. Bedürfnis traf auf Bedürfnis. Ich habe in meinem Leben festgestellt und die Erfahrung gemacht, daß es mit zum Stärksten

gehört, wenn ein Bedürfnis auf ein anderes trifft. Das ist nicht direkt Sexualität, vielleicht ist es Liebe, Verlangen. (Pause) *Hiroshima mon amour*, das war wunderbar. Aber die anderen Filme von Resnais haben mir nicht so gefallen. Sind Sie jetzt mehr am Filmemachen interessiert als am Schreiben?

M.D.: Im Moment wohl mehr am Schreiben. (Pause) Da wir beide schreiben und Filme machen, können wir vielleicht über diese abgedroschene Frage reden, die man uns dauernd stellt, also über das Schreiben und Filmen. Wenn es Sie nicht langweilt . . .

E.K.: Nein, keineswegs.

M.D.: Sie schreiben und Sie machen Filme.

E.K.: Ja, zur Zeit schreibe ich etwas für einen Film. Das, worüber wir schon sprachen, meine Rückkehr in die Türkei.

M.D.: Schreiben Sie auch, ohne zu filmen?

E.K.: Ich hoffe, daß das, was ich mache, zunächst ein Buch wird und daß es mir hilft, Geld aufzutreiben für einen Film, aber nicht nur. Ich möchte, daß es zunächst ein Buch wird. *America, America* ist auch ein Buch.

M.D.: Haben Sie kein Buch, das Sie nicht verfilmt haben?

E.K.: Es gibt drei Bücher, die ich nicht verfilmt habe. *The Arrangement* hätte ich nicht verfilmen sollen. *America* ist in meiner Vorstellung immer ein Film gewesen, ich sah ihn vor mir. Danach habe ich ein Buch geschrieben, das »The Assassins« hieß, dann »Acts of Love« und »The Understudy«, was ein gutes Buch ist, aber ich habe es nicht verfilmt. Sie sind alle zu diffus. Ich glaube, daß grundsätzlich, für mich jedenfalls, ein Film eine geradere Linie haben muß und nicht in alle Richtungen gehen darf. Wenn ich ein Buch schreibe, schreibe ich ein wenig, dann höre ich auf, schlafe ein wenig, mache einen Umweg, ein Picknick, treffe ein Mädchen usw. Darin liegt für mich der Reiz des Schreibens, aber ich denke, ein Film muß direkter sein.

M.D.: Aber hatten Sie es schon mal mit einem Buch oder mit etwas Geschriebenem zu tun – ich spreche von Geschriebenem im allgemeinen, nicht von einem Buch – mit etwas Geschriebenem, das nicht in Film umsetzbar war? Nicht auf Grund dessen, was es erzählt, sondern zum Beispiel durch die Art seines Stils?

E.K.: Ich wünschte, ich könnte so gut schreiben. Ich habe keine Leichtigkeit im Umgang mit Sprache und Poesie. Ich habe Empfindungen, die ich für poetisch halte, aber ich weiß nicht, wie ich sie in Worte fassen soll, die sie wiedergeben.

M.D.: Man muß auf der Hut sein vor Leuten, denen das Schreiben leicht fällt.

E.K.: Mein Stil kann direkt und faktenbezogen sein. Ich könnte alle meine Bücher verfilmen, aber ich will es nicht. Auf jeden Fall möchte ich gern besser schreiben können. Ich habe angefangen, Romane zu schreiben, als ich fünfundfünfzig Jahre alt war. Das ist spät im Leben.

M.D.: Tun Sie das sehr gern?

E.K.: Ich liebe das Leben. Ich bin in einem Alter, wo ich gern allein bin, ich reise gern. Ich lebe nicht mehr in der Welt des Theaters, ich habe nie wirklich dazu gehört, aber jetzt bin ich völlig draußen. Ich habe Lust, meine Zeit auf dem Lande zuzubringen und jeden Morgen zu schreiben. Das ist ein wunderbares Leben.

M.D.: Sie schreiben morgens, Sie auch?

E.K.: Ja, ich stehe um fünf Uhr auf, wenn es noch dunkel ist, und sehe die Sonne aufgehen. Ich schreibe bis mittags. Dann finde ich Ausreden, ich sage mir: »Du hast deinen Lebensunterhalt für den Rest des Tages verdient, jetzt bist du frei.«

M.D.: Ist es eine Leidenschaft?

E.K.: Eine Obsession.

M.D.: Das ist dasselbe.

E.K.: Und für Sie?

M.D.: Bei mir ist das etwas anderes.

E.K.: Es gibt ein Gefühl, das ich wunderbar finde, nämlich wenn ich ein paar Seiten habe, die ich liebe. Aber jetzt werde ich wieder einen Film machen. Wir werden ja sehen, was dabei herauskommt.

M.D.: Es gibt Bücher von mir, die ich niemals drehen würde. Sie sind aber doch mit mir einer Meinung, daß es die größte Seltenheit der Welt ist zu tun, was einem paßt. Und Sie machen die Art von Kino, die Sie machen wollen. Die Filme, die Sie machen sind Kazan-Filme. Bei vielen Filmemachern aber ist die Art von Film, die sie machen, nicht das, was sie, auch wenn es ihnen nicht bewußt ist, machen müßten; sie stellen unreine Produkte her.

E.K.: Das stimmt, es gibt Filmemacher, die clever sind.

M.D.: Cleverness führt beim Filmemachen zu nichts.

E.K.: Ihre Substanz erscheint nicht auf der Leinwand.

M.D.: Selbst in guten Filmen schränkt Cleverness den Wirkungsbereich des Films ein, ich meine den geistigen Wirkungsbereich.

E.K.: Sie sind meine Freundin aus Indochina. Ich habe Sie mir nicht

vorgestellt als jemanden, der aus Indochina kommt. Sie sind auch eine Einwanderin, beide sind wir Einwanderer, wir haben Glück.

M.D.: Ja.

E.K.: Eine gespaltene Seele.

M.D.: Ja. Nicht nur durch die Distanz sondern auch durch die Armut in der Kindheit. Es gibt unendlich viel mehr Abwechslung, Vielfalt letztlich, wie soll ich sagen, Weite – wenn man so will – in der Armut als im Reichtum.

E.K.: Der Meinung bin ich auch.

M.D.: Die armen Städte, die Armenviertel in den Städten habe ich in Indochina kennengelernt. Ich lebte an der Grenze zu Siam, wir hatten dort Ländereien. Es war eine sehr, sehr arme Region, und doch ist es vielleicht das heiterste Land, durch das ich in meinem Leben gekommen bin. Die Kinder starben wie die Fliegen, aber es gab eine Art von Kraft, die alles ertrug, auch den Tod der Kinder.

E.K.: Sie müssen in die Türkei fahren, unbedingt, ins Landesinnere. Sind Sie mal in Indien gewesen?

M.D.: Einen einzigen Tag lang. Einmal, als ich siebzehn Jahre alt war.

E.K.: Das ist tragisch. Ich bin zweimal von Bombay nach Kalkutta gefahren. Ich sage ihr, sie muß in die Türkei fahren. Ich denke, wenn sie den Artikel in *Positif* liest und sich das Foto des Mannes im Gefängnis ansieht, wird sie verstehen, warum.

M.D.: Ich bin im Libanon gewesen, in Syrien, in Ägypten, in Israel vor allem, in Griechenland nur sehr, sehr wenig. Aber ich wäre nicht darauf gekommen, in die Türkei zu fahren, merkwürdig. Sind Sie Volljude oder nur zur Hälfte?

E.K.: Ich bin gar kein Jude, ich bin ein Grieche aus Anatolien. Meine Eltern sind Katholiken, griechisch-orthodox.

M.D.: Ihr Vorname ist doch ein jüdischer Name, Elias?

E.K.: Elia ist ein jüdischer Vorname, auch ein griechischer Vorname, Elia.

M.D.: Ich dachte, Sie wären Jude.

E.K.: Ach ja, Sie haben geschrieben »Kazan, der Gewaltige, Jude«.

M.D.: Er umspannt den ganzen Erdball mit seinen Filmen.

E.K.: Ich erinnere mich, Sie haben sogar gesagt »nicht wie Woody Allen«. Er ist ein Miniaturist, nicht wahr? Er ist amüsant.

M.D.: Er ist auch ein Manierist. Es gibt großartige Manierismen. Zum Beispiel gibt es einen Hollywood-Manierismus der 30er, 40er

oder auch 50er Jahre, der ziemlich bemerkenswert ist, glaube ich –
ich kenne die Filmgeschichte nicht gut. Aber der Manierismus von
Woody Allen ist vielleicht boshaft, nicht? . . . Es ist gut, daß wir hier
ein Gespräch führen.

E.K.: Ja, ein Interview ist nicht gut, das ist immer ein Gegeneinander.
Ich glaube, sie ist eine Künstlerin, keine Journalistin. Sie schreibt,
was sie sieht.

M.D.: Immerhin ist einiges dabei, was man aufheben muß. Läuft das
Band noch? Habe ich noch Zeit, über etwas anderes mit ihm zu reden? Was ich als ganz großes Kino bei Kazan bezeichne – ich möchte
es gern so sagen, könnte aber auch andere Passagen aus Ihren Filmen
zitieren –, das ist die Ankunft in Amerika in *America*. Sie filmen das
Meer, die Oberfläche des Meeres.

E.K.: Ja, das ist sehr traurig, nicht?

M.D.: Nein, das ist nicht traurig. Das ist New York. Das ist das Meer,
so wie es nur dort ist, rund um Manhattan.

E.K.: Aber so still, es ruht. Und ein leichter Ölfilm liegt darüber, der
es noch ruhiger macht. Und die Stadt ist sehr weit weg, etwas Geisterhaftes. Ich liebe diese Szene sehr.

M.D.: Das ist phantastisch. Sie filmen es dreimal, das Meer. Es gibt
die Oberfläche im Gegenlicht mit dem Öl, dann filmen Sie es weiter
weg, zur Stadt hin, die man fast nie sieht.

E.K.: Ja, die Stadt ist etwas Geisterhaftes, Gespenstisches.

M.D.: Und dann glaube ich, gibt es noch eine dritte Aufnahme. Das ist
unglaublich, weil Sie es den ganzen Film hindurch nie gemacht haben, und hier plötzlich filmen Sie das Wasser, das Meer, ohne irgend
etwas anderes.

E.K.: Was halten Sie von dem Moment, wo er den Boden küßt?

M.D.: Als er in Amerika ankommt? Der ganze Schluß ist von sehr
großer Schönheit. Es ist etwas Ungeheuerliches . . . wenn er, Stavros,
sich verwandelt, wenn er anfängt, plötzlich eifersüchtig zu werden,
zu leben.

E.K.: Viele meiner Freunde haben gesagt: »Um Gottes willen, nimm
das heraus, das ist so sentimental.« Aber so haben es die Leute in meiner Familie tatsächlich empfunden.

M.D.: Plötzlich spürt man, da ist ein Kind, das ein Lügner gewesen
ist, das ein Spieler gewesen ist, das ein bißchen überspannt gewesen
ist, und plötzlich kommt alles wieder wie die Jugend. Das ist sehr
stark.

E.K.: Sie haben eine große Kraft. Woher kommt sie? Ich spüre sie.

M.D.: Ja, ich spüre auch so etwas in mir.

E.K.: Bestimmt. Man könnte meinen, Ihr Körper sei voll von irgend etwas. Interpretieren Sie die Körper?

M.D.: Das Gesicht ja, sehr. Auch die Gesten und die Stimme.

E.K.: Alle Qualen, die man durchlitten hat, alles, was man durchgemacht hat, alles ist da, im Körper. Alles, was einem im Leben widerfahren ist, steht da geschrieben, man kann es ablesen. Wie man seinen Kopf hält, wie man die Schultern trägt, alles. Es ist ja auch mein Beruf, das zu lesen. Als ich jung war, saß ich immer so da und hielt meinen Mund verdeckt, aber als ich ein bestimmtes Alter erreicht hatte, fielen meine Hände herunter, und ich habe mich der Welt gestellt, in aller Offenheit.

M.D.: Was nennen Sie Kraft?

E.K.: Ich denke, es gehört mit zum Verlangen, zur Freiheit zu sagen, wer man ist, keine Scheu zu haben und sich nicht zu verstecken. Ich denke, daher kommt die Kraft. Mein ganzes Leben habe ich gekämpft, um sagen zu können: »Ich habe einen Wert, und ich werde nicht verbergen, was ich denke, worüber auch immer.« Ich sage mir unaufhörlich: »Sag die Wahrheit, sag die Wahrheit.« Aber das ist schwer, weil die gesamte Gesellschaft, die gesamte Zivilisation einen dazu drängt, sich an die Menschen anpassen zu wollen.

M.D.: Ich glaube, daß jeder seine Kraft in sich hat, aber daß sie nicht immer sichtbar zutage tritt. Unter Kraft würde ich gleichzeitig das Ende der Angst und eine etwas perverse Art von Wahrheitsliebe verstehen, eine etwas perverse Leidenschaft für die Wahrheit. Und auch die Lust, sich auszudrücken, die Lust zu erzählen, zu beschreiben.

E.K.: Das einzige Mal während der letzten zwanzig Jahre meines Lebens, daß ich mich ohne Kraft gefühlt habe, das war, als meine Frau gestorben ist. Was sollte ich machen, wo sollte ich wohnen, was sollte aus mir werden . . . Ich war niedergeschmettert. Aber jetzt muß ich mich wieder aufraffen, eine neue Lebensform finden. Es ist das einzige Mal, daß mir das passiert ist. Aber sonst geht es ganz gut.

M.D.: Wie lange haben Sie mit ihr zusammen gelebt?

E.K.: Dreiundzwanzig Jahre.

M.D.: Und in welchen Ihrer Filme hat sie gespielt?

E.K.: In *Splendor in the Grass* (Fieber im Blut) und in *Wild River*, kleine Rollen.

M.D.: Ich habe *Baby Doll* gesehen, aber nicht wiedergesehen. Mögen Sie ihn?

E.K.: Ja. Ich mag auch *A Face in the Crowd* (Ein Gesicht in der Menge). Ich mag alle meine Filme bis auf den *Man on a Tightrope* (Der Mann auf dem Drahtseil) und *Sea of Grass. Gentlemen's Agreement* mag ich nicht sehr, ich weiß nicht, warum.

M.D.: Ich muß im Februar-März nach New York.

E.K.: Rufen Sie mich dann an? Gehen wir zusammen essen? In ein griechisches Restaurant . . .

M.D.: Ich kenne nur eine Person in New York, die beim Film arbeitet, aber ich mag sie sehr: Shirley MacLaine. Vor einem Jahr habe ich ein Interview mit ihr gemacht. Später haben wir uns getroffen und uns sehr gefreut, uns wiederzusehen.

E.K.: Ja, ich mag sie auch sehr. Jetzt kennen Sie zwei Menschen. Gefällt Ihnen New York als Stadt?

M.D.: Ich finde, es ist die schönste Stadt der Welt, aber wenn ich hinfahre, bin ich dauernd auf Cocktail-Partys, Soireen . . . diesmal werde ich bei einem Freund wohnen. Ich habe ihm versprochen, zu ihm zu kommen, weil ich nicht mehr so hinfahren wollte wie bisher. Ich bin zu oft dort gewesen und hatte es vollkommen satt, immer dasselbe Hotel, dasselbe Zimmer, dieselben Journalisten. Aber jetzt werde ich zu diesem Freund fahren, den ich sehr mag.

E.K.: Haben Sie in New York Angst vor Überfällen?

M.D.: Ja, große Angst.

E.K.: Meine Frau ist dreimal überfallen worden, sogar vor unserem Haus. Sie haben ihre Tasche gepackt, haben gezogen und gezogen, sie war sehr stark, sie haben sie bis zur Straßenecke gezogen, haben ihr die Finger gebrochen, um ihr die Handtasche zu entreißen. Dann sind sie im Auto abgehauen, sie hat ein Taxi angehalten, ist eingestiegen und hat zu dem Chauffeur gesagt: »Fahren Sie dem Wagen nach.« Er hat geantwortet: »Sie halten mich wohl für verrückt?«, hat angehalten und sie aussteigen lassen.

M.D.: Ich erinnere mich, wie ich mit Diamanten in New York spazierenging und Freunde zu mir sagten: »Hör mal, das geht nicht!«

E.K.: Aber neben all dem sehe ich jeden Tag, wenn ich von meinem Haus ins Büro gehe, drei oder vier interessante, anregende Dinge, die gut für Bücher, gut für Filme sind, jeden Tag. Für mich ist es eine notwendige Stadt. Woanders kann ich nicht leben.

M.D.: Genau das bedeutet, irgendwo fest zu wohnen.

E.K.: Ich habe keine Wahl. Das Zimmer hier, in das mich Monsieur Dauman gesteckt hat, kostet 200 Dollar pro Tag, das ist verrückt. Wenn ich allein in Paris bin und es selbst bezahle, gehe ich ins Hôtel de l'Odéon und wenn ich aus dem Fenster sehe, ist es wie ein Schauspiel, wie ein Zirkus; die ganze Nacht Leute, die schreien. Ich liebe dieses Viertel von Paris sehr.

M.D.: In diesem Jahr werde ich, glaube ich, am Meer bleiben. Ich habe eine Wohnung, die aufs Meer hinausgeht, auf den Kanal. Ich habe eine Heizung einbauen lassen. Es ist ein altes Hotel mit zweiundneunzig Zimmern, und ich bin allein. Na ja, wir sind allein, denn ich bin freilich selten völlig allein.

E.K.: Haben Sie *Wanda* dort zum ersten Mal gesehen, in Deauville?

M.D.: Ja. *America* hatte ich im Kino gesehen. *Wild River* hatte ich zweimal im Fernsehen gesehen und habe es in Deauville ein drittes Mal gesehen. Ich finde es schade, es im Fernsehen zu sehen. Ich brauche ein Dutzend Informationen über Barbara Loden. Ich möchte Ihre Meinung wissen und die von Barbara, warum dieser Film nicht gelaufen ist.

E.K.: Barbara war sehr verbittert, aber nicht so sehr deshalb. Der Film ist von den Intellektuellen in England oder hier sehr gut aufgenommen worden, und trotzdem hat sie nie Geld für ihre weiteren Projekte bekommen. Das hat sie in ihrem Leben sehr verletzt. Sie hatte einiges auf Lager. Sie wollte zum Beispiel »Lulu« von Wedekind machen. Sie hatte ein Drehbuch über einen Filmstar (»A Movie Star of my Own«), das meiner Ansicht nach sehr gut war, aber kein Geld. Sie hatte ständig den Eindruck, an Türen zu klopfen, die sich nicht öffneten.

M.D.: Ja, aber warum ist dieser Film, der hätte laufen müssen . . . Sie haben doch in Amerika – da meine Filme auf diese Weise laufen und Godards Filme auch, sie sind lange so gelaufen – Sie haben doch Kinematheken und Filmclubs?

E.K.: Ja, in den Universitäten. Aber anderswo ist der Film nicht gelaufen. Schließlich hat sie mit dem Film Veranstaltungen in Universitäten gemacht. Sie hat nach der Vorführung Fragen beantwortet, sie hat sich zusammen mit dem Film verkauft. So ist sie in zahlreiche Colleges im Süden und im Westen gegangen. Sie war sehr stolz darauf. Das hatte sie nur sich selbst zu verdanken, deshalb war sie sehr stolz darauf.

M.D.: Wie lange ist es her, daß sie ihn gemacht hat?

E.K.: Es war 1971. Das Drehen in Pennsylvania hat sieben Wochen gedauert. Ich war dabei, ich habe die Statisten geführt, die Autos am
Durchfahren gehindert usw. Und ich habe mich um die Kinder gekümmert.

M.D.: Wäre es seiner Ansicht nach von Interesse für mich, einen Teil
des Drehbuchs zu benutzen? Rät er mir, das Drehbuch von *Wanda* zu
lesen?

E.K.: Ich glaube nicht. Wenn Sie wollen, gebe ich es Ihnen, aber ich
glaube, man sollte den Film besser nur sehen. Sie hat das Drehbuch
täglich geändert. Zuerst habe ich das Drehbuch geschrieben, dann
habe ich ihr sozusagen einen Gefallen getan, um ihr etwas zu tun zu
geben. Dann hat sie es umgeschrieben, umgeschrieben und nochmal
umgeschrieben, und so war es schließlich wirklich ihr Drehbuch und
nicht mehr meins. Es war ihr Drehbuch geworden. Und jeden Tag
beim Drehen veränderte sie es nochmal wieder.

M.D.: Sie arbeiten doch auch so, oder?

E.K.: Ja, das ist die einzig mögliche Art und Weise. Das Drehbuch ist
nicht der Film.

M.D.: Ja, aber es sagt trotzdem etwas aus über den Film.

E.K.: Wissen Sie, alle guten Regisseure gehen morgens aus dem
Haus, betrachten die Landschaft, dies und das, die Sonne . . .

M.D.: Hat Diamantis Fotos von dem Film?

E.K.: Ich glaube, er hat alles. Auf jeden Fall werde ich das morgen in
die Wege leiten. Das ist sehr wichtig für mich, zur Erinnerung an sie.

M.D.: Für mich auch. Mir liegt sehr daran, *Wanda* zu bekommen. Es
ist unerträglich, daß es bei dem ersten Programm, das ich für Paulo
Branco zusammengestellt habe, nicht geklappt hat. Sie hatten den
Film nicht sehen können und hatten vergessen, den Titel mit aufzu-
nehmen.

E.K.: In Amerika hat der Film keinen Anklang gefunden, außer in
New York.

M.D.: Sollen wir ein wenig über Amerika reden? Darf ich Ihnen Fragen stellen?

E.K.: Ja, alles was Sie wollen.

M.D.: Wenn man Sie auffordern würde, in wenigen Worten den
Hauptunterschied zusammenzufassen, den Sie zwischen Amerika
und Europa sehen . . .?

E.K.: Amerika ist und bleibt chaotisch, es ist eine Gesellschaft, die
sich dauernd verändert. In New York haben wir jetzt nicht nur die

Schwarzen, sondern auch eine Million zweihundertfünfzigtausend Puertoricaner, die um ihre Identität, um Arbeit und um Wohnungen kämpfen. Das ist sehr schwierig. In Miami sind plötzlich eine halbe Million Kubaner angekommen, Leute, die weggegangen sind, weil sie das Leben dort nicht ertragen konnten. Die Jungen wenden sich gegen die Alten, verachten ihre Eltern. Hier in Europa kommt mir alles sehr viel festgefügter vor. In Griechenland und in Frankreich hatte ich oft den Eindruck, die meisten Leute seien untereinander verwandt, so sehr ähneln sie sich.

M.D.: Aber glauben Sie nicht, daß das, was politisch geschieht, europäisch ist? Das politische Weltgeschehen geht von hier aus.

E.K.: Ich denke, die intelligentesten und verantwortungsvollsten Politiker sind in Europa. Ich habe stets den Eindruck gehabt, daß die amerikanischen Politiker hinter ihnen zurückbleiben. Sie sind sehr selbstzufrieden. Das ist schade. In meinem Leben habe ich zwei Präsidenten gehabt, Roosevelt und Truman, die Männer von einer gewissen Größe waren, Roosevelt, aber vor allem auch Truman. Doch seitdem, selbst mit Kennedy, den ich nicht besonders mochte, haben wir sehr wenige Beispiele wirklicher Führungspersönlichkeiten gehabt. Im Gegenteil, Amerika ist erstarrt. Europa wurde mit Zement übergossen. Selbst die Jugend, sagen wir in England, fängt an zu rebellieren, aber mit zweiunddreißig Jahren ist sie erloschen und gehört zum Establishment. Ich weiß nicht, was hier seit dem Mai 68 vor sich gegangen ist. Sicher das gleiche, sie haben sich vollkommen einfangen lassen.

M.D.: Auf jeden Fall ist das eine große Sache gewesen. Auf Erfolg oder Scheitern kommt es dabei nicht an. Politisch gesehen ist es vielleicht eines der drei wichtigsten Daten dieses Jahrhunderts.

E.K.: Und Sie, worin sehen Sie den Unterschied zwischen Frankreich und Amerika?

M.D.: Ich sehe keinen wesentlichen Unterschied. Ich sehe beide als miteinander kommunizierend. Die Dinge ereignen sich hier, und Amerika wird dann zu ihrem Echoraum. Die Leute gehen von hier fort, und Amerika ist der Ort, wohin sie gehen. Aber ich sehe Amerika als einen Übergangsort, als eine Zwischenstation für das europäische, das heißt das internationale Geschehen. Seit zwei Jahrhunderten ereignet sich alles hier. In Amerika ereignet sich nichts außer der Entwicklung des Kapitalismus, ein Geschehen, das sich über viele Jahrzehnte hinzieht. Aber mir gefällt die Vorstellung, sie als komplementär zu sehen, weil es sich bei Amerika und Frankreich um die gleiche Wut handelt, eine Wut entspricht der anderen, heftig, schrecklich . . . aber gleich. Wir sind Europäer. Ich war natürlich schrecklich antiamerikanisch während des Vietnamkriegs, wie die ganze Welt.

E.K.: Wir auch.

M.D.: Natürlich. Ich sehe darin letztlich verwandte Arten von Wut im Hinblick auf die jetzige Gefahr Nummer eins, den Totalitarismus, nein, den Faschismus der Sowjetunion . . . Es gibt eine neue Solidarität, die Dinge sind jetzt klarer.

E.K.: Hat sie meinen Film *The Visitors* gesehen?

M.D.: Nein.

E.K.: Ich möchte gern, daß Sie ihn sehen.

M.D.: Mein Sohn schwärmt von diesem Film.

E.K.: Es ist der beste Film über Vietnam, lange vor den anderen, und der beste. Er ist sehr einfach, sehr rein, wie *Wanda*. Wenn Sie *Wanda* mögen, werden Sie diesen Film sicher auch mögen.

M.D.: Warum hat es so lange gedauert, bis Ihre Filme in Frankreich zu sehen waren?

E.K.: Weil vier von meinen Filmen in Amerika sehr schlecht aufgenommen worden sind. Das hat mich wütend gemacht. Ich habe gesagt: »Dann sind sie selbst schuld, Scheiße, ich werde jetzt Bücher schreiben«, und ich habe angefangen, Bücher zu schreiben, die erfolgreich waren.

M.D.: Auf *America* warten wir seit zehn Jahren . . .

E.K.: Ich habe noch andere Filme gemacht, die nicht gelaufen sind. *America, America* – eine Katastrophe und eine sehr schlechte Presse. Über *The Arrangement* hat man sich in den Zeitungen lustig gemacht. *The Visitors* wurde bei der Premiere ausgepfiffen. Das hat mich wütend gemacht, ich habe mir gesagt: »Das mache ich nicht länger mit. Warum soll ich weiter Filme machen, wenn die Leute so reagieren? Sollen sie sich zum Teufel scheren!« Dann gab es noch einen anderen Film, den ich gemacht habe, ein sehr guter Film, und gegen den waren sie auch. Ich habe gesagt: »Sei's drum!« *Der letzte Tycoon* ist kein Meisterwerk, aber es ist ein achtbarer Film. Ich war wütend auf diese Leute und habe angefangen zu schreiben, ich habe Gefallen daran gefunden, so war's. Aber jetzt fühle ich mich besser und fange wieder an. Ich habe sowieso keine Wahl, ich muß diese fünf Geschichten zu Ende bringen. *America, America*, die nächste heißt *The Unredeemed*,

dann *Anatolien*. Für die vierte habe ich noch keinen Titel, und die fünfte ist *The Arrangement*. Fünf Geschichten über meine Familie, die Griechen aus Anatolien und ihre Probleme, als sie nach Amerika gekommen sind. Ich werde die Geschichte des Krieges 1919–22 schreiben, ein Krieg, in dem England, Frankreich und Amerika die Griechen gezwungen haben, gegen die Türken zu kämpfen, und dann haben sie sie verraten. Sie haben sie regelrecht verraten und dort im Stich gelassen, das ist einer der beschämendsten Vorfälle dieses Krieges. Ich werde von der Zerstörung Smyrnas erzählen. Das ist es, woran ich arbeite. Ich schreibe, um Filme zu machen. Jedenfalls werde ich wieder anfangen, Filme zu machen.

M.D.: Ist *Wanda* ein Film über »jemanden«? Haben Sie schon mal einen Film über jemanden gemacht?

E.K.: Ich habe einen Film über meinen Onkel gemacht, das ist *America, America*. Die ganze Familie kommt darin vor.

M.D.: Über »jemanden«, damit meine ich jemanden, den man isoliert hat, den man für sich genommen ins Auge gefaßt und aus der sozialen Einbindung, in der man ihn vorgefunden, herausgeschält hat. Jemand, der von Ihnen aus der Gesellschaft herausgenommen und betrachtet wird. Ich glaube, daß stets etwas in einem, in Ihnen bleibt, das von der Gesellschaft nicht in Mitleidenschaft gezogen wor-

den ist, etwas Unverletzliches, Undurchdringliches und Entscheidendes.

E.K.: Der nächste Film, den ich machen möchte, wird wohl in die
Richtung gehen. Was verstehen Sie unter »Jude sein«?

M.D.: Ich meine damit Ihr Umherirren, Ihre unsteten Bindungen an
Europa, an diese türkisch, griechisch, anatolisch usw. genannten
Länder. Dieses Überqueren des Mittelmeers und des Atlantiks, dieses schweifende Umherirren. Diaspora bedeutet nicht nur Aufbruch
der Juden, sondern auch, daß die Juden auch in ihrem Aufbruch noch
präsent sind. Juden sind Menschen, die aufbrechen und im Aufbruch
ihr Geburtsland mitnehmen und für die dieses gegenwärtiger und
mächtiger ist, als wenn sie es nie verlassen hätten. Das bezeichne ich
als schweifendes Umherirren.

E.K.: In dem Fall bin auch ich Jude.

Dezember 1980

Das Treffen wurde für die *Cahiers du Cinéma* organisiert von Serge
Daney und Jean Narboni, die dabei waren ebenso wie Dominique
Villain und Michael Wilson als Übersetzer.

L'homme atlantique

Ich habe die Zeitung *Le Monde* gebeten, mir Platz einzuräu-
men, um über meinen letzten Film, *L'homme atlantique*, zu sprechen. Wenn ich in die öffentliche Vorführung eines solchen Films ein-
willigte, und sei es auch nur in einem einzigen Kino, hielt ich es für
meine Pflicht, die Leute über den Charakter dieses Films vorher in
Kenntnis zu setzen und den einen gänzlich davon abzuraten, sich
L'homme atlantique anzusehen, ja, ihn zu meiden, den anderen aber,
ihn unbedingt zu sehen und unter gar keinen Umständen zu versäu-
men, denn das Leben ist kurz wie ein Blitz, und er wird vielleicht nur
vierzehn Tage lang gezeigt werden. Gleichzeitig weise ich die einen
wie die anderen darauf hin, daß der Film zum größten Teil aus
Schwarzfilm besteht. Die Mehrheit der Kinobesucher in Frankreich
hat es an sich, so zu tun, als hätten sie einen Anspruch auf das Kino,
und zu protestieren und Tod und Verderben zu schreien gegen Filme,
von denen sie meinen, sie seien nicht einzig und allein für sie gemacht.

Ich möchte deshalb diesen Zuschauern sagen, daß sie nicht in *L'homme atlantique* gehen sollen, daß es sich nicht lohnt, weil der Film ihre Existenz vollkommen ignoriert und sie seine eventuellen Zuschauer nur stören würden. Ich sage ihnen also: Riskieren Sie nicht, wieder hinausgehen zu müssen. Gehen Sie gar nicht erst hinein. Das sage ich auch an die Adresse eines großen Teils der Journalisten, die über meine Filme zur Tagesordnung übergehen; sie sollen sich nicht verpflichtet fühlen hinzukommen; es ist nicht der Mühe wert, Artikel zu schreiben, die einem die Lust nehmen, ins Kino zu gehen oder Zeitung zu lesen, und die ihnen, diesen Journalisten, nur schaden. Sie werden mir sagen, daß all das, was anläßlich eines Films ausgedrückt und ausgeschwitzt wird, den Autor nichts angeht, aber ich antworte, das wird schon so lange behauptet, daß es wahrscheinlich falsch ist. Wenn es in meiner Macht stünde, würde ich die Türen des Kinos verschließen, sobald die Zuschauer im Saal sind.

Die Sicherheitsvorschriften verbieten mir das. Daher bitte ich einige von ihnen, das Kino Escurial während der schwarzen Stunden des Vorüberziehens von *L'homme atlantique* gar nicht erst zu betreten. Sie sollen ihn übergehen, vergessen. Ich muß noch sagen, daß ich das Kino Escurial ausgesucht habe im Gegensatz zu den Sterbesälen mit Mini-Leinwand, den »Supermarkt«-Kinos, wie sie ganz Frankreich überschwemmen, weil man das Schwarz von *L'homme atlantique* auf der Fläche einer wirklichen Kinoleinwand sehen und betrachten können muß.

Das ist hier der Fall. Das wunderbare Kino Escurial ist am Boulevard de Port-Royal (Metro Gobelins, Bus 27 und 91, Vorstellungen von 20 bis 24 Uhr, Dauer des Films 45 Minuten, Eintritt 14 Francs). Im Vorraum des Kinos liegen unveröffentlichte Texte über *L'homme atlantique* aus. Wenn Sie mich fragen: Ist der Atlantikmensch nicht doch auch ein Mensch? Dann sage ich, ja, er ist auch ein Mensch, aber er ist nicht der erste Mensch, denn den ersten Menschen gibt es nicht. Wäre er ein Mensch, der aus den Wassern des Meeres steigt, trüge er dann noch diesen Namen Atlantik? Oder ist es vielleicht ein Film, der so heißt? Ich würde auf alles, auf alle Fragen mit ja antworten. Daß es ein Mensch ist, ein Film, ein Kinofilm und vielleicht sogar noch mehr, mehr noch eine Art Film als ein bestimmter Film, ja, und vielleicht einfach Kino.

Le Monde, 27.11.81

Für Juliette, für das Kino

(Libération, Oktober 1983)

Ich war lange nicht mehr im Kino gewesen. Ich wollte *Le Destin de Juliette* sehen, weil mir jemand davon erzählt hatte: »Geh hin, das mußt du sehen.« Jemand, dem ich glaube. Aber dann fand ich, daß man diesem Film so viel Gutes nachsagt, daß einem die Lust vergeht, ihn sich anzusehen. Doch dann sprach Aline Issermann selber im Fernsehen darüber. Und da, als ich sah, daß es ihr, der Autorin, unmöglich war, darüber zu reden, um ihn zu verkaufen, da bin ich hingegangen. Ich habe ihn gesehen, und ich versuche hier nun meinerseits, *Le Destin de Juliette* zu verkaufen. Weil es ein Film ist, von dem man annimmt, man hätte noch Zeit, ihn sich anzusehen, aber das ist falsch. Er droht zu verschwinden, vom Leichenwagen des Großverleihs eingesammelt zu werden.

Der Film erweist sich von den ersten Einstellungen an als andersartig und ungewöhnlich. Die Schönheit der Inszenierung und die der Fotografie ist derart, daß sie als Selbstzweck stören könnte. Aber nein. Die Schönheit ist auch so, daß sie die Schönheit vergessen läßt, daß sie also ihre Funktion erfüllt, daß sie nicht von der Emotion zu

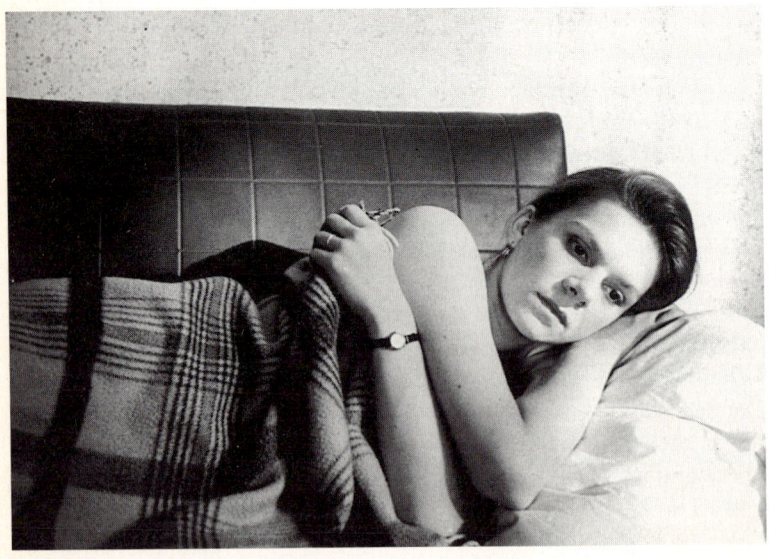

trennen ist, daß sie Emotion *ist*, vom Anfang bis zum Ende des Films. Es ist nicht nötig, die Geschichte zu erzählen, man kann Geschichten dieser Art nicht erzählen. Sagen wir, es ist eine schreckliche Geschichte, eine Geschichte, die sehr intensiv erlebt wird, und gleichzeitig ist es vom Beginn bis zum Ende ihres Verlaufs eine sehr geheimnisvolle, verborgene Geschichte. Issermanns Film ist die Geschichte von jemandem, der nicht am Leben zugrunde gegangen ist, der sein Leben so unverhüllt gelebt hat – in der Hoffnung wie in der Verzweiflung, auf den Bahnhöfen wie in den Sozialwohnungen, auf den Wegen und auf dem baumlosen Gelände der Kornfelder, der Stadtrandgebiete, der Menschen, der Fabriken –, daß hier ein Gleichgewicht erreicht wird zwischen dem schrecklichen Leben des Körpers, der das Entsetzen erlebt, und dem des Geistes, der dieses erkennt und den Körper dagegen verteidigt.

Das Entsetzen ist allgegenwärtig, es ist gleichsam überall, für Sie, für Juliette, für mich. Es sprudelt hervor. Es ist da, es ist der Regen wie auch die Ungerechtigkeit, die Zeit, es ist das Muster des täglichen Lebens, der gesamten Existenz. Wie läßt es sich vermeiden, jeden Tag, jede Nacht von diesem Mann getötet zu werden? Das ist das Unmittelbare in Juliettes Leben. Wie läßt sich das Leben erhalten, diese Herrlichkeit, das ist der Hintergrund in Juliettes Denken, von dem sie in der Verblendung ihrer Unwissenheit nichts weiß. Ihr gegenüber der Mann, der das ihr und ihm gemeinsame Entsetzen in entsprechender Weise erlebt: Wie läßt es sich vermeiden, sie, die Mörderin, zu töten und zu lieben? Wie läßt sich die Liebe, diese Herrlichkeit, vermeiden? Mitten im Film das Kind als Drittes, das zusieht. Die phänomenale Stärke dieses Films rührt daher, daß hier keiner den anderen verurteilen kann. Es gibt keinerlei Prozeß, Ereignisse finden statt, schweigend nahezu, auch Schreie, Worte kommen vor, aber vor allem dem Kind gegenüber. Das Ganze spielt heute, in unseren Tagen, zwischen 1960 und 1980. Es ist ein glänzender Film, fast religiös, der die Gleichsetzung des Weißen mit dem Guten zelebriert, ohne die das Böse nicht in Erscheinung treten, nicht geschrieben werden könnte.

Vier Personen haben sich um den Film gekümmert: Aline Issermann, Laure Duthilleul, Dominique Le Rigoleur, Dominique Auvray. Frauen. Intelligent genug, um das Talent zu achten, es aber, koste es, was es wolle, der Intelligenz unterzuordnen. Um zu wissen, daß Talent langweilig ist, wenn es nichts sagt, daß aber Intelligenz nie langweilig ist, nie. Und daß Intelligenz überall, auch im Kino ist, heißt zu wissen, daß es kein echtes Sujet gibt, mag es zunächt auch noch so geringfügig erscheinen, als jenes, welches in alle Sujets einmündet und den Geist in die Lage versetzt zu suchen und – vielleicht, vielleicht auch nicht – herauszufinden, welches von allen das Sujet des Films ist. Sei gegrüßt, geniale Laure Duthilleul.

In den Gärten Israels wurde es niemals Nacht
(Cahiers du Cinéma, Juli–August 1985)

Cahiers: Wie ist die Entstehungsgeschichte von *Les Enfants* (Die Kinder)?

Marguerite Duras: Die Lektüre des Predigers Salomo im Alter von achtzehn Jahren. Eine Lektüre, die mir der kleine Jude aus Neuilly empfohlen hatte – immer wieder er –, aus dem dann der französische Vizekonsul in Bombay wurde, ein Musterbeispiel der modernen Intelligenz, der politischen Verzweiflung.

C.: Schoß er auf Leprakranke?

M.D.: Beinah. Er hätte es tun können. Aber in Frankreich gab es keine. Weißt du, es gehört sehr wenig dazu, ein Modell abzugeben, aufzubrechen, loszustürzen. Ein Satz, ein Blick. Hier fing alles an, mit dieser Lektüre im Alter von achtzehn Jahren. Zuerst hieß es ganz unschuldig *Ernesto*, dann *Die Kinder Israels* und dann *Die Kinder des Königs*. Denn er war König von Israel, der Prediger Salomo. Man kann nicht weiter gehen, als dieser Text es tut. Er ist furchtbar. Ernesto sollte im Film Passagen aus dem *Prediger* lesen, aber auf französisch läßt sich das nicht lesen. Wegen der Wiederholungen, der Litanei.

C.: »Es ist alles eitel und Haschen nach Wind . . .«, diese Worte werden niemals gesprochen.

M.D.: Sie sind gesprochen worden.

C.: Hast du sie gestrichen? Warum? Angst vor zu viel Bedeutung?

M.D.: Nein, das war es nicht. Es war kein Platz da, um zu ihr zurückzukommen. Sie waren zu zweit im Garten. Er hatte nicht mehr die Zeit, um es über einem Bild von ihr zu sagen, und von ihm hatten wir keine Bilder mehr. Ich hätte euch die lange Passage über dem Bild

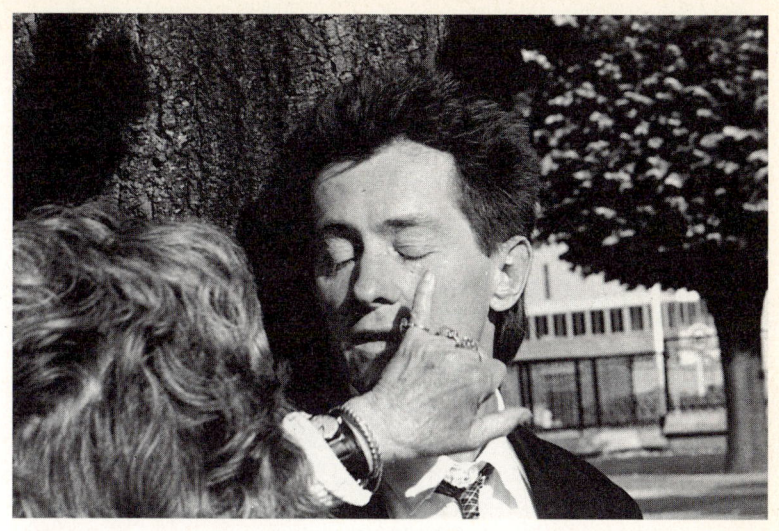

mit der Kirche geben können, die fallengelassen worden ist. Nur hat das nichts mit eurer Zeitschrift zu tun. (Lachen)

C.: Lies sie uns vor.

M.D.: Er sagte:

»Die Gärten Israels badeten in grellem Licht, und es wurde dort niemals Nacht.

Seitdem habe ich in diesem Licht gelebt, geblendet von seinem Glanz.

Unter diesem Wort stellte er sich ein anderes Wort vor, das er nicht kannte, von dem er aber wußte, daß es existiert. Und unter jenem anderen Wort stellte er sich nichts mehr vor. Eine ganze Weile beklagte er.

Die Pestseuchen.

Den Hunger.

Die Kriege. Die Totenmessen. Das Denken.

Die Nacht beklagte er. Und den Tod.

Gott. Er beklagte Gott.

Die Liebenden beklagte er.

Den Ehebruch. Und die Hunde und den Himmel. Und die Sommerregen.

Die Kindheit beklagte er.

Und auch, daß er nicht wußte, wen er beschimpfen, lieben oder rufen sollte.

Und daß er dies wußte.

Ihn überkam das brennende Verlangen zu leben, ohne lebendig zu sein. Ein Leben als Stein zum Beispiel oder als Müll. Einmal schließlich beklagte er nicht.«

C.: In welchem Moment wurde entschieden, daß es vierzig Jahre alt sein sollte, dieses Kind?

M.D.: Sobald wir uns für ihn entschieden hatten. Weil er so war. Zu Anfang jedenfalls war es Lonsdale, versteht ihr . . . Man darf ja nicht vergessen, welche Mühe wir hatten, einen Schauspieler zu finden. Schrecklich. Ich will nicht alle Schauspieler nennen, die wir uns angesehen haben, aber eigentlich sollte Lonsdale die Hauptrolle spielen. Ihr seht, wir treffen wieder auf den Vizekonsul. So wie man auf die Wege der Vorgeschichte trifft. Wir haben zahlreiche Proben mit Video gemacht. Ich selbst habe eine gemacht für die Rolle der Mutter, aber das ging nicht. Es fehlte die Präsenz, die Langsamkeit, wie Tatiana sie hat, die ganz hervorragend ist. Auch mit all den erwachsenen Kindern ging es nicht. Und plötzlich kamen wir auf Axel Bogousslavsky, einen Freund von uns, von Jean Mascolo. Wir haben eine Probe gemacht. Es klappte auf Anhieb. Was er macht, geht in seiner Unschuld so weit, daß sie in ihm ist, unzerstörbar. Er hat etwas Göttliches, muß ich sagen. Das geht so weit, daß ich daran gedacht habe, ihn den Text *La Maladie de la mort* lesen zu lassen.

C.: Im Theater?

M.D.: Ja, aber in Frankreich. Doch das ist noch nicht entschieden. Entschieden ist es für Berlin, in der bewundernswerten Übersetzung von Peter Handke. Ich habe Peter Stein und Luc Bondy den Text auf französisch so vorgelesen, wie ich meine, daß er auf deutsch gelesen werden soll, sie waren einverstanden. Es wird keine Bilder geben, es soll wirklich ein *Text zum Sehen* sein, nichts weiter. Handkes Film besteht nicht nur aus dem Text von *La Maladie de la mort*, es ist auch ein Text von Handke, von René Char und von Maurice Blanchot. Nach meiner Vorstellung sollte der Text auf der Bühne gelesen werden, und Leute hören zu. Die große Schwierigkeit dabei ist, den Ort »weiß zu machen«, ihn von aller Gewöhnung an den Text zu reinigen und jeden Abend das absolute Gehör zu fordern. In Frankreich habe ich an Axel als ersten Leser gedacht. Es muß jemand sein, der nur den tiefen Sinn der Worte empfindet und taub ist gegenüber ihrer assoziativen

Bedeutung, ihrem Mitteilungswert. Anders als man meint, wird in *La Maladie de la mort* keine Kritik geübt. Es gibt kein Geheimnis, es gibt einen beständigen Zweifel, ein Maß an Unsicherheit, das erreicht und, einmal erreicht, in der Folge nie mehr abgelegt wird. Dieser Zustand der Unsicherheit betrifft eben das Wort. Das Buch besteht aus versuchten Worten. Es konnte nur ein Versuch unternommen werden, dieses Buch zustande zu bringen. Es ist nicht zustande gebracht worden. Und es wird auch niemals von irgend jemandem zustande gebracht werden. Es befindet sich hier im Zustand seiner größten Unausgewogenheit. Und dennoch erweist es sich als unzerstörbar, das ist merkwürdig.

C.: Ich war überrascht, als ich Handke vor der Vorführung seines Films in Cannes traf. Ich sagte, in dem Text sei von Homosexualität die Rede. Er fiel aus allen Wolken.

M.D.: Wie Blanchot. Es kommt offenbar ganz darauf an.

C.: Es gibt aber doch zumindest eine Passage, die in dieser Hinsicht explizit ist: Wenn es darum geht,»den Körper euresgleichen zu lieben«. Er hat den Text übersetzt, aber er hat das nicht erkannt. Das ist erstaunlich.

M.D.: In *La Maladie de la mort* verschmähen die Frauen die Männer nicht wie in Handkes Film. Das kam im Buch nie vor. Die Frau lächelt und schläft, sie gehört mit dem Meer zusammen, sie ist Teil des Draußen, eines momentan eingeschlossenen Draußen. Er hat sie nicht so behandelt, sondern als eine Frau, die in sich vollständig ist.

C.: Auch wenn er sie in kleinen Stücken in sehr großen Einstellungen filmt. (Lachen)

M.D.: Bei der Analyse des Textes von *La Maladie de la mort* wird häufig das Verlangen mit dem Gefühl, der Liebe, verwechselt. Im Falle des Mannes aber kann man weder von Liebe noch von Verlangen sprechen. Oft wird es so gesehen, als sei es ein Mann mit einer Frau wie auch sonst überall.

C.: Das ist ein eingeschränktes Verständnis des Textes.

M.D.: Ja, das ist ein eingeschränktes Verständnis. Das Maß an Unsicherheit, das ich in *La Maladie de la mort* erreicht habe, ist das folgende: ist Heterosexualität das einzige Kriterium für Leidenschaft und Begehren? Plötzlich zweifle ich daran. Ich kann nichts über diesen Zweifel hinaus sagen, aber ich kann, darüber hinaus, Worte hören, die ich nicht sage, die aber andere sagen. Wenn der Mann sagt, er kenne die Frau nicht, verstehe ich darunter, daß er sagt, damit daß er die Frau penetriere, begreife er noch lange nicht, wie bei der Penetration der Frau das Tun und Treiben und der geistige Vorgang miteinander zur Deckung kommen.

C.: Wenn Handke und Blanchot übersehen haben, daß es sich um einen Homosexuellen handelt, verstehe ich das insofern, als es ein Getrenntsein von der Frau gibt, das jeder Mann empfinden kann, auch wenn er in der Praxis nicht homosexuell ist.

M.D.: Wohingegen es in der Homosexualität keine Trennung gäbe. Das ist man *selbst*. Übrigens wird es ja meistens so gelöst, *jeder sieht im anderen sich selbst*. In dieser Hinsicht hat Handke noch die Sicht eines Romantikers. Im Unterschied zu der Frau. Jetzt, wo die Frauen mit offenen Karten spielen, ist diese Romantik verschwunden, und man hat sehr oft den Eindruck, als seien die Frauen nicht mehr da, als seien die Straßen leer von Frauen. Als seien andere an ihre Stelle getreten, Frauen in einem mehr buchstäblichen Sinn des Wortes, unmittelbarer, trügerischer. Die Frau kommt von weiter her, als sie, die jungen Frauen, es vermuten.

C.: Warum trügerischer?

M.D.: Wegen dieser Unmittelbarkeit des Begehrens. Heutzutage liebt man sich in den Theaterkulissen, auf dem Fußboden, überall. Es ist eine Mode, nichts weiter.

C.: Handke nimmt bei dem Film die Position eines Lesers/Übersetzers ein. Der Titel ist nicht das richtige Wort sondern ein verschobenes Wort. »Das Mal des Todes« heißt das Stigma des Todes, das Zeichen des Todes.

M.D.: Ich dachte, es wäre das gleiche wie *le mal* (Übel, Schmerz, Mühsal) wie in Mühsal des Lebens, Übeltat, Teufel. Passagen wie die mit den Seemöwen, die im Morgengrauen sich aufs neue mit Röhrenwürmern vollfressen und über den Strand herfallen, hat er weggelassen. Was er gemacht hat, ist keine Übersetzung des Buches, sondern er hat es sich zu eigen gemacht. Der Film ist großartig. Die Bilder sind wunderbar. Aber vom Buch her brauchtes sie es nicht unbedingt zu sein, das ist Handkes Entscheidung.

C.: Können wir von »La Douleur« sprechen? Ich erinnere mich, daß du zur Zeit von »Les Yeux verts« jenen Gestapomann erwähnt hast, der mehr oder weniger in dich verliebt war. In den kleinen Vorbemerkungen, vor allem in der mit dem Titel »Monsieur X., hier Pierre Rabier genannt«, sagst du, daß dieser Text nicht in die Weite der Literatur hinausführt.

M.D.: Nein. »La Douleur« führt im Unterschied zu ersterem nicht in die Weite der Literatur hinaus.

C.: Warum? Ist das Geschehen, um das es hier geht, weniger groß, weniger umfassend?

M.D.: Nein, der Grund ist, daß ich in »La Douleur« von mir ausgegangen bin wie von den Ereignissen, dem Krieg, dem Nazismus. Und das hat sich dann ausgeweitet, wie in dem Entwurf zu *Hiroshima*, bis zum letzten Satz der Erzählung in »La Douleur«: »Wir sind alle verantwortlich für den Nazismus, für die Toten.« In den kleinen Vorbemerkungen sage ich jeweils, wie es ausgeht, aber das beeinträchtigt die Lektüre nicht. Man hat mir gesagt, das dürfe man niemals tun, aber ich tue es immer. Auch in *Les Enfants* habe ich es gemacht. Schon weit vor dem Ende habe ich gesagt, was aus Ernesto werden wird. Ebenso in *Hiroshima*. Und in *India Song*, durchgehend, sie ist tot, wenn die Erzählung beginnt. Meine Filme verlaufen verkehrt herum. Plötzlich halte ich an und sage, daß sie an den Ufern des Ganges beerdigt worden ist. Manchmal lüfte ich den Schleier des Schicksals, indem ich die Ereignisse ins vollendete Futur setze. »Sie soll schön gewesen sein«, »sie soll weit hinausgeschwommen sein . . .«. So daß die Gegenwart am Ende, am Tod teil hat und davon geprägt ist.

C.: Steht hinter dem Erscheinen von »La Douleur« eine bestimmte

Taktik? Ich habe an den Satz gedacht, den du bei Pivot (in der Fernsehsendung »Apostrophes«) gesagt hast, wo ich das Gefühl hatte, du steckst alle in einen Sack – Kollaboration und Stalinismus –, während du heute, nach »La Douleur«, die Wunde wieder ganz und gar aufreißt.

M.D.: Ich hatte P.O.L.* einen Text versprochen, weil er Texte veröffentlicht hat, die von anderen Verlegern abgelehnt worden sind. Insbesondere die von Leslie Kaplan, der kleinen Jüdin aus New York, die jetzt zu den größten französischen Dichtern gehört. Sie hat geschrieben »L'Excès, l'usine«, »Le livre des Ciels«, »Le Criminel«. Das ist wunderbar. P.O.L. ist ein sehr aufmerksamer Leser. Es war sehr schwierig, Leslie im Vorübergehen zu bemerken und in der Flut von Büchern zu entdecken, was an diesem besonders und außergewöhnlich war. Aber P.O.L. hat es erkannt.

Barbet Schroeder hat nach dem Erscheinen von »La Douleur« zu mir gesagt: »›La Douleur‹ nach ›L'Amant‹, wenn das nicht kalkuliert war, ist es genial, wenn ja, wäre es zu viel«. Ich habe das nicht beabsichtigt. Ich war im Verzug mit dem Buch für P.O.L., er wollte es noch vor dem Sommer herausbringen, ich dachte an nichts anderes als an diese Verspätung. Die Kritik war von »La Douleur« teils begeistert, teils schockiert. In der *Quinzaine littéraire* hat mir sogar jemand vorgeworfen, daß ich es geschrieben habe. Seine Begründung war, zu Zeiten eines Le Pen sei es nicht angebracht, daran zu erinnern, daß man selber einen Menschen gefoltert habe. Ich war ziemlich verzweifelt. Natürlich bereute ich nichts, ich bedauerte nur, daß man in einer Zeitschrift wie der *Quinzaine* solche Argumente vorbringen konnte, Argumente bloßer Opportunität und literarischer Strategie. Es gibt Leute, die »La Douleur« eine ungeheuerliche Liebesgeschichte genannt und die verstanden haben, daß sie nicht lebbar war. Das kam vor, alles junge Leute, keine Alten.

C.: In den Kritiken wird hervorgehoben, daß es sich um etwas anderes handelt als um Literatur. Ich finde ganz im Gegenteil, es ist höchste Literatur, weil hier im Schreiben etwas erfaßt wird, was nicht durch die Erinnerung heraufbeschworen werden kann, dem Text aber gelingt es, eben durch diese ganze beschissene Geschichte. Ich erinnere mich an eine andere Version, die in *Sorcières* erschienen ist.

M.D.: Dies hier ist die vollständige Fassung, die aus den Kriegsheften. Die andere Fassung, die in *Sorcières*, war sehr kurz, drei Seiten.

* Paul Otchakovsky-Laurens – Chef des gleichnamigen Verlags (A.d.Ü.)

Es ist ein schwieriger Text. Es ist schwer, sich ständig zu wiederholen in dieser Litanei des Schmerzes, der fast immer paroxystisch und unerträglich ist. Im Fall von »L'Amant« habe ich wegen des Satzes über die Hinrichtung von Brasillach sehr schwere Vorwürfe von Juden zu hören bekommen: »Warum haben Sie das gesagt? (Daß er zwar so redete, aber tatsächlich nichts Schlimmes getan hätte.) Das hätte nicht sein müssen.« Ich habe sie gefragt: »Was mußte denn sein? Mußte man ihn töten?« Sie sagen nicht ja. Sie sagen nicht nein. Das ist schon ein Fortschritt. Mußte man ihn töten? Sie antworten nicht, sie sagen: »Es wäre nicht nötig gewesen zu sagen, daß man ihn nicht hätte töten dürfen.«

C.: Hast du die Affäre um den Film über die Gruppe Manouchian – *Des Terroristes à la retraite* – verfolgt? Ein Ehrengericht, von der Kommunistischen Partei einberufen, um zu sagen, wie es gewesen ist. Merkwürdig, ich glaube, die jungen Leute können nicht begreifen, daß man, um die Wahrheit zu beschwören, diesen ganzen Apparat von heroischen Gestalten in Bewegung setzen muß. Im Unterschied dazu wird man mit diesem Buch mitten hineingestürzt. Die Szene im Restaurant mit Rabier und dem anderen Paar, das ist Kino. Man ist im Bilde. Weit weg von der Geschichte, von der offiziellen Lüge.

M.D.: Was ich gestrichen habe, bezog sich auf die Katholiken. Ausgehend von dem schrecklichen Haß, wie er nur uns, den Frauen eigen war, sprach ich den Katholiken eine vergleichbare Leidensfähigkeit ab. Den Priester, der das deutsche Waisenkind zurückbringt, habe ich beibehalten. Wir waren gegen ihn. Was war das, diese von unserem kriminellen Unterbewußtsein freigesetzte Grobheit? Wir scheuten nicht vor dem Verbrechen zurück, wir wollten die Deutschen töten, wir wollten sie ausrotten. Auch das mußte berücksichtigt werden. Es war ein Teil von uns, ein Teil des Schmerzes. Dieser Haß mußte respektiert werden. Ich sehe alles wieder sehr deutlich vor mir. Die Lastwagen voller Frauen, die auf die Nacht warten. Die Scheinwerfer. Ich höre noch meine Schritte in der Rue des Saints-Pères, als ich davongehe.

C.: Das Buch ist gleichzeitig ein außergewöhnliches Verzeichnis von Körpern, Körpertypen, wie sie zu der Zeit aufgetaucht sind, von den Körpern in »La Douleur« bis zum Körper des jungen Milizsoldaten, des Judenauslieferers.

M.D.: Ich habe fast gar nicht korrigiert. Das ist neorealistisch wie die Literatur jener Zeit. Aber »La Douleur« nicht. Dort ist die Realität so schrecklich, daß sie unrealistisch wird. Durch das eintönige Sichwiederholen der Tage, die Gleichförmigkeit des Schmerzes und die Armut der Sprache, die ihn beschreibt, wird ganz von selbst eine Tiefe erreicht.

C.: Wie kann man einen Milizsoldaten begehren und gleichzeitig Kommunistin sein?

M.D.: Man kann alles. Das Begehren kann alles. Es war ein Begehren wie jedes andere, vorübergehend, von der Straße, das aber in die Ferne schweifte, dorthin, wo es verboten war. Ich erinnere mich einzig und allein deshalb daran, weil es einen schriftlichen Niederschlag gefunden hat – und zwar weil es ein frevelhaftes Objekt der Begierde war. Sonst wäre es vergessen worden.

C.: Kannst du dir vorstellen, was es vom Leser erfordert, von »L'Amant« zu »La Douleur« überzugehen?

M.D.: »La Douleur« hieß zunächst »La Guerre«. Das war allgemeiner.

C.: Es gibt viele Leute, die dich mit »L'Amant« entdeckt haben.

M.D.: Es gibt viele Leute, die mich mit »La Douleur« entdecken. Da habe ich sicher zu diesem Land gehört, angesichts des Krieges in ganz Europa, vorher nicht, außer durch die Lektüre. Ja, das glaube ich.

C.: Ich habe »Le Masque et la Plume«* gehört. Die professionellen Literaten und Kritiker glauben nicht an das »Ich habe es früher einmal geschrieben und in einem Schrank wiedergefunden«. Sie denken, du hast gemogelt.

M.D.: Bei dem Schmerz habe ich nicht gemogelt. Wie sollte ich? Gemogelt habe ich bei den Katholiken. Ich rede von »La Douleur«, von »Albert des Capitales« und »Ter le Milicien«. »Rabier« ist jetzt geschrieben worden, aber auch auf der Grundlage zahlreicher Notizen. Ich kann die Hefte zeigen. Ich weiß nicht mehr, wo ich sie geschrieben habe. Ich muß die Zeitungen aufgehoben haben, um die Artikel so zu zitieren, wie ich es tue. Das steht fest. Aber wo ist es gewesen? In dem Deportiertenheim? Und wann? Als ich sicher war, daß Robert L. überleben würde, das ist klar. Vielleicht nach dem Urlaub von 46? In denselben Heften finde ich die ersten Entwürfe von »Barrage«, »Marin de Gibraltar«, »Madame Dodin« und endlose Berichte über Urlaube an demselben Ort, der zum Ausgangspunkt für »Savannah Bay« geworden ist.

---

* Regelmäßige Sendung des französischen Rundfunks (A.d.Ü.)

C.: Zu Anfang ist es eher in Tagebuchform geschrieben, nicht aber am Ende, wo es sich um eine weit zurückliegende Vergangenheit handelt, während man vorher die unmittelbare Anknüpfung an das Geschehen spürt.

M.D.: Zu Anfang kenne ich jemanden, der deportiert worden ist. Er ist in Deutschland gewesen, und man hatte noch keine Vorstellung davon, was in den Lagern geschah. Und als er zurückkommt, dieser Mann, erkenne ich ihn nicht wieder. Ich erkenne ihn ein Lächeln lang, dann verliere ich ihn erneut.

Ich weiß nicht, durch welches Wunder ich bis zum Ende des Buches gelangt bin, zu diesem Ende. Genie ist immer etwas, das von außen kommt, man glaubt, es sei etwas in einem selbst, aber oft kommt es von der anderen Seite. Plötzlich im Abendlicht am Strand spricht jemand, eine Frau, mit sanfter Stimme von Robert L. Sie sagt, sie fürchte, er werde seine Beine nie wieder gebrauchen können. Sie spricht von ihm wie von einem lebendigen Menschen oder auch wie von einem Kind. Durch diese beiden Sätze, die sich auf seinen geschwächten Körper und seinen etwas zögernden Gang beziehen, durch diese beiden im Abendlicht gehörten Sätze wird Robert L. für mich wieder lebendig und erneut ins Leben hineingezogen. Er weiß nicht, was sich während eines Augenblicks im Licht des Abends am Strand ereignet. Auch da ist der Krieg zu Ende. Wir werden nicht zusammenleben, er und ich. Weil diese Liebe bereits ausgelebt worden ist, weit über unsere Kräfte.

Les Enfants. Wir können über *Les Enfants* sprechen. Es sei denn, wir reden nur über Bücher. Es wäre gut, einmal nicht über Filme zu reden. Ich wäre sehr froh. *Les Enfants* – ich will euch etwas sagen. Meiner Ansicht nach ist das Kino völlig heruntergekommen. Ich habe meiner Freunde und meinetwegen so sehr gelitten, daß der Film dadurch ein bißchen verdorben ist.

C.: Meinst du, daß – um mit Ernesto zu sprechen – der Film mit allem Drum und Dran die Mühe nicht wert war?

M.D.: Doch, es war der Mühe wert. Es wird wiederkommen. Ich spreche jetzt schon lieber darüber, aber bis jetzt war es entsetzlich wegen der Produktionsbedingungen. Aber ich habe ja in *Libération* schon einiges darüber erzählt.

C.: Hat denn dieses Kind die Ereignisse, von denen wir vorher sprachen, nicht kennengelernt?

M.D.: Nein. Die anderen neben ihm sind ganz klein, normal groß. Seine Schwester ist ebenfalls sieben Jahre alt. Warum sieben Jahre? Das ist eine Erleichterung, die sich die Eltern verschaffen, um sich nicht das Alter ihrer Kinder merken zu müssen: Sie sind alle sieben Jahre alt.

C.: Am Ende, bei der Szene mit den Kartoffeln, denkt man an Brot und Wein beim Abendmahl.

M.D.: Ich hatte nicht daran gedacht.

C.: Und dann gibt es die Schlußeinstellung mit dem Schwenk über den Garten, die leeren Sessel und eine Schranke hin. Man hat fast den Eindruck, die Abwesenheit Gottes zu sehen.

M.D.: Ich hatte den Schauspielern zwar ein wenig erklärt, woran Ernesto leidet, aber ohne genaue Angaben. Ich fand, wenn sie am Ende von Gott und der Wissenschaft reden, tun sie es mit ungeheurem Taktgefühl. Ohne sich auch nur im geringsten lustig zu machen, während wir zwei Minuten vorher so wahnsinnig gelacht haben, daß wir abbrechen mußten. Da nicht, da sitzen sie alle ganz ernst beisammen. Aber Ernesto wird nicht an Gott sterben. Allerdings konnte ich das nicht am Ende sagen. Was weiter aus ihm wird, das erzähle ich in der Einstellung im Schulgarten, wo ich über seinem Gesicht spreche. Nach der Essensszene am Schluß kann ich nichts mehr über ihn sagen. Sonst wäre das Gleichgewicht gestört worden.

C.: Die Komik des Films ist sehr filmisch, sehr visuell. Wenn du in einem Buch sagst, Ernesto sei sieben Jahre alt und sehe aus wie vierzig, dann ist das etwas ganz anderes, als wenn André Dussolier den Darsteller von Ernesto vor sich hat und zu ihm sagt: »Also, sagen Sie mal . . .« Wie sah beim Drehen die Arbeit mit den Schauspielern aus?
M.D.: Wenn Ernesto allein mit seiner Mutter sprach, hörten sie zu. Sie waren alle da. Der Film ist in chronologischer Reihenfolge gedreht worden. Anders ging es nicht. Über das, was gedreht wurde, waren sich alle einig, es war toll. Die Idee ist vielleicht auch toll, aber er ist es erst recht. Er ist russisch-polnischer Herkunft. Und er hat tatsächlich Ähnlichkeit mit Stan Laurel. In *Les Enfants* wird hinsichtlich meiner vorangegangenen Filme mit einer falschen Vorstellung aufgeräumt. Es geht darum, daß wir zu dritt gearbeitet haben. Ich schlug etwas vor, und sie sagten mir, was sie davon hielten. Manchmal schlugen sie etwas anderes vor. Gelegentlich lehnten wir alle gemeinsam den Verlauf des Films ab oder auch den Text selbst. Manchmal war es umgekehrt, sie schlugen etwas vor, ich lehnte ab. Sie hatten immer Angst, denn sie kannten mich ja, daß ich bei der ersten der sechs Drehbuchversionen, die wir für das INA* erstellt hatten, die Komik des Films fallenlassen würde. Mein Sohn fand, daß Gélins Rolle zu geschwätzig sei, zu viel dummes Gerede. Und er hat recht gehabt. Er hat mich auch dazu bewegt, die Zwölf-Minuten-Einstellung mit der Kirche herauszunehmen. Es gibt einerseits das Haus, andererseits die Schule, und dazwischen, als zeitlosen Ort, den Hof. Die Kirche wurde durch Ernestos Gesicht ersetzt. Über diesem Gesicht erzähle ich, wie sein Leben gewesen ist.
C.: *Les Enfants* ist leichter zugänglich als die anderen Filme, aber er ist deshalb nicht weniger dicht und geheimnisvoll. Einfach ist er nur an der Oberfläche. Wie Ernesto, der eine entwaffnende und zugleich sehr komplexe Figur ist.
M.D.: Es gibt einiges, was schockiert, was sich hinterrücks eingeschlichen hat. Nachträglich merkt man dann, daß man das nicht gewollt hat. Wie die Bösartigkeit meines Bruders in »L'Amant«. Wie Gott hier in *Les Enfants*. Meine beiden Koautoren waren damit einverstanden. Von Religion habe ich nicht gesprochen. Ich spreche jetzt davon. Ich glaube nicht an Gott. Ich bin wie mit achtzehn Jahren frei von jedem Glauben.

* Institut national de la Communication audiovisuelle

C.: Gibt es ein Loch? Das ist das Sujet des Films.

M.D.: Zwischen dem Tod und dem ewigen Leben muß die Ausweitung des Lebensbereiches unerträglich sein. Die Gläubigen sprechen nie darüber. Von jemandem, der glaubt, erfährt man nichts, niemals. Ich kenne Ernesto nicht. Ich höre ihm zu, das ist alles. Ich weiß nicht, ob Ernesto an Gott glaubt. Ich glaube, er lebt in der Qual, es entscheiden zu müssen, ohne daß er sich dazu entschließt. Das ist wohl seine Situation.

C.: Ernesto unterscheidet sich sehr von den Leuten, die heutzutage Bildung und Wissenschaft ablehnen.

M.D.: Er hat keine gängigen Vorstellungen. Er hat keine Rezepte, keine Prinzipien, keine Moral.

C.: Der Ausspruch von Ernesto, der ihn in ganz Frankreich berühmt gemacht hat, ist: »Ich will nicht in die Schule gehen, weil man mich dort Dinge lehrt, die ich nicht kenne.« Würdest du sagen, daß er ein Heiliger ist?

M.D.: Nein, ich würde sagen, er ist widersprüchlich. Die Menschheit hat ihn verloren, und das ist der größte Verlust, der ihr widerfahren ist. Er lebt in seinem Wissen wie in seiner Unwissenheit. Er spricht ständig von Gott. Wie ich, die ich nicht an Gott glaube. Das Wort ist für uns beide da, aber Ernesto benutzt es in vollem Maße. Ein Heiliger? Nein. Er lügt nicht, er verheimlicht nicht. Nichts. Er ist ein Kind: Wenn er die Nachricht vom Ende der Welt erhielte, würde er sie verbreiten wie die Nachricht von einem festlichen Ereignis. Ich habe das Gefühl, er ist dem Tod sehr nah.

C.: Der Blick des Schauspielers ist seltsam. Er trifft die Leute nicht, er geht durch sie hindurch. Hast du ihn gebeten, so zu gucken?

M.D.: Er ist so. Er muß es wissen. Die Mutter hat alles in sich. Sie kann nicht benennen, was ihr gefehlt hat. Ernesto ja.

C.: Und die anderen Kinder, von denen der Text spricht, die sieht man nie?

M.D.: Nein, das war nicht nötig. Man glaubt es auch so: Er ist immer auf der Suche nach ihnen, Ernesto, nach seinen Brothers und Sisters, im Supermarkt oder anderswo. Er ist bereits ein Seelenhirt. Er ist verantwortlich. Die Mutter ist die Königin-Mutter, sie hat ihre Kinder verlassen, und die verstehen das und respektieren und lieben sie, gerade weil sie fähig war, das zu tun.

Ich bin noch nicht fertig mit der Literatur. Ich bin jemand, die *vor allem* schreibt. Meine Beschäftigung mit Filmen? Seit fünf, sechs Jahren gehe ich nicht mehr ins Kino. Ich sehe mir Filme im Fernsehen an. In Cannes sehe ich eine Auswahl der Filme des kommenden Jahres. Ich glaube, das Kino existiert nicht mehr. Mit Ausnahme dessen, was ich das Supermarktkino nenne, das Kino der Angst, das Kino mit dem schlechten Geruch. Was meiner Ansicht nach faul ist am Kino, an dem, was sich noch so nennt – vielleicht steckt ihr zu tief drin, um das zu sehen – ist die Tatsache, daß man von einem Film zum nächsten übergehen, aus einem herauskommen und in den nächsten hineingehen kann, ohne es überhaupt noch zu merken. Die Leute umarmen sich auf die gleiche Weise, die Körper sind auf die gleiche Weise nackt, die Geschichten sind die gleichen. Ich sehe keinerlei Unterschied zwischen den Leuten, die Filme machen, zwischen den Schauspielern, die darin spielen, und zwischen den Geschichten, die erzählt werden. Es ist wie eine Zellteilung – aus einem Film entsteht ein anderer, aus einem Gesicht ein anderes, aus einer Mode, einem Thema usw. Ich habe schon zu Serge Daney gesagt, es gibt kein echtes Gefühl, keine echte Angst mehr, nur noch Fernsehfilme. Der Film von Lanzmann, wie heißt er? Den will ich sehen.

C.: Shoa. Wenn du von Kino redest, findet nur Godard Gnade vor dir?

M.D.: Nein, aber wenn man sich allein fühlt und an einen anderen Filmemacher denkt, dann an Godard. Sich heutzutage einen Film anzusehen, ist gleichbedeutend mit dem Entschluß, sich mit Hilfe eines Films die Zeit zu vertreiben. Aber der Film bestimmt nicht mehr einen Abend lang euer Schicksal. Also ist es kein Kino mehr. Eines Tages wird es vielleicht aufgegeben werden, wie das Auto, die Schiffe, das Reisen. Und zwar vielleicht, nachdem irgendwann ein Mensch, während er sich in einer großen, schrecklichen moralischen Verwirrung befindet, zufällig ein Buch zur Hand nimmt, es liest und darüber alles vergißt.

C.: Trotzdem gibt es Filmemacher, die dir gelegentlich auch gute Nachrichten bringen. Die Krankheit, die du beschreibst, ist die der Industrie, die nicht immer so gewesen ist. In den vorgegebenen Formen sind in Hollywood und Japan große Filme produziert worden.

M.D.: Ich habe bisweilen und seit einigen Jahren sogar meistens den Eindruck, daß es nicht mehr Schriftsteller sind, die schreiben, und nicht mehr Filmemacher, die Filme machen. Sondern daß es andere Leute sind. Menschen, die nicht ganz vollständig sind. Die nur annäherungsweise Menschen sind, die im Bereich der Technik bleiben, die man nicht kennt, Leute vom Fernsehen vielleicht, aber aus der tiefen Provinz, nicht von der Küste. Bresson sollte einen Film pro Jahr machen, ich sollte einen Film pro Jahr machen. Aber für uns gibt es kein Geld. In unserer Gruppe machen nur Godard, Resnais und Rohmer jährlich einen Film und erfolgreich noch dazu. *L'Argent* ist von 50.000 Zuschauern gesehen worden . . .

C.: . . . und von 700.000 Zuschauern nicht, die ihn sich um nichts in der Welt angesehen hätten.

M.D.: Bresson ist gigantisch. Er ist der Begründer der gesamten Filmkunst. Man hat den Eindruck, noch nie im Kino gewesen zu sein, wenn man einen Film von Bresson sieht. Wenn ich mir *Son nom de Venise dans Calcutta désert* ansehe, bin ich ebenfalls nie zuvor im Kino gewesen. Nie. Dieses Gefühl, als sei es *das erste Mal*, die erste Liebe, hat man heute nicht mehr, damit ist es vorbei. Wenn die Jugend Bresson ablehnt, heißt das, daß sie ihr eigens Jungsein, ihre Leidenschaft eingebüßt hat.

C.: Und das Fernsehen, das Bilder zeigt und sie banalisiert, welche Rolle spielt es deiner Meinung nach?

M.D.: Es ist unersetzbar. Es ist Information in unmittelbarer Form, Aufhebung der Distanz. Aber es hat den gleichen Mangel wie der heutige Film: Was es sagt, geht an dem vorbei, was gesagt werden muß – es zeigt schlecht. Es ist ebenfalls ein Zeitvertreib. Es gibt die Serie *Chateauvallon*, die anfangs nicht übel war, aber zur Zeit verschlechtert sie sich. Seit vier bis sechs Wochen bahnen sich große Dinge an, aber man weiß nicht, welche. Und verstehst du, daß Traurige daran ist, sie wissen es selbst nicht. (Lachen) Sie häufen Primärereignisse an, aber die Folgen dieser Ereignisse zu finden, gelingt ihnen nicht. So ist es oft, das Fernsehen, auch das Kino, wie schlecht genähte Kleidungsstücke, denen man die mangelhafte Ausführung ansieht, die Fehler in der Orthographie des Films. Die Filmemacher generell, aber vor allem die neuen, lesen nicht, sie lesen Drehbücher. Und selbst wenn sie ein Buch lesen, wird es armselig, denn sie lesen es wie ein Drehbuch. Ich kenne einen einzigen Filmemacher, der Nietzsche liest. Er liest, um zu lesen. Er weiß sehr wohl, daß man beim Lesen lernt, mit dem Kopf zu arbeiten, aber es muß unwissentlich geschehen. Und daß die schlimmste Lektüre die ist, die von ihrem eigenen Weg abgebracht wird.

C.: Ermißt du, was du mit deiner Einschätzung des Kinos sagst, nämlich daß es nicht mehr das ist, was es einmal war, eine Volkskultur?

M.D.: Ja, aber weniger als das Lesen. Ich werde euch sagen, welches die Leute sind, die ich hätte lieben sollen, aber nicht geliebt habe. Nichts zu machen. Da ist René Clair, diese nette, charmante Seite an ihm ertrage ich nicht. Auch Guitry habe ich nicht gemocht. Ich weiß, inzwischen ist das Mode geworden. Bergman mag ich nicht. Ich mag Dreyer, aber ich habe *Gertrud* wiedergesehen und war furchtbar enttäuscht. Cocteau mag ich nicht besonders, nein. Renoir, ja, ihn liebe ich sehr. Ihn mag ich zweifellos am liebsten von allen, die tot sind. *Le Fleuve* ist großartig. Das Kind mit den Schlangen, die Bilder vom Ganges. Ich mag Ozu, Satyajit Ray, Fritz Lang, John Ford, Chaplin und Tati. Es gibt einen Filmemacher, den ich gerade erst entdeckt habe, das ist Rouch. *Cocorico, monsieur Poulet* – das finde ich toll. (Lachen) Was für ein Glück, so lachen zu können! Das ist die andere Sprache. Es gibt die Sprache von Rouch und die von *Les Enfants*. Sie sind gleichzusetzen. Nicht bei Godard, nicht bei Bresson, aber bei Rouch und Duras gibt es eine neue Sprache, dieser Kauderwelsch. Was für eine Erholung, wie erfrischend!

C.: Sag uns, wie wird man deiner Meinung nach ohne das Kino, ohne die großen Filme auskommen?

M.D.: Man fängt ja schon an. Ich nehme meinen Fall als Beispiel. Ich sehe viel fern, aber Canal Plus* habe ich nicht. Er fehlt mir auch nicht besonders. Manchmal, wenn ich die Titel der laufenden Filme lese, ist es mir lieber, sie nicht zu kennen. Viele meiner Freunde sehen nur bestimmte Dinge im Fernsehen. Ich sehe täglich fern. Ich kann sehr gut fernsehen. Das lernt man. Wenn eine Sendung verfälscht ist, erkennt man es. Ich sehe nicht nur fern, um Filme zu sehen, sondern um laufenden Kontakt zu meiner Zeit zu haben, um da zu sein. Fernsehen zu haben, heißt, da zu sein, mit euch zusammen. Mit euch in Beirut zu sein. Denn wenn ich als einzige fernsähe, würde ich es nicht tun. Ich sehe mir die allgemeine Information an, nehme daran teil. Beim Sport ist das wunderbar. Beim Turnen. Beim Tennis. Da treffen wir uns, Daney und ich.

C.: Hast du das Finale Navratilova – Evert-Lloyd gesehen?

M.D.: Das war großartig. Welch eine Lehre für die Männer! Von Noah einmal abgesehen, kam da plötzlich Anmut in den Sport. *Les Enfants?* Erfolg oder Mißerfolg sind für ein Werk nicht entscheidend. Ein Werk hat über den Mißerfolg hinaus Bestand, wenn es bewahrt zu werden verdient. Es gibt kein Vergessen, keine Verdamm-

---

* Privates Abonnentenfernsehen (A.d.Ü.)

nis für ein Werk. Ein unechter Maler kann existieren, eine Galerie kann beschließen, diesen Maler auf dem internationalen Markt zu »lancieren«. Das ist nur eine Frage des Preises, der Geldinvestition – das wird gemacht. Aber wenn der Maler, den die Galerie lanciert, kein großer Maler ist, wird er keine zwanzig Jahre überdauern. Diese Zahlen sind bekannt. Letztlich stellt sich immer die Wahrheit heraus.

Les Enfants? Ich muß mich selber daran erinnern, daß es diesen Film gibt. Weil er durch die Produktionsbedingungen vergiftet worden ist. Wenn du zehn Monate lang darum kämpfst, daß die Namen deiner Koautoren in den Vorspann des Films aufgenommen werden, die Produzenten sie aber, in scheinbarer Unterwerfung unter die richterliche Entscheidung, hinter den Nachspann, hinter den Schwarzfilm des Nachspanns setzen, nachdem der Vorhang schon fast geschlossen ist, und das nur, um eine Ohrfeige auszuteilen, um zu verletzen, dann siehst du, wie es um das Kino bestellt ist. Da wird im Müll gewühlt. Ich stehe da, als käme ich aus der Mülltonne. Ich muß die merkwürdige, geradezu mörderische Verbissenheit vergessen und auch die Angst, denn manchmal bekam ich es mit der Angst zu tun. Ich muß den Film in seiner Reinheit wiederfinden.

(Das Gespräch führten Pascal Bonitzer, Charles Tesson und Serge Toubiana im Juli 1985.)

Das Schreiben ist stärker
als alle Gewalt

Marguerite Duras im Gespräch mit Karsten Witte

KW: Montaigne sagte: »Jeder Himmel ist mir gleich«. Er reiste wenig, er beschrieb den Himmel. Auch in Ihrem Werk stellt sich eine Lebenswelt als Einheit dar. Sie sprechen über alles und Sie schreiben »über« wenig. Unser Gespräch ergibt, vielleicht, ein schönes Durcheinander. Fangen wir an? In Ihrem Büchlein »La pute de la côte normande« teilen Sie mit, daß Luc Bondy Sie zu einer Inszenierung Ihres Stücks »Die Krankheit Tod« an der Berliner Schaubühne aufgefordert habe. Nach drei Anläufen geben Sie auf. Aus welchem Motiv, dem gegenwärtigen politischen Klima, der deutschen Geschichte?

MD: Das spielte mit, das auch. Aber ich habe es nicht gesagt, weil ich finde, daß man nie wieder darüber sprechen soll. Das ist vorbei.

KW: Kennen Sie Berlin?

MD: Ja, ich kannte Berlin. Einmal wollte ich für zwei Wochen bleiben und bin nach drei Tagen nach Frankreich zurückgefahren. Die Leute waren freundlich. Das war es nicht. Wissen Sie, nach all dem Nazi-Horror konnte ich den Klang des Deutschen nicht ertragen.

KW: Man hätte ein anderes Stück als »Die Krankheit Tod« wählen können.

MD: Die Reise, von der ich sprach, liegt rund zwanzig Jahre zurück. Doch was das Angebot der Schaubühne angeht, muß ich sagen, die Vorstellung, drei Monate ununterbrochen in Deutschland zu leben und nach Frankreich zurückzukommen, um mich zu amüsieren, Luft zu schnappen, das wäre mir frivol und schwierig erschienen. Eines Tages werde ich sicher fahren. Ich bin jetzt bekannt, wie man mir sagt.

KW: Unter Ihren ins Deutsche übersetzten Büchern, und das ist seit »Heiße Küste« (Un barrage contre le Pacifique) 1952 fast die Hälfte Ihrer Werke, scheint mir »Der Schmerz« eines der wichtigsten, beunruhigendsten zu sein. Sie haben, wie Claude Lanzmann mit seinem Film »Shoah«, gezögert, diese Albtraumerfahrung nach dem Holocaust zu veröffentlichen.

MD: Weiß das deutsche Publikum von »Shoah«, daß es sein Land ist? Gibt es noch Wirklichkeit in der Tatsache, wenn man die Schrecken vierzig Jahre danach zeigt und sagt, Dein Land hat sie begangen? Ich frage mich, ob man sich dessen inne wird. Das waren die Alten, wird man sagen, wir nicht.

KW: Sie zögerten, »Der Schmerz« zu publizieren?

MD: Nein. Ich sagte mir, das ist zu stark, das ist zuviel, was nun merkwürdig ist, da ich doch zu den Modernen zähle. Weil es so persönlich ist, gilt das Buch als zu stark für den Leser. Ich dachte, ich könnte es nicht aus der Hand geben, ans Licht bringen. Ja, das ist das passende Wort. Es wäre zu hart für den Leser. Es ging dennoch gut in Frankreich, weniger gut als »Der Liebhaber«. Aber das Buch war ein fabelhaftes, einzigartiges Phänomen. Die Auflage betrug mehr als hunderttausend: eine Million. Über das Buch »Der Schmerz« hat die literarische Kritik dann nichts verlauten lassen.

KW: Gab es keine politischen Kommentare aus der Sicht der Résistance?

MD: Man sagt immer, das sei etwas großes, ein großer Text. Da gab es nichts zu qualifizieren, da gab es nur zu sehen. Ein Tagebuch des Schmerzes, wenn Sie so wollen. Das entging der Kritik. Es war eine Art Übertretung.

KW: Die Verbindung von Politik und Poetik liegt für mich in einem Nebenwerk, den Reportagen, die Sie für die Zeitung »Libération« schrieben: »Sommer 1980«. In diesem Buch steckt eine große Apokalypse und eine kleine Hoffnung, unzertrennlich. Ausschnitte aus diesem Text lesen Sie auf der Tonbandcassette »La jeune fille et l'enfant« (erschienen bei der Edition »des femmes«). Die Intertextualität hat sich jedoch aufgelöst. Die politischen Reflexionen fallen unter den Tisch. Es bleibt die poetische Erzählung.

MD: Bedauern Sie das? Ich hatte nicht vor, jemandem etwas zu nehmen. Ich wollte jemandem etwas geben: den Kindern. Was ich besonders in »Sommer 1980« liebe, ist die Kindergeschichte mit dem Haifisch. Die Kindergeschichte steckt in dem Kind, darin liegt die Poesie. Das wollte ich ihnen zeigen: das Meer, die Sonne, den Krieg, die Ferne, verwoben in die Geschichte des Hais und des kleinen Jungen. Ich habe Kinder sehr gern.

KW: Die Kinder-Version bedeutet für Sie keine Reduktion des Politischen?

MD: Nein, der Text liegt ja auch in seiner Gesamtheit vor. Darin steckt das Visionäre des Wirklichen. Um es direkt zu sagen, das Meer ist schrecklich. Das Meer ist seine eigene Transfiguration.

KW: Heißt das, das Meer dient als Metapher für den Krieg zwischen Licht und Schatten?

MD: Das Meer als Kraft in jedwedem Sinn: die lebendige, brutale, sanfte, schöne und tödliche Kraft, alles steckt darin.

KW: Sie schmuggeln Bemerkungen über das Fernsehen ein: über unsere Regierenden, die Hungeropfer in Uganda, die Streiks auf der Leninwerft in Polen. Haben Sie das, nach der in Prag verlorenen Utopie als Erneuerung einer politischen Hoffnung gesehen?

MD: Die Ereignisse in Gdansk habe ich wie ein Morgenrot gesehen, auf die ich mit Liebe, mit uneingeschränkter Liebe meinerseits antworte. Ich bin vor fünfzehn Jahren nach Polen gefahren, um Autorenrechte abzugelten. Das war gut, ich kaufte den Kaviar und aß ihn mit den Polen, die keinen hatten. Ich hatte einen Freund da, der auch Sartres Übersetzer war. Wie heißt er doch gleich? Unterschwellig handelt »Sommer 1980« von Jalta, wo man nach meiner Meinung – nach den Naziverbrechen – das größte Verbrechen gegen die Menschheit beging und ganze Länder annullierte. Heute gibt es in Europa eine Bewegung der Jugend, die sich Rußland gegenüber eine Art Jungfräulichkeit erschleichen will.

KW: Hat Ihnen die Pariser Schülerrevolte vom Dezember 1986 einen gewissen Enthusiasmus eingegeben?

MD: Aber ja! Aber ich habe nichts getan, keinen Artikel geschrieben. Im Gegensatz zu den Texten, die ich 1968 schrieb.

KW: Und die zum ersten Mal in den »Grünen Augen« veröffentlicht worden sind. Hoffentlich müssen die Leser nicht wieder so lange warten.

MD: Ich habe immer Texte, die auf sich warten lassen. Jetzt habe ich ein sehr interessantes Buch abgeschlossen, dafür halte ich es jedenfalls, das heißt »La vie matérielle«, einfach deshalb, weil es darin nicht um Literatur geht. Sondern um das Haus, die Frau, die Justiz, das Verbrechen, die Küche, die Homosexualität, das Theater.

KW: Ist das noch ein »Lastwagen« mit 32 Tonnen Phantasie?

MD: Nein, der »Lastwagen« reichte nicht aus. Spreche ich in »La vie matérielle« über das Haus, nenne ich es »la casa«. In gewissem Sinne ist dies neue Buch erschöpfend. Aber so zu sprechen, ist ein bißchen abstrakt. Sie müssen streichen, wenn ich etwas sage, das Ihnen nicht paßt.

KW: Yann Andréa sagt in seinem Buch über Sie, »M.D.«, daß alle Worte sichtbar werden. Sie selber sagen es, als Zitat in seinem Buch.

Mir gefällt das, wenn man annimmt, daß Ihr ganzes Werk unter dem Einfluß, in der Wahrnehmung eines kinematographischen Schreibens liegt. Woher kommt diese Obsession mit den Zügen, den Gesten, den Objekten der sichtbaren Welt?

MD: Es gibt eine doppelte Bewegung in dem, was ich vermutlich mache, in dem, was ich vielleicht bin. Es gibt eine Bewegung, das Wort wieder aufzuforsten. Das Wort muß mit der Sache zusammenwachsen, das Wort Gottes muß das Wort Gott decken. Das Wort existiert, was man von Gott nicht weiß, aber die Existenz des Wortes ist umfassender, länger als das Objekt. Die Wörter verlieren sich nicht, die Objekte schon, sehen Sie. Diese doppelte Bewegung macht das Kino aus, ohne es zu wollen. So ist es nur normal, daß das Kino die Wörter aufforstet. Sprechen Sie das Wort »Verbrechen« aus, hat es nicht mehr den gleichen Sinn wie zuvor.

KW: Der französische Autor und Übersetzer Arthur Goldschmidt berichtete kürzlich in einer Kolumne in der »Frankfurter Rundschau« von Dialogen, die Sie mit Staatspräsident François Mitterand führen. Mit ihm waren Sie in der gleichen Widerstandsgruppe, in der Mitterand den Decknamen Morland trug.

MD: Es gibt schon viele Dialoge. Mitterand will noch zwei, also werden wir noch zwei Gespräche führen. Dann gehen die zum Verleger Gallimard. Es gibt schon Leute, die das auf dem Theater spielen wollen. Ich würde es schon einmal szenisch lesen, aber nicht jeden Abend, zumal Mitterand nicht mitmachen kann. Die erste Unterhaltung betraf unsere Geschichte des Widerstands.

KW: Die Befreiung des Konzentrationslagers Dachau.

MD: Ja, das.

KW: »Die Wörter sichtbar machen.« Sie werden sichtbar durch Farben. Ihr letzter Roman trägt den Titel »Blaue Augen, schwarzes Haar«. Diese Farbkombination einer erotischen Faszination taucht schon im frühen Roman »Ein ruhiges Leben« aus den vierziger Jahren auf, dann auch in Filmen wie »Aurélia Steiner«. Die Kombination steht für eine verlorene Liebe.

MD: Sie ist emblematisch.

KW: Ich habe ein Zitat, das die Faszination nicht erschöpft, doch vielleicht bezeichnet. Die Frau, die sich im Roman »Blaue Augen, Schwarzes Haar« nach einem Mann verzehrt, der für sie nicht zu haben ist, sagt: »Diese Liebe zu erleben ist ebenso furchtbar wie die unermeßliche indische Weite.« Ist diese Metapher der unermeßlichen Weite für einen westlichen Leser zu ermessen, diese Anspielung auf eine tropische Welt, wie Sie sie während Ihrer Jugend in Indochina erlebten?

MD: Der Zuschauer muß wissen, daß ich eine Erfahrung der unermeßlichen indischen Weite habe. Und, daß ich diese sichtbar machte durch die Erfindung zweier Figuren: der Bettlerin und des Vize-Konsuls. Nicht zu vergessen Anne-Marie Stretter. Das ist eine vollkommen künstliche, verschobene Geschichte, die sich nicht in Indien, sondern in Indochina zutrug. Der indische Wald zieht alle diese Elemente in den Abgrund. Ich zögere überhaupt nicht mehr, solche Bilder zu zeigen. Es stört mich nicht, wenn die Leute sie nicht verstehen. Hier spielen die Wörter eine Rolle. »Immensité indienne«, das wirft man nicht in den Papierkorb.

KW: Sie sagten eben nicht »Leser«, als wir über den Roman sprachen, Sie sagten Zuschauer, ist das nicht bezeichnend? Sie sehen einen Raum, in dem Sie etwas sichtbar machen.

MD: Ich finde es ganz unglaublich, daß man in bezug auf Bücher nicht auch von Zuschauern spricht. Nicht, um es gesetzmäßig zu sagen, im Rahmen der Orthodoxie, aber man sollte sagen, das Buch, der Roman, das Gedicht hat einen Zuschauer. Mit dem Wort »Leser« stößt man an ein Buch, weiter nichts. Mit dem Wort »Zuschauer« durchquert man es wie eine Leinwand. Dieser Ausdruck übersetzt die Aneignung besser. Eine Osmose. Der Zuschauer ist ein Bewohner. Im anderen Begriff des Schauspiels: Leser nimmt man weniger wahr, weil man zu nah dran ist.

KW: Diese zerstreute Wahrnehmung steigert sich noch bis zur Nicht-Wahrnehmung. An einer anderen Stelle Ihres neuen Romans heißt es: »Und beide schlagen die Augen nieder. Sie blicken einander nicht an, vielleicht zu Boden, auf das Weiß der Laken. Sie haben Furcht davor, daß ihre Augen einander ansehen. Sie rühren sich nicht mehr. Sie haben Angst davor, daß ihre Augen einander sehen.« Diese Strategie der Blickvermeidung mag einem durchschnittlichen »Zuschauer« fremd vorkommen. Hängt das mit Ihren tropischen Erfahrungen zusammen, dem Code der Scham in Asien, wie man ihn am Blickverhalten in japanischen Filmen so gut ablesen kann?

MD: Das stimmt. Es gibt da eine Inszenierung der Augenlider, der Blickrichtung, die zu einem Code werden.

KW: Mir ist es eine Erfahrung mit japanischen Filmen. Ist es für Sie eine in Vietnam gelebte Erfahrung?

MD: Vielleicht. Das, die Blickvermeidung, ist eine weitere Barriere zwischen den einzelnen. Und zwischen dem Schauspiel und den Zuschauern. Sie wissen, wenn Sie nicht auf den Code achten, dann begreifen Sie das Schauspiel nicht ganz und gar. Wenn Sie einen sehr schwierigen japanischen Film Bauern in Norddeutschland oder in Südfrankreich zeigen, würden die auf Anhieb sagen: Na, die machen ja Sachen, was soll das bedeuten. Was sie zu sagen haben, können sie nicht sofort ausdrücken. Zeigen Sie aber den gleichen Bauern in Norddeutschland oder in Südfrankreich einen aktuellen Film im Fernsehen, verstehen sie den sofort, ganz einfach. Sehe ich einen japanischen Film, dann bin ich ganz begeistert. Doch gibt es in der Liebe zu einer Kunst oder einem Autor, wenn Sie so wollen, eine anhaltende Verehrung. Selbst wenn Sie ein Jahr verbringen, ohne einen dänischen Film zu sehen, obwohl Sie das dänische Kino lieben, hören Sie nicht auf, es während dieses Jahres zu lieben. Wenn ich aber keinen japanischen Film sehe, höre ich auf, das japanische Kino zu lieben.

KW: Aber Sie müßte doch der Minimalismus, die ästhetische Reduktion darin frappieren.

MD: Nein, dafür bin ich nicht. Ich bin dafür, die Sachen zu verbergen, verschwimmen zu lassen. Diese minimalistische Kunst existiert genauso in den USA, auch in Europa gab es sie, wie allerorten. In Japan ist alles von minimalistischem Zuschnitt. Das ist fast ein klimatischer Zustand (*durée*), keine Gegebenheit der Kunst, glaube ich.

KW: Bleiben wir ein wenig im Bereich des Films. Es scheint, Ihre Filme sind ein vollkommen persönliches Unternehmen, in dem Sie sich als *cinéaste-auteur* realisieren, während Ihre Filme gleichzeitig von einer vollkommen anonymen Art sind, in der sich jedweder Zuschauer realisieren kann. Schreiben Sie Ihr Filmwerk einem Gegenstrom der Filmgeschichte zu wie z.B. Robert Bresson oder Straub-Huillet? Das läge doch näher als die Japaner.

MD: Ich weiß nicht, ich denke es nicht. Ich weiß zum Beispiel, daß ich in seinen Augen zähle.

KW: In Bressons Augen?

MD: Das ist das Kino, aber ja. Das sagte ich in einem Artikel, ein Film von Bresson, das ist Kino. Er erfindet das ganze Kino in einem Film. Und vor diesem Film hat es überhaupt nichts gegeben. Ich weiß, daß er mich auch liebt, Bresson. Es gibt solche Strömungen.

KW: Und das Kino von Straub-Huillet? Sie sprechen in dem Essayband »Outside« über deren Film »Othon«. Was sagt Ihnen das?

MD: Das habe ich aus den Augen verloren, so, wie man von einem Weg abkommt. Ich hatte immer etwas gegen Klassenfahrten. Sie verstehen, das Schulhafte daran. Es gibt bei Straub einen konstanten Lehrauftrag.

KW: Gibt es nicht auch eine unterirdische Verbindung zwischen dem Straub-Huillet-Film »Othon« und Ihrem Film »Il Dialogo di Roma« in der Art, vollkommen anonym, ja abwesend mit einer Stadt umzugehen?

MD: Sobald Sie sich vom Realen entfernen, sich vom Realen lösen, um vom Realen zu sprechen, selbst in einem Hotelzimmer, machen Sie »Straub«.

KW: Die einen nennen es Didaktik, die anderen: Strenge. Verbindet Sie das nicht mit Straub?

MD: Es gibt einen sehr didaktischen Film, der unausstehlich ist. Das ist mein Film »Jaune le soleil«.

KW: Der war nie im Verleih. Was hat es damit auf sich?

MD: Nichts hat es damit auf sich. Der Film ist wie ein verlassener Hund, herrenlos, aber ruhig.

KW: Wo treibt er sich denn herum? Vielleicht im Schrank mit Manuskripten?

MD: Ich muß den Film mit Schwarzfeldern verlängern, die Einstellungen voneinander trennen, um Zeit zu geben, sie zu vergeuden. Das ist ein tragischer Film, gemessen an seiner Geschwindigkeit.

KW: Wie geht das zusammen, Tragik und Geschwindigkeit?

MD: Ich gehe mit einer wahnsinnigen Geschwindigkeit vorwärts. Ich versuche, alles reinzupacken, woran ich seit dem Krieg, seit der Nachkriegszeit geglaubt habe, diese große Bewegung, die uns in eine Art Brüderschaft der Linken hineintrug, ich sage nicht: in eine Partei, eine Brüderschaft der Linken, die Europa beinahe zum Verhängnis geworden wäre. Zum Glück sind wir nicht alle aufgebrochen, ist das geplatzt. Ich versuche, das alles zusammen in »Jaune le soleil« unterzubringen. Die Bewegung des Films ist sehr schön. Ich will ein Theaterstück daraus machen. Es gibt da eine Art neuer Einwohner, Juden und Portugiesen. Die Stadt heißt »Staadt«. Das ist wirklich das Äußerste, es gibt da nicht einmal eine Straße. Das Ende ist stattlich (*superbe*).

KW: Es scheint, daß Sie viel Ärger mit Ihren Produzenten haben?

MD: Wissen Sie, was die Leute machen? Sie nehmen die Filme, die sie traurig und nicht sehenswert finden, und schmeißen sie in den Mülleimer. Da sie die Eigentümer sind, kann niemand sie belangen. Ich muß Ihnen einfach mitteilen, daß zwei meiner Filme Teil eines Konkursverfahrens sind. Alle meine Filme, praktisch. Mich geht das nichts an. Schließlich haben die Produzenten Pleite gemacht. Gérard Depardieu hat »Der Lastwagen« und »Son nom de Venise dans Calcutta désert« zurückgekauft, wußten Sie das? Nicole Stephane, die Produzentin, hat mir »Zerstören, sagt sie« geschenkt.

KW: Als geborene Rothschild hat Mme Stephane Ihnen auch die Dreherlaubnis im Palais Rothschild für »India Song« erwirkt. Trotz der sogenannten Randaufmerksamkeit (*marginalité*) für Ihr Kino hatten Sie immer große Filmstars zur Verfügung: Jeanne Moreau und Gérard Depardieu in »Nathalie Granger«, Delphine Seyrig, Michael Lonsdale und Matthieu Carrière in »India Song«, Robert Hossein in »La Musica«, Madeleine Renaud, Jean-Pierre Aumont und Bulle Ogier in »Ganze Tage in den Bäumen«. Das ist eine bedeutende Liste.

MD: Will man Schauspieler sein, ist man bereits marginal. Das ist ein sehr gefährlicher Beruf. Ständig ist man in Gefahr, wie im Mittelalter; wenn man etwas verfehlt, bleibt einem nur noch der Tod.

KW: Sagen wir, daß diese Schauspieler ein inneres Leben in Ihren Filmen führen. So werden sie überleben.

MD: So ist es, die Leute beneiden mich schon darum. Die Produzenten zum Beispiel. Depardieu sagt, Duras-Drehbücher lese ich gar nicht. Ich weiß, sie sind genial, muß ich das noch sagen? Ich nehme die Rollen an, ohne sie zu lesen. Ich weiß, mir gefällt, was sie schreibt. Ich werde die Antwort nicht auf zwei Wochen verschieben. Ich schaue nur nach, wann geht's und sage sofort zu.

KW: Man erkennt diese Haltung an seiner Darstellung im »Lastwagen«. Die Improvisation wird sichtbar. Erregte die Tatsache, daß Sie mit Stars arbeiten, nicht die Neugier des großen Publikums? Ist Ihre Wahl nicht auch ein Mittel zur Verführung für das marginalisierte Kino?

MD: Sie behaupten also, ich hätte diese Schauspieler nicht in Hinsicht auf den Wert, den sie für mich haben, ausgesucht, sondern in Hinsicht auf einen Vermittlungsversuch?

KW: Im unschuldigsten Sinne. Die Verführung an sich ist nicht gemein.

MD: Sicher, so was gibt's. Aber an mir ging das vorbei. Jeanne Moreau, Bulle Ogier, Madeleine Renaud waren sehr glücklich, mit mir diese Filme zu drehen. Vielleicht irren Sie sich in dieser Frage. Diese Schauspieler wissen, daß sie in armen, in elenden Filmen spielen und dabei keinen Sou verdienen. *Daß* sie in armen Filmen spielen, macht sie noch charmanter.

KW: Diese Haltung kann ich schwer verstehen. Wie sollten die gleichen Schauspieler dann in kommerziellen Filmen spielen?

MD: Darum geht es nicht. Aber, was soll's, das macht nichts.

KW: Um auf meinen Lieblingsfilm »Der Lastwagen« zurückzukommen: Gleich zu Beginn gibt es in dem Raum, der »das dunkle Zimmer/Die Dunkelkammer« heißt, einen Dialog zwischen Gérard Depardieu und Ihnen, der in drei Etappen eine Poetik des Films entwirft. Depardieus Frage lautet: »Das ist ein Film?«. Und Ihre Antwort ist: »Es wäre ein Film gewesen. (*Pause*) Ja, das ist ein Film.«

MD: Das ist weniger eine Synthese im dialektischen Sinn, wie Sie annehmen, das ist ein Infragestellen, ein Untergraben, wenn Sie so wollen. Stellen Sie einen beliebigen Film vor und behaupten: Das ist ein Film, werden die Leute lachen, nicht wahr? Das wäre sinnlos. Im »Lastwagen« mache ich mich über das Kino lustig.

KW: Sagen wir, das Zitat bezeichnet eine Suche, keine Synthese, zur Natur oder auch Kunstfertigkeit des Kinos. Man könnte glauben, Ihre Filme öffnen eine Tür ins Reich des Konjunktivs. Robert Musil glitt mit seinem Roman »Der Mann ohne Eigenschaften« ins Mögliche. Halten Sie sich für eine realistische Regisseurin?

MD: Nein. – Überhaupt nicht utopisch, überhaupt nicht träumerisch! Wenn ich einen Film mache, befinde ich mich in der Totalen, in der Schrift. Das entzieht sich der Kategorisierung.

KW: Gibt es nicht einen gewollten Bezug auf Musil, wenn Sie den Namen »Agatha« für ein Buch, für einen Film wählten?

MD: Nein, gar nicht. Absolut nicht. »Agatha ou les lectures illimitées« soll besagen, daß man dieses Buch, diesen Film nie abschließen könnte. Man zögert. Es ist grenzenlos wie Musil.

KW: Also gibt es einen gewollten Bezug?

MD: Ja, absolut, unbedingt. Ich habe das schon woanders erklärt, mich ausführlich dazu geäußert. Über den Bereich Konjunktiv sprechen Sie, nicht ich. Jetzt, wo Sie mich an das Buch erinnern, muß ich sagen, in der Tat, ja, es gibt einen ganzen Abschnitt im Buch, der im

Konjunktiv geschrieben ist, ein bißchen störend, nicht der beste Abschnitt, als die Hauptpersonen ihr Spiel treiben. Das ist ein etwas zweifelhaftes Gelände. Auf Musil kam ich erst kürzlich. Das ist fünf Jahre her. Ich hatte eine Alkoholentzugskur hinter mich gebracht. Wissen Sie das? Dann hatte ich viel Zeit. Ich konnte nicht schreiben. Ich war in einer Art Dauerkoma. Ich fing an, Musil zu lesen und konnte nicht mehr aufhören. Ich las wie eine Irre.

KW: Was bestach Sie an dem Musil-Roman?

MD: Schwer zu sagen. Es war die Komplexität und die immense Reinheit. Vor etwa fünfundzwanzig Jahren habe ich versucht, Musils Stück »Die Schwärmer« zu adaptieren. Aber es war nicht möglich. Sie kennen das Stück?

KW: Ich habe es gelesen und in der Inszenierung von Neuenfels gesehen. Außerdem gibt es noch den Film.

MD: Der Mann, der hier die Musil-Rechte inne hat, will von einer Bearbeitung nichts wissen. Er will, daß man das Stück spielt, *telle quelle*. Ich hätte es gern zusammengeschnitten.

KW: Und auch auf der Bühne inszeniert?

MD: Ich inszeniere gern meine eigenen Sachen. Da es mich ja noch gibt, muß ich es tun. Kommen in den Stücken Wörter vor, die mich stören, dann kann ich sie einfach streichen, ohne jemanden um Erlaubnis zu fragen.

KW: Die Widmung in Ihrem so überaus erfolgreichen Roman »Der Liebhaber« gilt Bruno Nuytten, womit manche Kritiker nichts anfangen konnten. Nuytten ist Ihr Kameramann in vielen Filmen, darunter auch in »Der Lastwagen«. Wie arbeiten Sie mit ihm zusammen in Hinblick auf das Verhältnis von Bild und Text? Intervenieren Sie noch, wenn er die Bilder dreht?

MD: In jedem Augenblick, wenn der Film gedreht wird. Am Morgen sage ich ihm, was ich während des Tages vorhabe. Im allgemeinen gebe ich ihm nur die Richtung an, die wir dann von Tag zu Tag weiterverfolgen. Aber ich lege mich nicht von vornherein fest. Das kann man nicht. So geht das nicht.

KW: Sie inspizieren den Drehort, die Außenaufnahmen, Sie bestimmen die Einstellungsgröße, gut. Zu welchem Zeitpunkt tritt die Stimme auf dem *Off*, Ihre Stimme, Ihr Text hinzu?

MD: Bei der Montage des Films. Bruno ist vollkommen mit der Absicht meiner Texte vertraut.

KW: Schreiben Sie die Texte vor oder nach den Dreharbeiten?

MD: Das weiß ich nicht mehr. Bei einigen Kurzfilmen hat man mich nachher wissen lassen, es gäbe zu viele Bilder. Also habe ich die überzähligen Bilder durch Texte ersetzt, so auch im Falle eines meiner schönsten Filme: »Les mains négatives«.

KW: Das nennt man Arbeitsökonomie. Sie lassen nichts verderben.

MD: Ich bin eine gute Hausfrau. Nein, keine gute Hausfrau, aber eine gute Regisseurin. Haben Sie zum Beispiel meinen Film »Césarée« gesehen? Der ist wunderbar, mit den Statuen, die aus dem Rasen sich erheben. Diesen Film bewundert alle Welt. Für mich ist er geheimnisvoll. Wie der Film »Les mains négatives«, der zwischen fünf und sieben Uhr früh gedreht wurde, mit all den Schwarzen, die Paris sauberfegen. Da zählt nur das Bild, nichts als das Bild.

KW: Sehen Sie die Muster nach den Dreharbeiten an?

MD: Ich bin in allen Stadien des Films dabei. Bruno (Nuytten) macht die Farbbestimmung. Davon verstehe ich nichts. Ich sage ihm, ich mag nicht, wenn der Film zu hart, zu hell ist, und er greift meinen Wunsch auf. »Farbbestimmung« – solche Wörter gibt es nicht in der Literatur. Wie finden Sie das Buch?

KW: Welches?

MD: Das. »Blaue Augen, schwarzes Haar«. Gefallen Ihnen die gespielten Szenen, die theatralischen Partien? Das Paar, das ist der Kampf. Der vergebliche Kampf. Finden Sie nicht?

KW: Dieser »vergebliche Kampf« gehört, finde ich, als Untertitel, zum Roman Ihrer Kollegin Marguerite Yourcenar, den sie »Alexis« nannte. Das ist eine ähnlich unmögliche Beziehung.

MD: Haben Sie mein Buch »La pute de la côte normande« gelesen?

KW: Mit einem Zitat aus jenem Buch zu Ihrer nicht zustandegekommenen Arbeit an der Berliner Schaubühne begann unser Gespräch. Mir gefiel das Buch, eher ein kleines Heft, weniger. Die darin zur Schau gestellte Offenheit scheint mir nicht ganz aufrichtig. Dieser Kampf zwischen einer Person, die schreibt, und einer anderen, die das Schreiben stört. Sie haben zuviel Mitleid mit dem Störenden.

MD: Ich glaube, Sie können sich das nicht vorstellen. Ich habe keineswegs Mitleid. Ich bin vollkommen unter Einfluß. Yann ist in seiner Leibhaftigkeit erfaßt, in seiner Brutalität, in seinem Körper. Die Beleidigungen sind schrecklich. Aber so weit muß Literatur schon gehen. Sonst ist sie nicht interessant.

KW: Der Unterschied ums Ganze liegt darin, daß Sie von wirklichen Menschen reden, ihren Namen preisgeben. Sie haben nach meiner Meinung gefragt.

MD: Schamlos ist das. Gebe ich nicht die Namen preis, dann drücke ich mich. Man muß Namen nennen.

KW: Dann ist alle Materie autobiographisch.

MD: Nicht jederzeit. Nein, das sage ich nicht. Ich behaupte nicht, daß sei eine Verhaltensregel oder eine Ethik. Aber es gibt manchmal unerträgliche Momente des Erstickens. Ich habe das aufs Papier geworfen, in zwei Stunden habe ich das gemacht. Das ist wie ein Tagebuch, wirklich, ich habe mich dessen entledigt. Und das konnte ich nur so. Ich war an einem Punkt, wo ich es anders nicht hätte machen können.

KW: Das wollten Sie als Buch erscheinen lassen?

MD: Das habe ich gewollt. Yann sollte Geld erhalten. Ich glaube nicht, daß das zynisch ist. Das ist die Reinheit, das. Ihre Position war zu erwarten. Sie appellieren an die alte Scham, das alte Schuldgefühl des Schriftstellers: man darf nicht die Regel des Nicht-Skandals verletzen. Ich glaube, diese Sachen muß man herausschreien. Damit uns das nicht am Schreiben hindert. Das Schreiben ist stärker als alles, es ist stärker als alle Gewalt. Bei mir kommen diese Dinge im Leben vor. Mein Verleger weinte, als er das las, und am nächsten Morgen lag es gedruckt vor.

KW: Die Gewalt im Heft »La pute de la côte normande« geht doch von demjenigen aus, der die Schreibende stört.

MD: Sie werden doch nicht etwa Mitleid mit den Schriftstellern haben? Denn wir sind heute die Barbaren. Übrigens, so war es immer.

KW: In welcher Welt?

MD: In unserer Welt. Mit Barbarei meine ich das, was Sie meinen, das heißt: einen Zustand der Natur, in dem es kein einziges Kollektiv mehr gibt. Ein Schriftsteller, der nicht die Fähigkeit besitzt, alle Regeln zu verletzen, ist kein Schriftsteller. Der sollte sich schlafen legen oder spazieren gehen, aber kein Schriftsteller sein. Ich habe begonnen mit dem Roman »Un barrage contre le Pacifique« (Heiße Küste)«, und das war ein gewaltiger Skandal, als das erschien. Keine Sekunde dachte ich, daß ich anders könnte, keine Sekunde.

KW: In Ihrem nächsten Buch »La vie matérielle« gehen Sie noch weiter. Darin steckt eine Menge Sprengstoff. Haben Sie die Absicht, noch weitere Filme zu drehen?

MD: Sie fragen mich nach . . .? Ja, ich habe ein Stück geschrieben. Das heißt »Die Koreaner«. Das ist ein wilder Text. Ich darf so was sagen. Was Ihnen noch besser gefiele: er ist barbarisch.

KW: Werden Sie weiter Filme machen?

MD: Nein. Dazu habe ich im Augenblick wenig Lust. Ich werde jetzt Theater machen.

KW: Was hat es mit Ihren »Koreanern« auf sich?

MD: Der Vorhang geht auf, dann sehen Sie Koreaner, der Vorhang geht zu, und das Stück ist aus.

(Paris, im Januar 1987. Aus dem Französischen von Karsten Witte).

Filmographie

Regie und Drehbuch aller Filme: Marguerite Duras. Ursprungsland der Filme ist, wenn nicht anders angegeben, Frankreich. Abkürzungen: P = Produktion, K = Kamera, S = Schnitt, M = Musik, D = Darsteller. Die Daten beruhen zum größten Teil auf Dominique Noguez, in: Marguerite Duras, Oeuvres Cinématographiques. Edition vidéographique critique. Ministère des relations extérieures, Bureau d'animation culturelle. Paris 1984.

LA MUSICA (1966), Schwarzweiß, 80 min. Koregie: Paul Seban. P: Les Films R.P. (Raoul Ploquin). K: Sacha Vierny. S: (keine Angaben). M: Franz Schubert. D: Delphine Seyrig, Robert Hossein, Julie Dassin.

DÉTRUIRE, DIT-ELLE (1969), Schwarzweiß, 90 min. P: Ancinex, Madeleine Films. K: Jean Penzer. S: (keine Angaben). M: (keine Angaben). D: Catherine Sellers (Elisabeth), Michael Lonsdale (Stein), Henry Garcin (Max Thor), Nicole Hiss (Alissa), Daniel Gélin (Bernard Alione).

JAUNE LE SOLEIL (1971), Schwarzweiß, 80 min. P: Albina Productions. K: Ricardo Aronovitch, S: Suzanne Baron. M: (keine Angaben). D: Sami Frey, Catherine Sellers, Michael Lonsdale, Gérard Desarthe.

NATHALIE GRANGER (1972), Schwarzweiß, 83 min. P: Luc Moullet & Cie. K: Ghislain Cloquet. S: Nicole Lubtchansky. Regieassistent: Benoît Jacquot. Kameraassistent: Bruno Nuytten. D: Lucia Bose (Isabelle Granger), Jeanne Moreau (die Freundin), Luce Garcia Ville (die Schuldirektorin), Gérard Depardieu (der Handelsvertreter), Dionys Mascolo (der Vater), Valérie Mascolo (Nathalie Granger), Nathalie Bourgeois (Laurence Granger). Als Gäste: Ghislain Cloquet, Marguerite Duras, Nicole Lubtchansky.
Die Dreharbeiten fanden vom 2.–16. April 1972 im Hause von Marguerite Duras in Neauphle-le-Château statt.

LA FEMME DU GANGE (1972–73), Farbe, 90 min. P: Service de la recherche de l'O.R.T.F. K: Bruno Nuytten. Regieassistent: Benoît Jacquot. S: Solange Leprince, Danielle Jaeggi, Michèle Muller. M: (keine Angaben). D: Catherine Sellers (die Frau in Schwarz; die Ehe-

frau des Reisenden), Nicole Hiss (das junge Mädchen von S. Thala), Gérard Depardieu (der Mann am Strand), Christian Baltauss (zweiter Mann am Strand), Dionys Mascolo (der Reisende), Robert Bonneau (der Mann aus dem Stadtcasino), Rodolphe und Véronique Alepuz (die Kinder des Reisenden). Stimmen 1 und 2: Nicole Hiss und Françoise Lebrun.
Die Dreharbeiten fanden vom 14.–26. November 1972 in Trouville-sur-Mer statt.

INDIA SONG (1974), Farbe, 120 min. P: Sunchild, Les Films Armorial, S. Damiani, A. Valio-Cavaglione. K: Bruno Nuytten. Regieassistent: Benoît Jacquot. S: Solange Leprince. Originalmusik: Carlos d'Alessio. D: Delphine Seyrig (Anne-Marie Stretter), Michael Lonsdale (der Vizekonsul von Frankreich), Matthieu Carrière (der junge Attaché), Claude Mann (Michael Richardson), Vernon Dobtcheff (George Crown), Didier Flamand (der junge Gast der Stretters), Claude Juan (ein Gast). Stimme der Bettlerin: Satasinh Manila. Zeitlose Stimmen: Nicole Hiss, Monique Simonet, Viviane Forrester. Dionys Mascolo, Marguerite Duras. Stimmen am Empfang: Françoise Lebrun, Benoît Jacquot, Nicole Lise Bernheim, Kevork Kutudjan, Daniel Dobbels, Jean-Claude Biette, Marie-Odile Briot, Pascal Kané.
Die Dreharbeiten fanden im Juli 1974 statt. Die 14. von Beethovens Diabelli-Variationen wird von Gérard Frémy, »India Song Blues« von Raoul Verez gespielt.

SON NOM DE VENISE DANS CALCUTTA DÉSERT (1976), Farbe, 120 min. P: Cinéma 9, P.I.P.A., Editions Albatros. K: Bruno Nuytten. S: Geneviève Dufour. D: Delphine Seyrig, Nicole Hiss, Marie-Pierre Thiébault, Sylvie Nuytten.
Die Tonspur ist die gleiche wie von INDIA SONG.

BAXTER, VÉRA BAXTER (1976), Farbe, 90 min. P: Stella Quef (Sunchild), I.N.A. K: Sacha Vierny. S: Dominique Auvray. M: Carlos d'Alessio. D: Claudine Gabay, Delphine Seyrig, Gérard Depardieu, Noëlle Chatelet, Claude Anfort, Nathalie Nell. Stimme: François Périer.

DES JOURNÉES ENTIÈRES DANS LES ARBRES (1976), Farbe, 95 min. P: Jean Baudot (Théâtre d'Orsay), Duras-Film, Antenne 2, S.F.P. K: Nestor Almendros. S: Marguerite Duras, Michael Latouche. M: Car-

los d'Alessio. D: Madeleine Renaud (die Mutter), Jean-Pierre Aumont (der Sohn), Bulle Ogier (Marcelle), Yves Gasq (der Barmann).
Der Film erhielt den Jean-Cocteau-Preis 1976.

LE CAMION (1977), Farbe, 80 min. P: Cinéma 9 (Pierre und François Barrat). K: Bruno Nuytten. Regieassistentin: Geneviève Dufour. S: Dominique Auvray, Caroline Camus. M: Pascal Rogé spielt aus Beethovens Diabelli-Variationen. D: Marguerite Duras, Gérard Depardieu.

LE NAVIRE NIGHT (1979), Farbe, 94 min. P: MK 2, Gaumont, Les Films du Losange. K: Pierre Lhomme. S: Dominique Auvray, Roselyne Petit. M: (keine Angaben). D: Bulle Ogier, Dominique Sanda, Matthieu Carrière. Stimmen: Marguerite Duras, Benoît Jacquot.

CÉSARÉE (1979), Farbe, 11 min. P: Les Films du Losange. K: Pierre Lhomme. S: Geneviève Dufour. M: Amy Flamer. D: Stimme von Marguerite Duras.

LES MAINS NÉGATIVES (1979), Farbe, 18 min. P: Les Films du Losange. K: Pierre Lhomme. S: Geneviève Dufour. M: Amy Flamer. D: Stimme von Marguerite Duras.

AURÉLIA STEINER (MELBOURNE) (1979), Farbe, 35 min. P: Paris Audiovisuel. K: Pierre Lhomme. S: Geneviève Dufour. D: Stimme von Marguerite Duras.

AURÉLIA STEINER (VANCOUVER) (1979), Schwarzweiß, 48 min. P: Les Films du Losange. K: Pierre Lhomme. S: Genviève Dufour. D: Stimme von Marguerite Duras.

AGATHA OU LES LECTURES ILLIMITÉES (1981), Farbe, 90 min. P: Berthemont, I.N.A., Des femmes filment. K: Dominique Le Rigoleur, Jean-Pierre Meurisse. S: Françoise Belleville. M: Walzer von Brahms. D: Bulle Ogier, Yann Andréa. Stimmen: Marguerite Duras, Yann Andréa.

L'HOMME ATLANTIQUE (1981), Farbe und Schwarzfelder, 42 min. P: Berthemont, I.N.A., Des femmes filment. K: Dominique Le Rigoleur, Jean-Pierre Meurisse. S: Françoise Belleville. M: Johannes Brahms. D: Yann Andréa. Stimme: Marguerite Duras.

DIALOGO DI ROMA (1982), Farbe, 63 min. P: Italien, Lunga Gittata Cooperativa, R.A.I. (Radiotelevisione Italiana). K: Dario di Palma. S: Geneviève Dufour. M: Beethovens Diabelli-Variationen. Stimmen der französischen Fassung: Marguerite Duras, Yann Andréa. Stimmen der italienischen Fassung: Anna Norgara, Paolo Graziosi.

LES ENFANTS (1984), Farbe, 90 min. P: Les Productions Berthemont. K: Bruno Nuytten. S: Françoise Belleville. M: Carlos d'Alessio. D: Axel Bogousslavski (Ernesto), Martine Chevalier (die Schwester), Daniel Gélin (der Vater), Tatiana Moukhine (die Mutter), André Dussolier (der Schuldirektor), Pierre Arditi (Reporter).

Bildnachweis